초등
선생님이라는
세계

초등 선생님이라는 세계

송보혜 에세이

bs
브레인스토어

프롤로그

많은 수필이 그러하듯 지금은 알지만 그때는 몰랐던 것에 대한 이야기다. 교사 임명장을 받던 날의 나에게 하고 싶은 말들을 차곡차곡 적은 편지이자, 시행착오의 목록이다. 그리고 궁금한 사람보다는 그렇지 않은 사람들이 많을 내 삶과 생각들의 기록이기도 하다.

교직에 대한 정보를 얻을 수 있는 방법은 책 말고도 무궁무진하다. 유튜브나 블로그 등 다양한 소셜미디어에는 교실의 생생한 이야기를 담은 콘텐츠가 늘어났다. 신규 교사 연수나 교육청에서 나눠 주는 각종 자료집에서 학교 생활에 대한 전문적인 지식을 얻을 수도 있다. 그게 아니라면 교육학 시험의 단골 철학자인 존 듀이의 'Learning by Doing(행함을 통한 학습)'이라는 말처럼 발령 후에 현장에서 직접 부딪히며 하나씩 배워 가는 것도 방법이다.

그럼에도 불구하고, 나에게는 여전히 책이 필요한 순간이 있다. 여행을 떠나기 전에는 여행 서적을 찾고, 중요한 시험을 보기 전에는 문제집을 산다. 그 책을 통해 현재의 내가 무엇을 알고 싶은지, 무엇을 모르고 있는지를 어렴풋하게나마 알게 된다. 그렇다고 무조건 두껍고 어려운 책이 좋은 것은 아니다. 너무 많은 정보나 딱딱한 전문 용어들 앞에서 초심자의 눈앞은 오히려 깜깜해지기 때문이다. 최소한의 배경지식도 없는 태초의 백지 상태에서는 그리 무겁지 않은 한 권의 책이 지식의 공백을 채울 밑그림을 그려준다.

이케아에서 의자를 샀다거나, 가지그라탱을 처음 만들어 볼 계획이라면 블로그나 유튜브 영상을 보는 것이 나을 것이다. 하지만 교사가 되는 과정을 살피는 것은 의자 조립 방법이나 요리 레시피를 배우는 것과는 다르다. 복잡하고, 변수가 많으며, 관련 정보의 양 또한 방대하다. 특히, 혼자서 빠르게 흘러가 버리는 영상이 때로 버거운 나 같은 사람은 머물고 싶은 만큼 그 페이지에 머물 수 있는 책이 안심된다.

처음에는 이왕 책을 쓰기로 했으니 거창하고 빈틈없는 '신규 교사 안내서'를 집필해 볼 요량이었다. 하지만 역시 내 깜냥에는 맞지 않는 일이었다. '교사라면 이렇게!'라고 길을 제시해야 할 것 같은데 난 여전히 모르는 게 많고, 매년 새로운 문제로 헤매고 있기 때문이다. 그래서 딱딱 맞아떨어지는 보고서 같은 글을 쓰는 대신, 임용고사 합격 확인 버튼을 누른 뒤 10여 년 동안 초등교사로서 살아온 나를 적었다. 중간중간에는 알았으면 좋았을 정보들을 담았다. '이 끄적임을 따라가다 보면 학교라는 곳이 이런 곳이구나 느낄 수 있지 않을까' 하는 마음이었다. 그런 안일한 생각이 아니면 더는 한 자

| 존 듀이, 『경험과 교육』, 강윤중, 배영사, 2018

도 써 내려갈 수가 없을 것 같아서 어깨 힘을 잔뜩 빼고 펜을 잡았다.

그러니 교사로서의 앞길을 번듯하게 열어 줄 가이드북을 기대하며 이 책을 펼쳤다면 실망을 하게 되리라 생각한다. 다만 학교라는 험지에 갓 입장한 Lv.0 교사에게는 한발 먼저 삽질을 거듭한 나의 이야기가 도움이 될지도 모르겠다. 모르는 게 약이라지만 아무것도 모른 채 들어선 학교와 교실이 나로서는 많이 고달팠다. 학교에서 마주하는 고민과 문제들이 혼자만의 일이 아니라는 것이 조금이나마 위안이 되기를 바라 본다. 더불어, 교사로서의 진로, 학교 속사정에 대한 호기심, 학창 시절에 대한 추억, 어떤 이유로든 초등학교 교실을 들여다보고 싶은 모든 이들과 나의 학교 이야기를 나누고 싶다.

차례

과거의 나에게

1부
선생님이 되다

10년 치 나뭇잎

'나는 3학년 2반 7번 애벌레'라는 책을 아이들과 함께 읽은 적이 있다. 그 책에는 교실 뒤편 관찰 상자 안에 사는 배추흰나비 애벌레들의 이야기가 나온다. 마침 그해 담임을 맡았던 반이 3학년 2반이었다. 덕분에 우리반 7번 아이는 한 학기 내내 자신을 애벌레라고 소개하며 학교를 다녔다.

책으로 돌아가자면, 이야기 속 애벌레들은 매일 지치지도 않고 잎사귀를 먹는다. 그중에서도 7번 애벌레는 잎을 먹고 남긴 자국을 통해 무늬를 만들며 즐거워한다. 그 능력으로 아이들의 관심을 얻기도 하고, 종국에는 자신뿐만 아니라 다른 애벌레들까지 위기에서 구해 낸다.

때때로 어른이 된 뒤의 삶은 관찰 상자 안에 사는 애벌레처럼 느껴진다. 그저 하루하루 나뭇잎을 먹으며 때를 기다리는 것뿐이다. 정작 뭘 기다리고 있는지도 모르면서 막연한 기대감을 품은 채로 말이다. 내가 할 수 있는 일이 무엇일까 생각하면 가끔 선택권이 있긴 한 걸까 싶을 때도 있다. 그럼에도 불구하고 할 수 있고, 해야 하는 일들을 하며 의미와 행복을 찾는다. 내 지난 시간들은 그런 식으로 흘러왔던 것 같다.

주어진 삶에서 나름의 목적과 의미를 찾는 것. 남들 눈에 별거 아닌 번데기나 배추흰나비가 되는 것이라 할지라도 자신이 정한 목표를 위해 열심히 사는 애벌레. 그 모습에 나는 대리만족을 느꼈다. 정확히 말하면 위안을 얻었다.

초등교사 그까짓 거. 더 이상 옛날만큼의 존경을 받으며 권위를 내세울 수도 없고, 법이 바뀌면서 퇴직 후의 연금만 바라볼 수도 없게 되었다. 여전히 철밥통이 아니냐고 말하는 사람들도 있지만, 수많은 교사들이 밥그릇을 내팽개치고 학교를 떠난다. 교사 명예퇴직은 2005년 879명에서 2021년 6,594명으로 8배 가까이 늘었고, 5년 차 미만 저연차 교사의 퇴직은 2022년과 2023년 사이 두 배 가까이 증가했다.[3] 교직은 더 이상 소망과 염원의 직장이 아니다. 이러한 시대에 나는 초등교사가 되었다. 그리고 10년 넘게 선생님으로서 살고 있다.

2010년에 교사가 된 뒤로 나에게 직업은 단지 돈을 버는 수단 그 이상이었다. 삶은 언제나 학교라는 공간과 교사라는 역할에 맞물려 돌아갔다. 마치 내게 1년의 반이라는 개념은 6개월이 아니라 한 학기인 것처럼 말이다. '가르친다'는 것은 애벌레가 삼시 세끼 잎사귀를 먹는 것처럼 자연스러운 일이었다. 그러면서도 과연 내가 '제대로 가르쳐 왔을까?'라는 질문이 마음 한 구석에서 떠나지 않았다.

교사로서의 나에 대한 의문은 옆을 둘러볼수록 깊어졌다. 내 주변에

---

2 김원아, 『나는 3학년 2반 7번 애벌레』, 창비, 2016
3 김유나, "'극한직업'이 된 교직… 젊은 교사들 떠난다", 세계일보, 2023.07.11.

는 열정이 가득하고, 기발한 아이디어를 가진 선생님들이 많았다. 게다가 수업 자료를 찾다 보면 분명 나와 같은 교사의 자리에 앉아 있을 텐데도 넘어설 수 없는 능력을 가진, 심지어 그것을 공유하는 이타심까지 지닌 선생님들이 모니터 저편에 수두룩하게 존재하는 것이었다.

나라는 교사는 점수에 맞춰 교육대학교에 갔고, 교직의 가치와 아이들을 만나는 기쁨을 뒤늦게 깨달았다. 수업 준비를 소홀히 하지는 않지만, 그렇다고 기발한 아이디어가 차고 넘치거나 끓어오르는 열정이 있는 것은 아니다. 교실 안에서는 일관성 있고 기다려 주는 선생님이 되고자 노력한다. 반면, 내게는 퇴근 후의 삶도 중요하기에 웬만해서는 학교 밖으로 일거리를 가지고 나오지 않는다. 일머리가 좋거나 손이 빠른 편이 아니니 이 정도의 노력으로는 역시 평범한 교사 그 이상도 그 이하도 아닐 것이다.

나쁘지도, 그렇다고 훌륭하지도 않은 교사. 매일 아이들과 특별할 것 없이 가르치고 배우는 평범한 교사, 그게 바로 나다. 그래도 내 나름의 기쁨과 자부심이 있고, 매일 내가 정한 목표를 향해 한 발씩 나아가고 있다. 주어진 나뭇잎을 열심히 뜯어 먹으며 무늬를 만드는 7번 애벌레처럼.

애벌레에게 '먹는다'는 것은 한없이 반복적이고, 일상적인 행위이다. 어떤 벌레든 할 수 있고, 매일 하는, 특별할 것 없는 일이다. 하지만 그 평범한 행동이 의미를 담고 반복되어 '무늬'를 만들어 내고, 변화를 가져온다. 평범함도 방향성을 갖고 지속되면 비범함이 될 수 있다고 나는 믿는다.

내 앞에는 10년 넘게 오물오물 먹어 온 나뭇잎이 쌓여 있다. 길다고도, 짧다고도 할 만한 교사로서의 시간을 되돌아보니 뭔가 희미하게 보이는

것 같기도 하다. 화려하지는 않지만, 나라는 교사 고유의 색이 담긴 무늬. 그 안에 담긴 추억과 후회, 수많은 사건과 감정들을 들여다볼 생각을 하니 가슴 이 두근거린다.

한국 사회에는 선생님이 차고 넘친다. 학생을 가르치는 사람뿐만 아니라 연세가 있는 분을 높여 부를 때에도 선생님이라는 호칭을 쓰니 누구나 죽기 전에 한 번쯤은 선생님 소리를 듣게 되지 않을까 싶다. 그중 이 책에서 다룰 교사의 개념은 초등교사와 중등교사를 포함하며, 초등교사인 내 경험을 바탕으로 썼기에 주로 전자에 관한 내용이 될 것이다.

교사가 되는 과정은 학교급에 따라 달라진다. 초등학교 교사의 경우 일단 교육대학교 또는 일반 대학 내의 초등교육과에 진학해야 한다. 전국에는 열 개의 교육대학교가 있고, 제주대, 이화여대, 그리고 교원대학교 안에 초등교육과가 존재한다. 즉, 교육대학교 또는 초등교육과 열세 곳 중 한 곳으로 진학해야 초등교사가 될 기회가 생긴다. 해마다 다르겠지만 이 학교들은 2023학년도 기준 2,000여 명의 입학생을 모집했다. 해당 대학교나 과에 진학해 무사히 졸업할 경우 임용고사를 보거나 사립학교 채용 시험에 원서를 낼 수 있는 자격인 2급 초등 정교사 자격증을 받게 된다.

한편, 2급 중등 정교사 자격증을 받는 방법은 더욱 다양하다. 중학교 및 고등학교에서 근무하는 교사를 일컫는 중등교사가 되기 위해서는 총 세 가지 방법이 있다. 먼저 일반 종합대학교의 사범대학에 진학하거나, 교원대학교의 사범교육과에 입학하면 된다. 두 번째는 다른 과에 진학했더라도 교직 과정을 이수하는 것이다. 마지막 방법은 교육대학원이나 서울대 및 교원대학교 대학원의 사범계 학과에 진학하여 석사 과정을 밟는 것이다.

위의 대학교 또는 대학원의 졸업생 대부분은 2급 정교사 자격증을 손에 쥐고 다음 단계를 위해 전진한다. 임용고사 또는 사립학교 채용 시험이다. 공립학교 교사가 되고 싶다면 임용고사를 봐야 할 테고, 사립학교 교사가 되는 길을 택한다면 해당 학교의 자체적인 채용 시험에 응시하면 된다. 초등은 중등에 비해 상대적으로 사립학교가 적어 대부분 임용고사 합격을 목표로 삼는다. 한편 중등은 사립학교에 지원하는 사람들도 많다. 단, 사립학교도 채용 기회가 많지 않아 경쟁률이 높을뿐더러 서류 심사, 면접, 시범 강의 등 2차, 3차에 걸친 응시 과정이 만만치 않다.

나는 고등학교 3학년 내내 다른 꿈을 꾸다가 수능 시험 결과에 맞춰 교육대학교를 지원했다. 어떤 교육대학교들이 있는지도 잘 몰랐고, 일반 대학교 안에도 초등교육과가 있다는 사실도 몰랐다. 사범대학교와의 차이점도 잘 모른 채 그저 담임선생님의 추천에 떠밀려 원서를 채워 넣었다. 결과적으로는 잘한 선택이라고 생각하지만, 다시 그때로 돌아간다면 나의 기질이나 상황에 맞게 내 손으로 대학교와 과를 선택할 것이다. 결과가 똑같을지언정, 내 손으로 한 선택이라는 사실이 그 시절을 좀 더 감사히 여기고 즐길 수 있게 해 주지 않을까.

신이 주신 선물

"초등학교 선생님은 교대만 나오면 다 되는 거 아니야?"

나 또한 저 말을 철석같이 믿었건만, 세상에 쉬운 길은 없었다. 본격 임고생이 된 뒤에는 매일 아침 독서실 책상에 불을 켜고 타이머 시작 버튼을 누르며 하루를 시작했다. 1년 내내 공부만 했다고 말할 수는 없겠지만 종일 앉아 있는 시간이 13시간에 이르렀을 즈음 임용고사를 보았다. 1차에 붙으면 2차, 2차에 붙으면 3차, 가슴 졸이며 결과 확인 버튼을 눌렀다. 석 달에 걸친 피 말리는 시간이었다. 운 좋게 한 번에 합격이란 글자를 본 사람도 있겠지만, '불합격하셨습니다'라는 정중한 거절을 몇 번씩 맞이한 사람도 많다. 그렇게 교사가 되었다. 아니, 임용 대기자가 되었다.

임용 대기자란 말 그대로 임용고사 합격 후 임용을 기다리는 사람을 말한다. 옛날에야 바로 발령이 났을지 몰라도, 어느 사이엔가 임용고사 합격자는 매년 쌓이고 쌓여 합격 후 발령까지 6개월에서 1년 정도 대기하는 것은 예삿일이 되었다. 상황이 가장 심각한 서울은 2017년 이후 평균 임용 대기

기간이 1년 4개월에 이른다. 심지어 2019년 2월 서울 지역 합격자 중 열다섯 명은 2년 6개월을 기다린 끝에 2021년 9월이 되어서야 발령을 받았다.[1] 이제 '임용 적체'는 매년 반복되는 자연스러운 현상이다.

현행 교육공무원임용령에 따라 3년 동안 발령받지 못하면 합격이 무효 처리된다. 따라서 임용 대기 기간이 너무 길어지면 문제가 될 수 있다. 하지만 한편으로는 합격 발표를 듣고 나서부터 발령까지의 시간을 신이 주신 선물이라고 부르기도 한다. 진로가 결정되었기에 마음 놓고 놀 수 있는 면죄부가 주어진 시간이랄까.

임용 대기자로서의 삶은 사람마다 가지각색이었다. 나는 합격을 하기만 하면 보기만 해도 지긋지긋한 교육과정 지도서들과 각론 자료들을 모두 불태우리라 마음먹었다. 하지만 합격 소식을 듣고 얼마 지나지 않아 지도서와 각론 자료들은 한 후배의 손에 넘겨져 한 줌의 재로 변할 위기를 넘겼다. 반면에 교육학은 재미있게 공부하기도 했고, 지방 교대생인 나의 서울 합격에 공을 세운 고마운 과목이었다. 그러니 내 손으로 만든 교육학 기출 분석 노트는 가보로 대물리리라 다짐했다. 하지만 이 역시 함께 공부하다 고배를 마신 지인에게 응원의 마음을 담아 선물했다.

아깝거나 억울하지 않았다. 왜냐하면 내게는 그 모든 것들이 이미 과거가 되었기 때문이다. 그토록 아끼고, 모서리가 닳도록 보았던 책과 노트들이 우습게도 더 이상 필요치 않았다. 그 사실이 기쁘고 좋았다. 임용고사 공

---

[1] 김정현, "서울 초등교사 임용 합격자, 평균 1년 4개월 후 발령", 뉴시스, 2022.10.11.

부를 하면서 나를 가장 괴롭힌 건 자꾸만 줄어드는 TO도, 주변 사람들의 시선도 아니었다. 나만 고인 물이 되어 청춘을 썩히고 있는 건 아닐까 하는 생각이었다. 그런 내가 이제 미래로 나아갈 수 있다. 더는 쉼에서 죄책감을 느끼지 않아도 괜찮다. 노력과 의지로 임용고사라는 고난과 역경을 이겨 냈으니 앞으로 무서울 것은 없다. 마치 인고의 시간을 거치고 제대를 앞둔 병장의 마음이었다.

먼저 마음 놓고 놀 수 있는 면죄부를 만끽했다. 먹고, 자고, 놀고를 반복하며 이제부터 펼쳐질 미래에 대한 달콤한 상상을 하는 날들이었다. 밀렸던 잠을 보상받듯 매일 늦잠을 자거나, 보고 싶었던 드라마들을 정주행하는 것도 황홀했다. 불쑥불쑥 찾아와 나를 쪼그라들게 하던 불안과 열등감도 사라졌다. 시험 핑계로 못 보던 친구들을 만나고, 요즘 어떻게 지내냐는 지인과 친척들의 말에 웃으며 대답할 수 있게 되었다. 하루하루가 행복했다.

가장 기뻤던 것은 그동안 걱정으로 굽었던 부모님의 어깨가 스윽 펼쳐지는 것을 보는 것이었다. 어머니는 지금은 돌아가신, 엄하고 무뚝뚝했던 아버지께서 내가 최종 합격한 날 술을 거나하게 걸친 채 길에서 만세를 불렀다는 이야기를 들려주셨다.

한동안 나는 속되게 말해 참 쓸모가 없는 딸이었다. 대학교 4학년 때 갑자기 병원 신세를 지고 수술을 받았다. 출석 일수를 겨우 채워 졸업은 했지만 그 이후 한 것도 없이 시간만 흘러 삼수생이 되었다. 공부는커녕 몸과 마음을 추스르기에도 바빴던 뒤늦은 사춘기였다. 교사가 내 길일까 고민한 답시고 몇 년을 보내고서야 가산점도 없이 굳이 서울로 시험을 보겠다며 고

집을 부렸다. 그런 나를 보며 잔소리 한 번 없으시기에 감사해하면서도 무심한 부모님으로만 여겼다. 특히 아버지께서는 어릴 적부터 공부하라는 말도, 시험을 잘 봤냐는 말도 단 한 번 하신 적이 없었다.

난 지금도 가끔 그 장면을 상상한다. 감정 표현에 서툴기로 치면 통나무 같고, 욱하기로는 천둥 같았던 분이 거리의 보도블록 위에서 만세를 외치며 손을 번쩍 드셨을 모습을 말이다. 그러면 웃음도 나고, 눈물도 나는 이상한 표정이 된다. 아마 그날 밤 만세를 부르던 아버지의 얼굴도 그랬을 것이다.

대학교 입학 후 나는 줄곧 따로 나와 살았다. 서울에서 교사 생활을 시작한 뒤에는 본가와 더욱 멀어졌고, 중간에는 대학원으로 인해 미국 생활도 했기에 더더욱 가족을 볼 시간이 없었다. 특히 예순을 넘자마자 돌아가신 아버지와 함께할 수 있었던 시간은 내 예상보다 훨씬 짧았다. 그런 내가 발령을 기다리며 본가에서 가족들과 보냈던 그 시절은 지금 생각해 보면 정말로 신이 주신 선물이었다.

공무원 채용 신체검사와
기간제 교사 경력 증명서

합격의 기쁨과 동시에 가장 먼저 해야 할 일은 서류 제출 기한을 확인하는
것이다. 보통 해당 교육청 홈페이지에 들어가면 내야 하는 서류의 종류와 날짜가
안내되어 있다. 졸업증명서, 주민등록등본, 가족관계증명서, 교원자격증 사본 등
십여 가지 이상의 서류들을 제출해야 한다.

준비해야 할 서류는 교육청마다 차이가 있지만 공통적으로 요구하는 것 중
기억해야 할 것은 공무원 채용 신체검사서이다. 다른 서류들은 그 자리에서 즉시
교부받을 수 있는 반면, 공무원 채용 신체검사는 결과가 2~3일, 또는 일주일 뒤에
야 나오기도 한다. 당일 발급이 되는 곳도 있지만 서둘러 받아 둬야 마음이 편하다.
어떤 수험생들은 최종 합격 발표가 나기 전에 공무원 채용 신체검사를 미리 받기도
한다. 김칫국부터 마시는 느낌이 들더라도 불안하다면 이 방법이 나을지도 모르겠
다. 나의 경우 합격자 발표 후 주어진 서류 제출 기한이 3~4일 정도로 촉박했다. 넋
놓고 있다가는 기한을 놓치기 십상이다.

임용 전 경력이 있다면 경력 증명서도 꼭 제출해야 한다. 군대, 대학원, 기
간제 교사 등 다양한 경력이 호봉에 반영될 수 있다. 특히 기간제 교사 경력은 미리

교직 생활을 경험해 본다는 점에서 도움이 된다. 호봉에도 100% 반영되기 때문에 호봉 승급 면에서도 유리하다. 신규 교사는 9호봉부터 시작이다. 교대를 졸업하면 받게 되는 2급 정교사 자격증이 8호봉으로 산정된다. 그리고 임용 시험에 합격하면 1호봉이 가산되어 9호봉으로 시작하게 되는 것이다. 그렇게 똑같이 9호봉으로 시작하더라도 6개월 기간제를 했던 교사는 그 기간을 인정받아 다른 사람보다 6개월 먼저 10호봉으로 승급된다. 이를 위해서는 기간제 교사 경력 증명서를 교감선생님께 제출하면 된다. 그 외의 서류는 교감선생님이 준비해 주실 것이다. 발령과 동시에 호봉에 반영될 수 있도록 기간제나 시간강사를 했던 학교에서 관련 서류를 미리 받아 두는 것이 좋다.

임용고사 합격 후 기간제 계약을 할 때 주의해야 할 점은 근무 기간을 신중하게 정해야 한다는 것이다. 본인이 언제 발령 날지를 확실히 알 수 없으므로 등수나 현재 발령 현황을 보고 계약 기간을 결정해야 한다. 9월에 발령 날 것으로 예상하고 3월부터 6월까지 기간제 계약을 했는데 5월에 발령이 나 버린다면 매우 곤란한 상황을 겪을 수 있다. 참고로 예전에는 3월부터 6월까지, 9월부터 12월까지 4개월씩 계약하는 것이 일반적이었으나 최근 기간제 교사를 구하기 어려운 지역에서는 방학을 포함하여 한 학기 단위로 계약을 하기도 한다.

기간제를 하는 과정은 생각보다 즐겁고 여유로웠다. 지금보다 훨씬 더 보수적인 학교 문화였기에 답답한 부분도 있었지만 동학년 선생님들과 학생들에 있어서만큼은 운이 좋았다는 생각이 든다. 그리고 합격을 받아 둔 상태여서 자존감이 충천할 때라 주변을 크게 신경 쓰지 않기도 했고, 발령받을 지역이 아닌 곳에서 기간제를 했기에 더 편하기도 했다. 요즘도 기간제라는 이유로 무시를 당하거나 불합

리한 대우를 받는 일이 왕왕 벌어지고 있는데 참으로 안타까운 일이다. 기간제든

아니든 내 할 일을 다 했다면 당당하지 않을 이유는 없으며, 그런 이들을 당당하지

못하게 만드는 사람들이야말로 부끄러워해야 한다.

검은 물결 속
무지개 원피스

"나는 우리 삶에 생존만 있는 게 아니라

사치와 허영과 아름다움이 깃드는 게 좋았다.

때론 그렇게 반짝이는 것들을 밟고 건너야만 하는 시절도 있는 법이니까."

김애란, 『잊기 좋은 이름』, 열림원, 2019, p.12-13

보통 사치는 목적이나 능력에 맞지 않게 돈을 낭비하는 것을 뜻한다. 하지만 고시생에게 최대의 사치란 돈 대신 시간을 낭비하는 것이다. 사치는 나쁜 것이라고들 하지만, 때로 사치는 여행을 하거나 훌륭한 공연을 보는 것처럼 삶이나 아름다움을 향유하는 방법이 되기도 한다. 내 경우에는 공부를 지속하는 동력에 가까웠다. 고시생에게 낭비할 시간이 있을까 싶지만 김애란 작가의 말처럼 때로는 그렇게 반짝이는 것들을 밟고 건너야만 버틸 수 있는 시절도 있다. 고난의 순간에 인간을 살게 하는 것은 밥이나 채찍이 아니라 소소한 행복이다.

임용고사를 준비하던 시절 나의 사치 할당량 대부분은 공상을 하는 행위로 채워졌다. 흰색 핀턱 셔츠에 군더더기 없는 펜슬 스커트, 날렵한 스틸레토 힐을 신은 내 모습을 그렸다. 상상 속의 나는 일 처리도 빠르고, 선생님들과 학생들 사이에서 카리스마 있으며, 신규답지 않은 완벽함을 지닌 커리어 우먼이었다.

지금 생각하면 현실성이 극도로 결핍된 상상이다. 특히 펜슬 스커트에 대한 로망은 실소마저 나온다. 지난 체육 시간에는 아이들과 비석치기를 했고, 점심시간에는 바닥에 앉아 보드게임을 했다. 게다가 나의 첫 학교는 한참을 등반해야 도착하는 언덕 위에 있었으니 뾰족 구두와 딱 붙는 정장 치마 모두 가당치도 않은 패션이었다. 10년 넘게 학생으로서 직접 학교를 다녔으면서도 상상 속의 내 모습은 드라마 속의 교사를 닮아 있었다. 그런 비현실적이고, 오글거리는 환상을 그려 내는 시간이 내게는 책상 앞에서 부릴 수 있는 몇 안 되는 사치이자 독서실 생활을 버티게 하는 정서적 땔감이었다.

예상했겠지만 '완벽한 교사로서의 나'에 대한 상상은 아주 빠르게 깨져 버렸다. 그 첫날이 바로 임명장 수여식이었다. 난 발령을 기다리며 기간제 교사를 했고, 그렇게 한 학기 동안 일해서 모은 돈으로 여름 한 달간 유럽 여행을 했다. 원시시대 이야기처럼 들리겠지만 10여 년 전에는 카카오톡이나 인스타그램처럼 인터넷을 이용해 해외에서도 쉽게 연락을 주고받을 만한 플랫폼이 거의 없었다. 있었다고 해도 휴대폰 로밍조차 하지 않았던 내가 사용했을 리 없지만 말이다. 게스트 하우스의 느려 터진 컴퓨터에서 2~3일에 한 번 부모님께 살아 있음을 메일로 알리는 것이 나와 한국 사이의 유일한 소통이었다.

선생님이 되다_3 검은 물결 속 무지개 원피스

한국으로부터의 단절과 고립에 가까운 유럽 여행을 마치고 드디어 인천 공항에 돌아온 날이었다. 비행시간을 고려하지 않은 채 도착 날짜를 출발 날짜로 잘못 알고 파리에서 인천으로 돌아오는 비행기를 놓치고 말았다. 그 바람에 갖은 고생을 하고 하루 늦게 한국 땅을 밟은 순간이었다. 안도의 한숨을 내쉬며 한 달여 만에 휴대폰을 켰을 때, 운명처럼 벨이 울렸다. 교육청으로부터 온 전화였다. 왜 이렇게 연락이 되지 않느냐며 선생님이 되기 싫은 거냐는 격앙된 목소리가 들려왔다. 그럴 리가요. 당장 내일이 임명식이었다. 고향 집으로 가는 버스표를 환불받고, 근처 친척 집에서 하루 신세를 지기로 했다.

지금이라면 무조건 정장과 구두부터 사러 갔을 것이다. 나는 안타깝게도 임명장 수여식이 어떤 분위기인지 알지 못했다. 캐리어 속 냄새나는 옷더미 속에서 가장 깨끗한 옷은 무지개색 시폰 원피스였다. 말 그대로 초록, 주황, 노랑, 핑크가 뒤섞인 총천연색 원피스였는데, 심지어 허리에는 손바닥 두께만 한 금빛 실크 리본을 묶었다. 신발이라고 다를 리 없었다. 7월의 배낭여행에서 앞이 막힌 검정색 뾰족 구두가 있을 리 만무했다. 흰색과 파란색이 교차하는 스트라이프 무늬에 가짜 코르크 밑창이 달린 싸구려 샌들을 신고 시꺼멓게 탄 얼굴로 교육청에 도착했다. 임명장만 받아서 바로 집에 가는 줄 알았던 나는 거대한 딸기우유 같은 분홍색 28인치 캐리어도 낑낑대며 끌고 갔다.

흑백텔레비전에서 실수로 컬러 화면이 송출된 것 같았다. 나는 검은 정장 물결 속에서 어마어마한 무지갯빛 존재감을 뿜어내며 의자에 앉았다. 여느 행사와 같이 축사와 각종 인사말을 듣고 난 뒤에, 합격자들이 한 명씩 단상에 올라 임명장을 받았다. 내 앞 여자 선생님은 내가 꿈꾸던 검은 모직 스커트에 흰 블라우스를 입고, 살구색 스타킹 위로 반짝이는 에나멜 힐을 신고 있었다. 과하지 않은 영롱한 진주 귀걸이는 화룡점정이었다. 다음은 내 차례였다. 임명장을 건네던 교육감님이 나를 위아래로 훑어보았다. 속절없이 벌러덩 나와 있던 발가락이 움츠러들었다.

보통 임명식에는 발령 학교의 교무, 연구부장님이나 교감선생님이 직접 나와 맞아 주시고, 학교로 함께 가서 인사를 나눈다. 나는 그렇게 내가 근무할 학교의 선생님께 처음으로 인사를 드렸다. 지금도 마중 나와 주셨던 선생님의 첫 말씀이 또렷이 기억난다.

"찾기는 쉬워서 좋네!"

선생님 차 트렁크에 유럽 여행 한 달간의 짐이 실린 캐리어를 구겨 넣고, 나도 같이 뒷좌석에 구겨진 채 한참을 달렸다. 그날부터 수년간 매일같이 걸어 온 언덕길을 지나 목적지에 도착했다. 1학년부터 6학년까지 다 합해도 20학급이 되지 않는, 서울 외곽의 작고 오래된 초등학교였다. 교사로서의 내 첫 번째 학교였다.

나는 모르는 번호로 오는 전화는 받지 않는다. 하지만 임용 대기자라면 다르다. 특히 본인이 합격한 교육청의 지역 번호로 시작하는 전화번호라면 무조건 받으라고 말하고 싶다. 발령 통지는 교육청으로부터 문자나 전화로 안내된다. 때에 따라 교육청 홈페이지의 교사 발령 공지 사항에 본인 이름과 발령 난 지역 교육지원청이 안내되기도 한다.

교육청은 알아도 교육지원청이라는 개념이 낯설게 느껴질 수 있다. 설명하자면 전국에는 17개 시도 교육청이 있고, 시도 교육청 내에는 시군별로 교육지원청이 조직되어 있다. 예를 들어 서울시 교육청 밑에는 남부, 강서양천, 성동광진, 중부 등 11개의 교육지원청이 있다. 어느 교육지원청의 어떤 학교로 발령받을 것인가를 결정하는 기준은 보통 주소지이다. 하지만 해당 지역이 교사들이 서로 가고자 하는 경합 지역인 경우에는 그다음 근접 지역으로 발령받게 되므로 유의해야 한다. 더불어 3월 발령이 아닌 중간 발령이라면 휴직 등으로 빈자리가 생긴 학교에 발령을 받게 된다. 이때에도 주소지는 고려되지만 근접 지역에 빈자리가 없다면 거리가 있는 학교로 발령받을 수도 있다.

3월 1일 자 발령은 1월 말에서 2월 초중순, 9월 1일 자 발령은 8월 초순에 발령이 난다. 따라서 3월 발령을 받았다면 임용고사 합격자 발표 후 거의 바로 임명장 수여식 날짜를 연락받게 된다. 등수가 애매하여 자신의 발령일을 알 수 없는 대부분의 사람들은 꼼꼼히 연락을 확인해야 한다.

내가 합격한 해에는 적체된 합격자가 많았다. 전년도 합격자도 다 발령을 받지 못한 상태라 내 등수라면 2학기 중반에나 발령이 날 것이라 확신했었다. 그래서 대책 없이 연락을 두절하고 여름에 여행을 떠났던 것이다. 하지만 나는 9월 1일 자 발령을 받았고, 하루만 늦게 한국에 돌아왔어도 임명장 수여식에 가지 못했을 것이다. 그렇다고 임용이 취소되는 것은 아니다. 다만 불가피한 사유가 아닌데 수여식에 불참하는 것은 발령 학교에 좋은 첫인상을 주기 어렵다.

임명장 수여식에서는 국가공무원으로서 지켜야 할 의무와 선서를 말하고, 한 명씩 단상에 올라 임명장을 받는다. 절차적인 부분은 교육청에 따라 다를 수 있다. 임명장 수여식에서 개인별 서류봉투를 준다면 챙겨서 학교에 제출하고, 이미 교육청에서 해당 학교 교감선생님께 전달했다면 신경 쓰지 않아도 된다.

가장 중요한 부분은 임명식 후 첫 학교 선생님들과의 만남이다. 앞서 말했듯 임명식에는 발령 학교의 교무, 연구부장님이나 교감선생님이 직접 나와 맞아 주시고, 학교로 함께 가서 인사를 나눈다. 따라서 나처럼 강렬한 인상을 남기고 싶은 것이 아니라면 무난한 정장을 입는 것이 좋지만, 굳이 블랙 투피스 정장에 스튜어디스 머리를 하고 갈 필요는 없다.

상대방에게 불편함을 주는 복장이 아니라면 초등학교에서 의상 때문에 문제가 생기는 일은 거의 없다. 참고로 중등학교에 비해 초등학교의 근무 복장은 조금 더 자유로운 편이다. 청바지나 티셔츠를 입는 선생님도 많고, 체육 시간에는 오히려 운동복으로 갈아입는 것이 원칙이다. 여름에는 샌들이나 과하게 짧지 않은 반바지와 더불어 민소매 의상도 입는다. 슬리퍼나 과도한 노출이 있는 의상이 아니라면 개인의 취향은 존중된다.

집이 아니라 지옥

합격 후 서류도 제출했고, 신규 교사 임용 연수도 받고, 임명장 수여식도 통과했다. 공적인 절차는 모두 끝난 것이다. 이제 남은 건 생존과 적응이다. 일단 생존에 가장 중요한 것은 의식주, 그중 집이다. 집 근처로 발령을 받았다면 행운이지만 아예 다른 지방에 살았거나, 학교와 본가가 거리가 있다면 자취를 해야 한다. 대학생 때야 학교 근처 빌라나 오피스텔을 대충 잡으면 됐다. 하지만 이제는 조금 더 신중하고, 현명하게 집을 구해야 한다. 집은 새롭게 시작될 사회생활의 첫 보금자리이며, 경제적 독립을 위한 임시정부청사 같은 곳이다.

정작 이렇게 말하는 나는 집을 아주 대충 구했다. 누차 말하지만 나의 발령 통보는 소나기처럼 갑작스럽게 찾아왔다. 집을 알아볼 시간은 사나흘 정도밖에 없었다.

원시인 같았던 연락 두절 유럽 여행 한 달

➡ 인천공항 입국과 함께 분노 가득한 교육청 전화를 받음

➡ 다음 날 임명장 수여식 및 발령 학교 인사 후 본가로 돌아옴

➡ 이틀 후 서울에 올라와 당일에 집 계약

이 모든 일들이 나흘 안에 일어났다. 싸고, 안전하며, 쾌적한 집을 구할 시간과 여유는 없었다. 충동구매 후 그 물건을 써 본 뒤에야 뒤늦게 단점을 알아 가듯이, 나는 그 집의 나쁜 점들을 살아가면서 깨달았다.

낮에 보았을 때는 몰랐는데 그 주변은 밤에 더욱 활기가 돌았다. 휘황찬란한 조명이 비추는 거리에는 음악 소리가 가득했다. 하늘이 어두워질수록 어디에선가 사람들이 나타나 모여들었다. 한마디로 유흥가였다. 창문을 열면 모텔 간판들 사이로 교회 십자가가 삐죽 보이는 풍경이 있었다. 역세권이었지만 역에서 집까지 걸어오는 길에는 항상 술 취한 사람들을 마주쳐야만 했다. 뒤에서 누군가 나를 부르거나, 잡거나, 따라오는 일이 비일비재했다. 평생 지방 중소 도시의 아파트촌에서 평화롭게 살던 나는 서울에 사는 사람들은 매달 60만 원이라는 월세를 내며 이렇게 시끄럽고 불안하게 사는 것이 놀라웠다.

발령받은 지 네 달쯤 되었을 무렵, 12월 24일은 크리스마스이브이자 첫 겨울방학을 맞이하는 날이었다. 설렘과 기쁨이 가득했어야 할 그날 아침, 나는 울고 있었다. 새벽 내내 누군가 내가 사는 집 문을 열려고 했기 때문이다. 여섯 자리 비밀번호를 무작위로 눌러서 맞출 확률은 100만분의 1이지만, 나는 그 1의 확률로 문이 열릴까 봐 덜덜 떨었다. 그 집은 예닐곱 평 남짓의 작은 원룸이었다. 저 현관문이 열리면 나는 숨을 곳도 없이 침입자를 마

주해야 했다.

띡띡띡띡띡. 띠리릭. 비밀번호가 틀렸습니다.

띡띡띡띡띡. 띠리릭. 비밀번호가 틀렸습니다.

잠을 자다가 낯선 전자음에 깬 것이 새벽 3시쯤이었다. 그 사람은 지치지도 않는지 1시간이 넘게 번호를 누르고 또 눌렀다. 인터폰으로는 얼굴이 보이지 않았다. 소리를 지르자니 무섭고, 문을 열어 꺼지라고 말하는 것도 겁이 났다. 112를 눌러 경찰을 불렀다. 10분 남짓 지났을 때, 경찰이 집 문 앞에 도착했다. 하지만 우리 집 앞은 물론이고, 건물 전체를 살펴봤지만 아무도 없다고 했다. 술에 취한 누군가가 자기 집으로 착각하고 실수로 비밀번호를 누른 것일 거라고 했다. 새벽 4시 반, 경찰이 돌아가고 나는 다시 혼자가 되었다.

'그래, 술 취한 사람이었을 거야. 이제 집으로 돌아갔을 테니 나도 잠을 자자. 아침에 출근해야지.'

나를 다독이며 침대에 누웠다. 그런데 다시 문에서 소리가 났다.

띡띡띡띡띡. 띠리릭. 비밀번호가 틀렸습니다.

악몽 같았다. 술 취한 사람이라면 경찰이 돌아가자마자 이렇게 바로 돌아오지는 않았을 것이다. 또 신고를 한다 해도 저 사람은 숨어 버릴 것 같

선생님이 되다_4 집이 아니라 지옥

았다. 나는 화장실로 들어가 문을 잠갔다. 저 사람이 들어온다면 그나마 화장실 문이 시간을 끌어 줄 것이라고 생각했다. 100만분의 1, 확률의 힘을 믿으며 변기 뚜껑 위에 앉아 1시간을 보냈다. 겨울이라 날은 어두웠지만 5시 반이 되자 사람들의 일상이 시작되었다. 출근하는 사람들이 생겨났고, 비밀번호를 누르던 그 사람도 자취를 감추었다.

나는 짐을 쌌다. 캐리어에 옷가지와 자질구레한 물건들을 채워 넣었다. 불안과 공포로 밤을 지새운 나는 거의 제정신이 아니었다. 무조건 이 집을 나가야 한다는 마음 하나로 캐리어를 끌고 학교로 향했다. 파리해진 내 얼굴을 보고 옆자리 선생님이 안부를 물었다. 방학식이 끝나고, 나는 고향집에 내려갔다. 그리고 다시는 그 집에 가지 않았다. 전화로 집주인에게 CCTV를 확인하고 싶다고 말했으나 보여 줄 수 없다고 했다. 현관 앞에 달린 보안 카메라가 과연 그동안 작동하고 있었는지부터 의심스러워졌다.

겨울방학을 마치고 다음 해부터 나는 새로운 집에서 살게 되었다. 그 집은 규모가 있는 오피스텔이었다. 비밀번호로 열리는 현관문이 있었고, 건물 1층에는 경비실이 있었다. 창밖으로는 모텔 대신 편의점과 파출소가 보였다. 물론 그 집에서도 완전하게 안전하다고 느낀 것은 아니었다. 때때로 착각인지 실제인지 모를 불안을 느낄 때도 있었지만 발령 후 첫 번째 집에서 느낀 극도의 공포와는 차원이 다른 것이었다.

새로 집을 구하는 신규 선생님들은 주로 월세나 역세권, 학교와의 거리에 관심이 많다. 하지만 나는 안전한 환경이야말로 중요하다고 강조한다. 발령 후 반년은 적응하느라 안 그래도 힘든 시간이다. 가족들과 함께 사는 집에서 출근할 수 있다면 행운이겠지만, 그렇지 않다면 새롭게 구할 집은 몸과 마음이 온전히 쉴 수 있는 공간이어야 할 것이다.

출퇴근 시간을 어느 정도까지 견뎌 낼 수 있는지는 개인의 체력과 특성에 따라 차이가 있다. 학교까지 자가용으로 15분 거리인 곳에서도 살아 보았고, 왕복 3시간 반을 지하철과 버스에서 부대끼며 통근해 보기도 했다. 약 10년간의 사사로운 빅 데이터를 바탕으로 했을 때 내 출퇴근 시간의 마지노선은 차로 최대 40분, 대중교통으로 최대 1시간이다. 이보다 멀어지면 출퇴근에 너무 많은 시간과 에너지를 소비해 삶의 질이 급격히 낮아진다.

싸고, 가깝고, 시설도 좋은 집을 구할 수 있다면 좋겠지만, 안타깝게도 좋은 집을 고를 지식도 경제력도 충분치 않았던 과거의 나에게는 선택지가 별로 없었다. 하나를 선택하면 나머지는 포기해야 하는 제로섬의 구조였다. 그런 한계를 극복하기 위해 과거의 나로 돌아간다면 세 가지를 바꿀 것이다.

첫째, 운동을 한다.

왕복 2시간의 출퇴근에 지쳐 학교에 도착하자마자 진이 빠지고, 집에 오자마자 소파와 한 몸이 되었던 나의 문제는 저질 체력이었다. 툭하면 졸고, 피곤함을 느꼈다. 나이가 들수록 느끼는 건 체력도 능력이라는 것이다. 같은 조건에서 피곤함을 덜 느끼고 집중력을 더 발휘하려면 역시 운동을 통한 체력 향상이 답이다.

둘째, 출퇴근길의 소확행을 만들 것이다.

불편하고 어려운 일도 견뎌 내며 삶을 지속시키는 것이 어른이 되어 가는 과정 중 하나임을 깨달았다. 다만 그 과정이 꼭 괴롭기만 할 필요는 없다. 음악이든, 책이든 자신만의 행복 포인트를 만들어야 한다. 돌아보면 나의 행복 포인트는 퇴근길 지하철과 연결된 마트와 노점에서 사 가는 주전부리였다. 달랑달랑 손에 든 봉지가 든든할수록 하루의 피로가 씻기는 기분이었다. 전자책이나 인터넷 강의 등으로 생산적인 시간을 보내는 것도 좋았을 것 같다. 무엇보다 지금처럼 OTT 서비스가 풍성한 시절이었다면 매일 아침 출근길이 더 행복했을 텐데 하고 아쉬움이 남는다.

셋째, 내게 주어진 조건을 최대한 활용해 집을 신중하게 고르겠다.

너무나도 경솔했던 나의 집 고르기는 지금 생각해도 한심하다.

1. 집세는 근처 시세를 보고 파악하되, 최대 월급의 1/3을 넘지 않는 것이 좋다고 한다. 식비, 통신비 등 고정비와 생활비까지 빼고 나면 얼마를 남길 수 있는지 계산해 보자.

2. 직주 근접, 즉 직장과 집은 가까울수록 좋다는 말이 있다. 하지만 학부모나 학생들을 자주 마주치게 된다는 점에서 학교와 지나치게 가까운 곳에 집을 구하는 것은 단점도 있다. 목욕탕에서 학부모를 마주치는 일화는 이제는 거의 사라졌다. 그

래도 동네 곳곳에서 제자와 학부모를 만나는 상황은 불편할 수 있다. 특히 젊은 신규 교사의 일거수일투족에 관심이 많은 학군이라면 더더욱 그렇다.

3. 근처에 있는지 확인해 볼 것들: 경찰서나 파출소, 편의점이나 마트, 역, 버스 정류장 등.

4. 내가 중요하게 생각하는 시설·장소가 있는 곳이라면 더욱 좋다. 공원, 도서관, 미술관, 운동 시설, 카페 등 나의 삶의 질을 높여 줄 수 있는 활동이 무엇인지 떠올려 보자. 단, 모든 것을 다 갖춘 곳을 찾기란 쉽지 않으므로 선택과 집중이 필요하다.

5. 집 자체적으로 확인할 것들: 수압, 소음, 곰팡이, 보안(건물 출입구와 현관, 보안 카메라 등), 관리비(전기세, 가스비, 수도세 포함 여부), 포함된 가전 / 가구 여부(오피스텔은 보통 대부분의 가전이 포함), 경비실이나 무인 택배함 여부 등.

6. 무주택 세대주가 되어 살게 될 경우 월세와 전세 자금 대출에 대해 연말 정산 공제 혜택을 받을 수 있다. 주택 청약 통장도 만들었다면 이 또한 연말 정산 공제 혜택을 잊지 말자. 행정실에서 각 교사들의 상황을 알고 챙겨 주는 것이 아니므로 주택 관련 비용뿐만 아니라 연금 저축, 기부금, 의료비나 난임 치료비 등 공제 내역들은 알아서 잘 챙겨서 신청해야 한다.

잠이라는 적

"게으른 자여 네가 어느 때까지 눕겠느냐.

네가 어느 때에 잠이 깨어 일어나겠느냐.

'좀 더 자자, 좀 더 졸자, 손을 모으고 좀 더 눕자' 하면

네 빈궁이 강도같이 오며 네 곤핍이 군사같이 이르리라."

성경 잠언, 6장 9-11절

나는 잠이 많은 사람이다. 그로 인해 무시무시한 잠언 말씀처럼 가난과 빈곤까지 찾아오지는 않았지만 여러 가지 불편한 상황과 스트레스를 마주한 것은 사실이다. 지각은 일상이었고, 늦잠을 너무 자주 자는 바람에 대부분 택시를 타고 출근을 했다. 오죽하면 선생님들이 그 택시비면 자동차 리스를 하는 게 낫겠다고 할 정도였다.

내가 발령 초기에 겪었던 대부분의 문제들은 일찍 일어나서 여유롭게 하루를 시작했다면 대부분 해결됐을 일들이었다. 하지만 반대로 그러지 못했기 때문에 많은 것들이 나쁜 상태 그대로 유지되었다. 조급하고 바쁘게 시작된 하루, 지각할까 봐 아침부터 받은 스트레스, 학교에 도착하면 벌써 진이 빠진 나, 제대로 정돈되지 않은 상태로 수업에 들어가고, 실수를 하고, 후회했다. 늦잠 - 지각 - 스트레스로 이어지는 비효율적인 악순환은 몇 년이나 나를 옭아맸다.

나의 아침은 항상 분주하고, 피곤하고, 벅찼다. 그 시절 출근길의 나에 관해서 떠오르는 몇 가지 장면들은 헉헉대며 계단을 오르내리고, 젖은 머리로 급히 화장을 고치는 모습이다. 그것도 아니면 졸고 있거나, 발을 동동 구르며 택시를 잡는 나다. 과거의 나에게 해 주고 싶은 말은 차고 넘치지만, 그중 하나가 제발, 제발 일찍 일어나라는 것이다.

신기하게도 지금은 아침 일찍 일어나는 것이 그때만큼 어렵지 않다. 처음에는 그 이유를 나이를 먹어서 생긴 호르몬의 변화 때문이라고 생각했다. 하지만 난 지금도 여전히 잠이 많다. 그렇다고 20대의 내가 마흔 살을 바라보는 지금의 나보다 체력이 부족했을 리도 없다. 내가 내린 결론은 활기찬 20대 중반의 체력으로도 벅찰 만큼 당시의 내가 많은 에너지를 소모하고 있었다는 것이다. 친구를 자주 만나거나 운동을 격하게 한 것은 아니었다. 내 활동 에너지의 대부분을 잡아먹었던 건 익숙함에서 한참 벗어난 매일의 일상을 견뎌 내는 것이었다.

첫 학교는 혼자 살던 집에서 차로 20분 정도의 거리에 있었다. 하지만 당시 차가 없던 나에게는 지하철역까지 걸어가는 시간만 20분이 걸렸다. 결국 버스, 지하철, 또 다른 지하철, 다시 버스로 이어지는 환승 지옥을 통과하느라 통근 시간은 왕복 2시간이 족히 걸렸다. 어떤 이들에게는 '그 정도쯤

이야 하는 일일 테고, 지금의 나 또한 서울 안에서 1시간 거리의 출퇴근이 흔하다는 것을 알게 되었다. 하지만 택시를 타면 10~20분 안에 어디든 금세 갈 수 있는 시골에서 살아온 나에게 1시간은 한 도시에서 다른 도시로 이동할 수 있는 꽤 긴 시간 개념이었다.

공간이든, 일이든, 시간 개념이든 익숙함을 벗어난다는 것은 고된 일이었다. 직장에 가는 데 이렇게 긴 시간을 써야 한다는 상황 자체가 낯설었다. 세 번의 환승이 번거롭기는 했지만, 학교가 서울 외곽에 있어서 내가 타는 방향의 출근 지하철은 한산했다. 사람들을 모두 토해 낸 휑한 지하철을 타고 잠깐이지만 앉아서 갈 수 있었던 것도 나름 감사할 일이었다. 하지만 지하철을 거의 타 본 적이 없는 시골쥐였던 나는 어마어마한 인파가 쏟아져 나오는 모습을 보는 것만으로도 아침부터 질려 버리곤 했다.

똑같은 독서실 자리에 앉아 똑같은 옷을 입고 똑같은 책을 보며 1년을 보냈다. 그러다 갑자기 새로운 곳에서, 새로운 일을 하며, 새로운 사람들을 만나게 된 것이다. 지금은 내가 남들보다 변화에 적응하는 속도가 느리다는 것을 받아들였지만, 20대 중반의 나는 나에 대해 모르는 게 많았고 인정하고 싶지도 않았다. 그래서 그저 나를 탓했다. 난 왜 이렇게 항상 피곤할까. 잠 하나 줄이는 것도 못 하고 매일 늦잠을 잘까. 스스로가 한심하고 답답했다.

시간이 지나고 보니 마음대로 되지 않던 잠은 낯선 환경에 대한 거부 반응이자 적응의 과정이었다. 즉, 그때의 나는 시간이 필요했다. 이를 증명이라도 하듯 4년쯤 지나고 나니 내게도 편안함이 찾아왔다. 그러니 만약 누군가 나와 비슷한 어려움을 겪고 있다면 말해 주고 싶다. 시간이 조금 필요한 것뿐이라고. 스스로를 너무 몰아붙이고 비난하는 건 오히려 에너지를 잡아먹는 짐을 하나 더 얹어 주는 거라고 말이다. 한없이 마음 놓고 있을 수만은 없다는 걸 안다. 첫 학교, 첫 아이들, 교사로서의 첫 1년. 그만큼 잘하고 싶었다. 하지만 마음만 앞서서 되는 일은 아무것도 없었다. 운동을 통해 스트레스에 견디는 마음의 힘과 체력을 기르며 조금씩 새로움을 받아들여 간다면, 어느새 그 속에서 편안해진 자신을 발견할 수 있을 것이다.

신규 임용 연수, 1정 연수, 복직 연수, 상시 연수

신규 교사 임용 연수는 신규 교사들을 대상으로 교직 생활 전반에 대해 알려 주는 연수다. 본 연수는 대체로 2~3월에 약 1주일 동안 실시된다. 아침부터 오후 대여섯 시까지 이어지므로 일정이 꽤 빡빡하다. 장소는 그 지역 교육청의 교육연수원이다. 예를 들어 서울은 서초에 있는 서울시 교육연수원에서, 경기도 교육청은 이천에 있는 경기도 교육연수원에서 연수를 실시해 왔다. 성적이 반영되는 연수가 아니므로 편안한 마음으로 자유롭게 참여하면 된다. 다만 교육연수원은 외진 곳에 있는 경우가 더러 있어 교통편과 숙소, 이동 시간 등을 미리 확인하는 것이 현명하다.

연수에서는 복무 지침과 업무 포털 서비스 활용 방법, 학급 운영 사례 등을 알려 준다. 요즘은 교권 침해 및 민원 사례가 늘어나면서 교원단체 가입이나 학교 안전사고에 관한 수업도 강화되었다. 커리큘럼 자체는 알찬데 연수 자료를 두꺼운 책으로 묶어 놓으니 거의 벽돌 수준이다. 특히 장학사나 각 학교의 교장선생님들이 와서 수업을 하다 보니 분위기가 딱딱하고 지루한 경우가 많다. 그럼에도 불구하고 문서 기안 방법이나 복무 규정은 유용하기 때문에 졸지 않고 듣기를 추천한다. 그리고 현장에서 오래 근무하며 자신만의 노하우를 축적한 수석 교사들의 수업은 주의 깊게 들어 두면 발령과 함께 바로 쓸 수 있는 소중한 정보가 가득하다.

신규 연수에서 가장 힘든 것이 무엇이었느냐고 묻는다면 나는 어색함이라고 답하겠다. 2월의 이른 아침에 집을 나서서 고등학생처럼 수업을 듣는 것? 독서실에서 10시간도 앉아 있었는데 그쯤은 일도 아니다. 수업 내용에 대한 부담? 평가가 없으니 그저 편하게 들으면 된다. 그런데 낯선 사람들 사이에서 느끼는 어색함은 해결책이 없었다.

수백 명, 많게는 1천 명 가까이 되는 신규 교사들이 같은 기간 동안 연수를 듣게 된다. 이 인원은 30여 명씩 여러 반으로 나누어지는데, 어떤 반이 될지는 연수 첫날 연수 자료와 이름표를 배부받으며 알 수 있다. 따라서 첫날은 무척 어색한 하루가 될 확률이 높다. 나는 지방 교대를 졸업해 서울로 시험을 쳤기에 아는 사람이 정말 한 명도 없었다. 그나마 임용고사 면접장에서 같은 방에 있었던 사람과 안면이 있어 잠깐 이야기를 나누었지만 그마저도 다른 반이 되었다.

낯을 무척이나 가리던 나는 스스로 민망한 분위기를 풍기며 자리에 앉아 있었고, 사람들과의 대화는 길게 이어지지 않았다. 주변을 둘러보니 다들 같은 교육대학교 출신에 이미 아는 사이였다. 즐겁게 대화하는 무리들 속에 어떻게 끼어들어야 할지 감도 오지 않았다. 지금 그때로 다시 돌아간다고 해도 내 성격상 어색함을 극복하기는 쉽지 않을 것이다. 하지만 그래도 시도해 보겠다. 밝게 웃으며 말을 걸어 보고, 그래도 안 되면 당당하게 혼밥을 즐길 것이다. 어차피 일주일은 금방 지나간다는 걸 이제는 잘 알고 있다.

더불어 신규 교사로서 약 3년, 서울의 경우 약 4년 정도가 지나면 1정 연수

과거의 나에게_5 신규 임용 연수, 1정 연수, 복직 연수, 상시 연수

대상자가 된다. 대학교를 졸업하며 2급 정교사 자격증을 받고, 1정 연수를 통해 1급 정교사 자격증을 받을 수 있다. 해당 공문이 오면 보통 교감선생님으로부터 연수를 신청하라는 연락을 받게 된다. 만약 연수를 신청하고 중도 포기하면 '미이수' 처리되어 향후 1년간 1정 연수를 신청할 수 없다. 따라서 연수 이수가 어려운 상황이라면 신청 기간 내에 '자격 연수 신청 포기원'을 제출하여 연수를 연기하는 것이 낫다.[5]

1급 정교사 자격증 연수는 방학 동안 약 3주에 걸쳐 매일 7시간가량 진행되는데, 최근에는 온라인 원격 연수와 집합 연수가 혼합되어 운영되기도 한다. 예전에는 연수 성적이 승진에 영향을 미치기도 했으나, 이제는 이수 여부만 따지는 방식으로 바뀌어 부담이 줄었다. 연수 장소 및 연수 내용은 신규 임용 연수와 비슷한 편이다. 하지만 연수 기간이 더 길기 때문에 교통편과 숙소, 이동 시간 등을 꼼꼼하게 확인하고 미리 준비해야 한다.

신규 임용 연수와 달리 1급 정교사 자격증 연수에는 보고서 및 분임 과제, 시험이 있다. 험난한 과정이지만 1급 정교사 자격증을 받으면 1호봉이 추가적으로 올라간다. 즉, 그 해에는 연차로 인한 호봉 승급과 1정 연수로 인한 추가 승급으로 인해 2호봉이 올라가게 된다. 다만 부장교사를 맡을 확률도 함께 올라간다. 21년까지는 1급 정교사 자격증이 없는 교사의 부장 경력은 인정되지 않았기 때문에 1정 연수를 마친 교사에게 부장을 맡게 하는 것이 암묵적인 규칙이었다. 규정이 바뀐 지금도 웬만한 학교에서는 1급 정교사 자격증을 가진 어느 정도 경험이 있는 교사에게 부장을 맡긴다.

세 번째로 복직 연수라는 것이 있다. 연속해서 2년 이상 휴직했던 교사가 복직하면 의무적으로 받게 되는 연수이다. 연수 내용과 장소는 앞서 말한 연수들과 비슷하고, 시험이 없으며, 상대적으로 적은 수의 교사를 대상으로 연수가 이루어진다. 연수에 참여하는 교사들은 육아휴직을 했던 사람들이 대다수를 차지한다. 내가 있던 반에서 육아휴직이 아니었던 교사는 30여 명 중 나와 남자 교사 한 분, 총 두 명뿐이었다. 휴직한 기간이 연달아 2년이 되지 않는다면 복직 연수를 받지 않으므로 교직 생활 동안 한 번도 받지 않을 수도 있다.

마지막으로 상시로 참여하는 연수들이 있다. 앞서 말한 세 가지 연수가 상대적으로 참여 시간이 길고, 연수원에서 이루어지는 반면, 교직 생활 중에는 다양한 종류의 연수를 접하게 된다. 우선, 대부분의 학교에서는 매년 60시간의 의무 직무 연수 시간을 정해 두고 있다. 연수 내용에 무관하게 1년 동안 60시간의 직무 연수를 들으면 되는데, 보통 법정 의무 연수(매년 또는 수년에 한 번씩 꼭 들어야 하는 연수)를 듣고 나면 40시간 정도가 남는다. 물론 보직에 따라 더 많은 연수를 들어야 할 수도 있으며, 시간에 상관없이 열정적으로 연수에 참여하는 선생님들도 많다.

연수를 신청하는 가장 흔한 방법은 교육연수원 홈페이지를 이용하는 것이다. 다양한 분야의 연수들이 집합, 원격, 혼합 방식으로 개설되어 있으며 대부분 무료이다. 요즘에는 아이스크림이나 티셀파와 같은 사설 교육 사이트에서 제공하는 유료 직무 연수도 있는데 주제의 범위가 다양하고, 최근에 제작된 콘텐츠가 많다.

좋은 연수에 참여하는 방법 중 하나는 공문을 활용하는 것이다. 보통 체계적이고, 유용한 연수들은 공문을 통해 학교로 전달된다. 대체로 한 장소에 모여 진

5 1급 정교사 자격 연수 규정

행하는 집합 연수이고, 장기간 진행되는 연수도 있어 번거로운 면도 있지만 확실히 얻어 가는 것이 많다. 내 경우에는 동화책 활용 수업과 연극을 활용한 인성 지도 연수가 기억에 남는다. 공문으로 안내되는 연수 중 방학 중에 운영되는 서핑이나 스키 캠프 등은 순식간에 신청이 마감되며, 해외 파견 연수 등에 대한 경쟁은 말할 것도 없이 치열하다. 만약 이러한 연수에 참여하기를 원한다면 수시로 공문을 확인하여 신청 시기를 놓치지 않도록 하고, 예전 공문을 참고하여 보직 경력이나 영어 성적 등 필요한 조건들을 미리 확인하고 준비해 두는 것이 좋다.

과거의 나에게_5 신규 임용 연수, 1정 연수, 복직 연수, 상시 연수

2부

학교 탐색

내가 모르던 90

교대생이라면 누구나 대학교 때 실습을 나가고, 개중에는 기간제 경험이 있는 사람도 있다. 나 또한 합격 후 한 학기 동안 기간제 교사로 일했다. 더욱이 교사이셨던 부모님과 더불어 내 주변에는 교직을 업으로 하는 사람들이 참 많았다. 그래서 나는 선생님이 된다는 게 어떤 건지 꽤 잘 안다고 생각했다.

하지만 지나고 보니 내가 안다고 생각했던 것은 진부한 표현이지만 말 그대로 빙산의 일각이었다. 교생 실습을 통해 알 수 있는 것이 1이라고 한다면, 짧은 기간제 경험을 통해 알 수 있는 것이 9, 나머지 90은 미지의 세계였다.

마치 '슬기로운 의사생활'을 봤다고 해서 병원 속 생활을 속속들이 알 수 있는 것이 아니며, 며칠 베이비시터를 했다고 해서 육아를 안다 말할 수 없는 것과 비슷하다. 눈치가 없고 적응이 느린 내 개인적인 한계 또한 반영되었다. 더 큰 문제는 그 미지의 90에 대한 정보를 찾기가 쉽지 않았다는 것이다. 외부인일 때는 더욱 그렇지만, 교사가 되어 학교의 내부인이 된다고 해도 한계는 있었다.

교직 사회의 정보는 대부분 그 안에 머문다.

나는 새로운 사람들을 만나면 직업을 밝히기를 꺼려 하는 편이다. 교사라는 타이틀이 내 소개에 더해지는 순간, 말과 행동이 괜스레 조심스러워진다. 방학 얘기만 나오면 분노하는 사람들, 철밥통에 연금 이야기를 꺼내며 질투 섞인 멸시를 보내는 사람들은 경계 대상이 아니다. 겪어 보지 않은 일에 편견을 가진 이들을 다 신경 썼다가는 인생만 허비하기 십상이다. 내가 걱정하는 것은 그 자리에 있는 누군가가 어떠한 인연으로 나의 직장과 이어져 있을지 모르기 때문이다. 학교 근처에서 미용실이나 목욕탕을 가는 일 등은 지양하며, 특히 학부모들이 자주 찾는 카페에서는 입을 다문다. 잠재적 학부모는 언제 어디에나 존재하니까.

그런 이유로 교직 사회는 상당히 폐쇄적이고, 그곳에서 흘러나오는 정보 또한 제한적이다. 학생 개인에 관한 정보가 아니더라도 학교 밖에 알려졌을 때 괜한 오해나 갈등의 불씨가 될 수 있는 것들은 얼마든지 있다. 그러다 보니 은연중에 입조심하는 습관이 몸에 배게 된다. 학교에서 벌어지는 일들은 학교 담장을 벗어나지 않을 때가 많고, 교직 사회의 정보는 주로 그 안에서만 머물며 맴돈다. 학교라는 곳은 흔하고, 누구나 경험해 본 공간이다. 그래서 모두가 잘 안다고 생각하지만, 정작 교사로서 필요한 정보는 학교의 '내부인'이 되어 한참이 지난 뒤에야 알 수 있다.

정보가 파편적으로 존재한다.

예를 들어 지금 '교사 휴직'에 대한 정보를 검색한다면 얼마나 많은 정보를, 얼마만큼의 시간을 들여 찾을 수 있을까? 수년 전, 내게는 휴직을 준비하던 시기가 있었다. 휴직에는 유학휴직, 간병휴직, 육아휴직 등 여러 가지 종류가 있고, 각각 필요한 요건과 서류들이 다르다. 내가 찾을 수 있었던 관련 블로그 포스팅은 고작 한두 개였고, 심지어 서류에 관한 결정적인 정보와 준비 과정은 빠져 있었다. 결국 교육청에서 내려온 복무 지침과 공문을 뒤져 가며 직접 정보를 습득했다. 모르는 내용은 교감선생님이나 인사 담당 장학사에게 직접 문의하기도 했다. 그 험난한 과정을 똑같이 겪게 될 나 같은 교사들을 위해 예전에 운영했던 개인 블로그에 자세한 기록을 남긴 적이 있다. 10년 전쯤 작성한 그 포스팅에는 댓글이 240개 달렸다. 내가 쓴 댓글을 뺀다고 하더라도 얼마나 많은 교사들이 정보의 갈증을 겪어 왔는지 알 수 있는 대목이다.

다른 주제들은 어떨까. 교육 업무 처리 시스템인 나이스에서 기안을 작성하는 방법이나 성적 처리하는 법, 학교 업무 분장이나 행사에 관한 정보는 관련 포스팅조차도 찾기 어렵다. 이런 업무들은 학교에서 매일, 매달, 매년 부딪히는 일들이다. 그럼에도 불구하고 1년에 한두 번 나눠 주는 연수물의 정보와 시행착오를 통해 얻어 낸 교훈을 통합한 뒤에야 진짜 필요한 정보를 얻게 된다. 교사도 그럴진대, 아직 교사가 되기 전이라면 어떨까. 아마 그런 미지의 세계가 있다는 것조차 대부분 모른 채 학교에 들어오게 될 것이다. 그리고 나처럼 혼란을 겪게 된다.

교직 사회는 다양한 특수성을 갖고 있다. 그중 하나는 각각의 교사가 매우 독립적이라는 것이다. 초등학교에서 담임을 맡게 된다면 개인 교실을 갖게 될 것이고, 영어 교과전담을 맡은 경우 보통 영어 전용 교실을 배당받는다. 학생들이 하교한 뒤에는 그 교실이 교사 한 명의 개인 공간이 된다. 각 선생님의 교실을 방문할 때에는 누구든 노크를 하고, 조심스럽게 방문한다. 수업이나 학급 운영 방식에 대한 평가도 신중하다. 각자의 스타일이 있기 때문에 이를 존중하고 터치하지 않는 것이 암묵적인 룰이다. 아무리 교장이나 교감이라 할지라도 함부로 이래라저래라 할 수는 없다. 나는 교직 사회의 이러한 특수성을 진심으로 사랑한다.

하지만 독립적인 교직 문화가 때로는 단점이 되기도 한다. 즉, 아무도 먼저 알려 주지 않는다는 것이다. 내가 학교 전체에 피해를 줄 만한 큰 잘못을 저지르는 게 아니라면 누가 와서 지적하는 일은 거의 없다.[6] 괜히 도와준답시고 나서는 것이 월권으로 여겨지는 곳이다. 그래서 오히려 이것저것 재지 않고 뻔뻔하게 물어보는 선생님들이 더 빨리 배우고, 적응한다. 낯을 가리고, 실수할까 노심초사하며 알아서 잘해 보려다가는 스트레스는 기본, 일도 더디게 배울뿐더러 다른 선생님들과 친해질 기회도 놓치게 된다. 바로 나처럼.

---

[6] 학교에 따라 의상이나 복무에 대해 간섭하는 교사나 관리자가 있을 수 있으나 이 또한 점점 사라져 가는 분위기다.

발령 첫 해의 나를 보고 장난기 많은 한 부장님은 이렇게 말씀하셨다.

"송 선생님한테 숙박비 받아! 학교에 와서 맨날 잠만 자고. 여기가 집이야 학교야."

웃으면서 하신 말씀이었지만 난 속으로 많이 찔렸다. 그도 그럴 것이 수업만 끝나면 책상에 엎어져 잠이 들었기 때문이다. 수업에 대한 열정도 있었고, 그만큼 준비도 열심히 하던 시기였다. 그런데도 학교에서, 버스에서 틈만 나면 졸았고, 집에 오면 당연히 기절하듯 잠들었다. 내가 받아들일 수 있는 새로운 정보의 양에는 한계가 있는데, 그 한계를 넘어서자 뇌가 파업을 하는 느낌이었다. 전류가 과부하를 일으키면 자동으로 내려가며 전류를 막아 버리는 누전 차단기처럼 잠은 내 의지와 상관없이 몸을 멈춰 세웠다.

이 증상을 완화하는 예방법이라고 한다면 발령 학교에 대해 미리 공부하는 것이다. 발령 후에 업무와 수업을 병행하며 학교 전반의 정보를 알아 가는 것보다는 그 전에 조금씩 살펴 두는 것이 도움이 된다.

학교에 대해 미리 알아보는 첫 번째 방법은 학교 홈페이지를 방문하는 것이다. 학교 홈페이지에는 연혁부터 자료실, 행사 사진까지 다양한 정보들이 수록되어 있다. 그중에서도 학생 수, 교원 수, 학교 교육 방침, 특색 활동 등을 파악해 두는 것이 유용하다. 학교의 업무량은 학교의 규모와 학교장 방침에 따라 크게 좌우된다. 교장선생님과 교감선생님의 성함 등도 봐 두면 좋다. 특히 나는 길을 찾는 데 젬병이라 학교 배치도를 미리 보고 눈에 익혀 두는 편이다.

다음은 학교 주변을 둘러보는 것이다. 발령 전이나 주말에 시간을 내어 학교 근처를 산책해 보는 것도 좋다. 주변 환경을 살피는 것은 아이들을 이해하는 데 큰 도움이 된다. 근처 주택가에 아파트가 밀집되어 있는지, 다세대 주택이나 빌라가 다수를 차지하는지, 아니면 이들이 뒤섞여 있는지에 따라 학생 지도의 여러 면면이 달라지기도 한다. 나는 첫 학교 근처에 군인용 아파트가 있었는데 이사를 많이 다니고, 학부모와 교우들 간의 관계에 부모의 계급이 영향을 미치는 군자녀의 특징이 있었다.

그 외에도 학교 근처에 학원이 많은지, 유흥 시설이 있지는 않은지도 봐 둔다. 공원이나 도서관, 놀이터 등 아이들을 위한 시설이 많지 않은 지역에서는 하교 후 아이들이 PC방이나 노래방을 전전하게 된다. 이렇게 여가 시간을 건전하게 보낼 수 있는 시설이 적은 학군에서는 생활 지도가 한층 중요하다. 더불어 등하굣길은 어떻게 되어 있는지도 살핀다. 통학로에 골목길이나 경사진 길이 있다면 교통안전에 대한 지도를 더욱 강조해야 할 것이다. 참고로 아침 출근길에 들를 편의점 위치나 카페 오픈 시간 등을 봐 두는 것도 유용하다. (교문의 개수와 위치를 알아 둔다면 혹시 지각할 경우 요긴할 것이다.)

　차가 있다면 집에서 학교까지 미리 운전해 보기를 권한다. 아침 시간에는 내비게이션 앱에서 안내하는 시간보다 더 걸리기도 한다. 더욱이 운전이 미숙하거나 초행길이라 속도가 더디다면 출근일에 지각을 할 수도 있다. 첫 출근 날에는 예상보다 20분 정도 일찍 집을 나서되, 미리 연습까지 해 본다면 한결 여유 있는 출근길이 될 것이다.

　위에서 말한 대로 미리 학교에 대해 탐색전을 펼쳤다고 해도 하루아침에 발령 학교에 적응하는 기적 같은 일은 일어나지 않는다. 학교에 들어가기 전에 살펴볼 수 있는 것은 고작 물리적 환경일 뿐이다. 정작 가장 큰 영향을 미치는 사회적인 요인, 즉 그곳의 사람들과 분위기, 업무 스타일 등을 모두 파악할 수는 없기 때문이다. 그럴 때는 그냥 힘들다는 사실을 받아들이라고 말하고 싶다. '어른이니까, 선생님이니까, 어엿한 사회인이 되었으니까' 같은 시답지 않은 족쇄는 벗어 버리고 마음껏 울분을 쏟아 내야 한다.

　에쿠니 가오리의 연작 '울지 않는 아이'와 '우는 어른'에서 작가는 '울지 않는 아이'였던 자신을 다소 듬직하게 여겼다고 한다. 하지만 이내 '우는 어른'이 되어 기쁘다고 고백한다. 나는 어릴 때 울면 지는 것이며, 실패를 인정하는 것이기에 울어서는 안 된다는 가르침을 호되게 배웠다. 그래서 울지 않으려고 했고, 울지 않았다. 그런데 그 참았던 울음은 어딘가로 흘러가서 없어지는 것이 아니라 그곳에 그대로 남아 있었다. 결국은 시간이 흘러 어른이 된 뒤, 잘못된 타이밍에, 잘못된 방식으로 터져 나오곤 했다. 물론 지금은 그것마저도 다행이라고 생각하지만. 한국에는 제대로 울지 못하는 어른이 많다. 너무 힘이 드는 날에는 듬직한 선생님 대신 우는 어른이 되는 것도 괜찮다.

그때로 돌아간다면 나는 주변 선생님들에게 내가 신규 교사로서 힘들다는 사실을 솔직히 내보이겠다. 적어도 나의 힘듦을 숨기는 데 드는 에너지만큼이라도 아낄 수 있도록 말이다. 더불어 감사를 표현하겠다. 쉬는 시간마다 엎드려 잠을 자던 내게 "힘들지?"라며 따뜻하게 말을 건네 준 선생님들께. 아니, 한참 어린 신규 교사가 엎어져 자는데도 잔소리 한 마디 하지 않고 지켜봐 준 선생님들께도 감사하다. 겉으로는 숙박비를 받으라며 장난을 치다가도 뒤에서는 조퇴도 써 가며 쉬엄쉬엄하라고 말씀해 주시던 그 부장님께도 말이다.

[7] 에쿠니 가오리, 『울지 않는 아이』, 소담, 2013
[8] 에쿠니 가오리, 『우는 어른』, 소담, 2013

담임선생님이 되고 싶다

첫해에 나는 9월 발령을 받았다. 보통 휴직이나 퇴직이 예정되어 있는 교사에게는 교과전담을 맡기는 것이 일반적이다. 아무래도 담임교사가 바뀌는 것보다는 아이들에게 영향도 적고, 선생님 입장에서도 부담이 덜어지기 때문이다. 그래서 나도 휴직에 들어간 선생님 자리에 발령을 받고 교과전담교사로서 교직 생활을 시작했다.

그렇게 1년, 또 1년. 교과전담교사로서의 시간이 점점 길어졌다. 첫해에는 사회, 도덕, 실과를 가르쳤고, 두 번째 해부터는 두세 학년에게 영어 교과를 가르쳤다. 출산 및 육아휴직을 앞두고 있거나 육아나 질병 등 개인 사정이 있는 선생님들은 학급 운영 부담이 없는 교과전담교사를 선호할 때가 많다. 그래서 교과전담교사 자리를 두고 경합을 벌이기도 한다. 하지만 당시 우리 학교의 영어 교과만큼은 누구도 맡으려 하지 않았다. 결국 나는 붙박이 영어 전담 교사가 되었다.

내가 영어를 교과서에서 접한 건 중학교 1학년 때였다. 지방 중소 도시에서 자라기도 했고, 영어 조기 교육 바람이 본격적으로 불기 전이라 나와 동네 친구들은 윤선생과 빨간펜 학습지로 알파벳과 파닉스를 배웠다. 그러다 1997년, 영어 교과는 초등학교 3학년부터 정규 교과목에 포함되었다.

영어 교과전담교사를 처음 맡았던 그해는 1997년으로부터 10여 년이 지난 시기였다. 그럼에도 불구하고 대부분의 초등교사들에게 영어는 여전히 가르치기 부담스러운 과목이었다. 수많은 영어 연수가 있었고, 영어 연구 학교가 지정되었으며, 임용고사에서도 영어 면접과 영어 수업이 따로 있을 만큼 영어 능력이 강조되었다. 하지만 경험해 보지 않은 것을 가르친다는 것은 어려운 일이다. 초등학교에서 영어를 배워 본 적이 없는 교사들뿐이었던 그 시기에 영어 전담 자리는 항상 폭탄 돌리기의 대상이 되고는 했다.

한번 받은 폭탄은 털어 내기가 어려웠다. 앞서 적은 영어 수업에 대한 부담감이나 방학 중 영어 캠프를 운영해야 한다는 점도 이유가 됐을 것이다. 하지만 또 다른 이유가 있었으니, 강남 주무 장학사 출신의 교장선생님이 부임하면서 우리 학교에 영어 바람이 대차게 불었기 때문이었다.

당시 나는 교장선생님의 명을 받들어 '00초 영어 페스티벌'이라는 행사를 처음 기획하고 운영하였다. 지금은 '00초 페스티벌'이라고 해서 학예회처럼 변모한 모양이다. 하지만 그때만 해도 영어 말하기, 영어 팝송 부르기, 영시 낭송, 영어 구연동화, 영어 연극 등 무려 10여 가지의 종목이 포함된 영어를 위한, 영어에 의한 축제였다.

축제라는 말을 붙이자니 그때 내 얼굴을 뒤덮었던 다크서클이 떠올라 목이 메인다. 각 참가자들을 불러 연습시키고, 끝없이 리허설을 했다. 현수막을 주문하고, 풍선으로 직접 무대를 꾸몄다. 심지어 영어와 한국말로 대본을 써서 직접 행사를 진행했는데 오전에 참석할 수 없는 학부모들을 위해 같은 순서로 오후에 한 번 더 공연을 했다. 교장선생님과 일부 학부모들을 위한 축제라는 생각이 들었지만, 그래도 열심히 노력하는 아이들의 모습을 위로 삼았다.

그런데 한번 불어온 영어 바람은 태풍처럼 커졌고, '영어 오페라' 프로젝트를 유치하기에 이르렀다. 4개 초등학교가 각각 오페라를 한 작품씩 맡아 영어로 공연을 하는 프로젝트였다. 5학년과 6학년을 다 합해도 백 명 정도밖에 되지 않는 학교였다 보니 선발부터 고난이었다. 선발은커녕 제발 해 보지 않겠냐며 구걸을 하는 식으로 아이들을 끌어모았다. 당연히 노래나 영어 실력까지 기대할 수는 없었다.

초등교육에 관한 이해가 없는 전문 지휘자는 아이들을 닦달했고, 답답해했다. 하지만 그것은 아이들 탓이 아니었다. 애초에 영어 동요나 팝송도 아닌 오페라를 초등 영어와 접목하겠다는 발상이 문제였다. 이미 영어가 유창하거나 노래 실력이 출중한 사람에게도 둘을 같이 하라는 건 쉽지 않은 일이다. 그런데 고작 초등학교 5, 6학년 아이들에게 무대에 올라 영어로 오페라 공연을 하라니 지금 생각해도 화가 치민다.

한 학기 내내 아이들은 울고, 나는 달래며 꾸역꾸역 연습을 계속했다. 무슨 뜻인지도 모르는 엉망진창 영어를 가사랍시고 외우고, 올라가지도 않는 음역대에서 소리를 질렀다. 그렇게 1,000명이 넘게 모인 홀에서 우리 아이들은 멋들어진 가발과 의상을 입고 무대에 올랐다. '마술피리' 공연을 마친 뒤 교장선생님과 교감선생님은 아이들 옆에 서서 뿌듯하게 기념사진

을 찍었다.

　내가 바랐던 교사 생활은 이런 게 아니었다. 원하지도 않는 아이들을
끌어들여서 시간과 에너지를 뺏고, 나 자신도 혹사당하며 겉으로만 그럴싸
해 보이는 결과물을 만들어 낸 것이 한심했다. 아이들과 소소하지만 의미 있
는 시간을 더 많이 갖고 싶었다. 교과 교사, 특히 영어 전담 교사라는 이유로
각종 대회와 행사에 더 이상 잠식당하고 싶지 않았다. 그래서 다음 학년도
업무 희망서에 6학년을 1지망으로 적었다. 대부분 기피하는 6학년을 1지망
으로 적으면 담임을 하게 해 주지 않을까 하는 희망에서였다. 하지만 나는 3
년 차에도, 4년 차에도 교과전담 자리를 받았다. 그리고 그해 5월, 휴직을 하

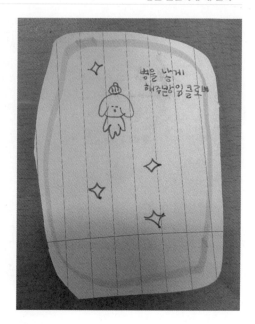

며 지긋지긋한 교과의 늪에서 벗어났다.

　　밝혀 두고 싶은 점은 교과전담교사라고 해서 모두 행사나 업무에 치여 사는 것은 아니라는 점이다. 담임교사와는 다른 방식으로 여러 학급의 아이들과 교감할 수 있고, 맡은 교과에 대한 깊이 있는 수업 연구로 교사로서의 전문성을 높일 수 있는 기회가 되기도 한다. 다만, 당시 내가 처한 특수한 상황이 나를 지치게 만들었던 것은 분명하다.

　　복직한 뒤 사고뭉치 6학년을 연달아 맡으면서 교과전담교사 시절로 돌아가고 싶다는 생각이 들 때도 간혹 있었다. 하지만 역시 나는 '우리 반'을 갖는 것을 포기할 수가 없다. 왜냐고 물어도, 담임으로서 느끼는 그 몽글몽

글한 순간들을 글로 옮기기는 참 어려운 일이다. 똘망똘망한 눈으로 '우리 선생님!' 하고 부르는 아이들을 볼 때, 1년이 지나 한 뼘 자란 몸집으로 감사 인사를 전할 때, 눈이 온다며 함께 나가 눈싸움을 하던 날의 기억까지. 앞으로도 담임이라면 치가 떨릴 일이 생기지 않기를 바랄 뿐이다.

교과전담교사 vs 담임교사

초등학교 교사라는 직업을 말했을 때 어떤 과목을 전공했느냐는 질문을 종종 받는다. 자연스러운 궁금증이고, 실제로 교대에서도 전공에 따라 국어나 수학, 영어나 컴퓨터교육과 등으로 과가 나뉘기는 한다. 하지만 중등교사와는 달리 초등 교육 현장에 나와 가르칠 과목은 전공과는 별 관련이 없다. 오히려 교과전담교사와 담임교사 중 어떤 역할을 맡는지에 따라 그 1년에는 큰 차이가 생긴다.

담임교사는 1년 동안 한 학급을 맡아 운영하는 교사다. 그러다 보니 수업뿐만 아니라 학급 운영 전반에 관한 기타 업무들이 수반된다. 예를 들면 수련 활동이나 졸업식 등을 인솔하거나 준비하는 일, 학예회나 운동회, 과학의 날 같은 교내 행사에 참여시키는 일도 포함된다. 만약 맡은 반 학생이 학교폭력 문제에 휘말린다면 이에 대한 해결에도 관여해야 한다. 그 외에도 학생의 출결 및 생활기록부 기록, 학부모 상담 또한 담임교사의 업무다. 쉽게 말하면 일기 검사처럼 소소한 것부터 수학여행처럼 큰 것까지 학급 운영에 관한 모든 일은 담임교사를 거쳐 간다.

그럼에도 불구하고 담임이라는 역할은 여러 가지 매력이 있다. 사람마다 다르겠지만 나에게는 개인 교실이 생긴다는 것이 큰 장점 중 하나다. 담임교사는 종일 자신이 맡은 교실에 머문다. 비록 아이들이 있을 때에는 전쟁터일지언정, 하교 시간 후의 교실은 평화로움 그 자체다. 여러 선생님들이 함께 쓰는 교무실이나 교과전담실 나름의 재미도 있겠지만, 내게는 1년간 열다섯 평 남짓 되는 독립적인 업무 공간이 보장된다는 사실이 더 매력적이다.

담임교사의 또 다른 좋은 점은 동학년 선생님들과 끈끈한 소속감을 느낄 수 있다는 것이다. 어떤 동학년 선생님들을 만나느냐에 따라 차이는 있으나, 같은 학년 담임교사끼리는 수업 연구나 학생 지도에 대한 공감대를 형성하기가 쉽다. 예를 들어 하나의 학교폭력 상황에 여러 개의 반 아이들이 연루된 경우에는 담임교사 간의 소통과 협력이 꼭 필요하다. 게다가 현장 체험학습이나 수련회처럼 학년 전체가 계획하고 참여하는 행사를 함께하다 보면 자연스럽게 동지애가 샘솟는다.

세 번째 장점이자 담임교사로서의 가장 큰 장점을 꼽는다면, 그것은 바로 아이들과 맺는 관계의 깊이다. 교과전담교사는 일주일에 한두 시간 교과 수업에서만 만나게 되는 반면, 담임교사는 아침을 함께 열고, 하교 인사를 하며 하루를 마무리한다. 친구와 싸웠을 때 일러바치러 가는 대상도, 어제 가족들과 치킨을 먹었다며 조잘거리게 되는 대상도 담임선생님이다. 많은 시간과 마음을 나누는 만큼, 아이들과의 관계도 자연스럽게 깊어진다. 추억과 보람도 그에 비례하는 편이다. 안타깝게도 그만큼 상처받거나 소모되는 면도 있어서 아이들과 형성하는 깊은 관계는 사람에 따라 단점으로 느껴질 수도 있다.

한편, 교과전담교사는 1~4개의 교과를 맡아 가르치는 교사다. 어느 학년의 어떤 과목을 가르칠지는 해마다 달라지지만, 자료 준비나 수업 진행에 에너지가 많이 드는 과학, 음악, 영어, 체육일 때가 많다. 또는 한 교사가 주별로 수업해야 하는 시간인 '주당 수업 시수'를 맞추기 위해 도덕처럼 시수가 적은 교과를 끼워 넣기도 한다. 부장교사처럼 업무가 과중한 담임교사를 지원하기 위해 한 학년에서도 한 반의 특정 교과 수업만 전담 교사가 맡을 때도 있다.

교과전담교사의 수업 준비 부담은 학교 규모에 반비례하는 편이다. 예를 들어 6학년이 10반까지 있는 학교에서 6학년 실과 전담 교사를 맡았다면 한 반당 1주일에 2시간씩 들어가는 것만으로도 벌써 20시간을 채울 수 있다. 주당 수업 시수가 20시간이라고 친다면 일주일에 두 차시의 실과 수업을 준비해서 1반부터 10반까지 같은 수업을 진행하면 한 주의 수업이 끝난다. 반면에 6학년이 두 반밖에 없는 소규모 학교에 발령받았다면 경우가 달라진다. 실과 한 과목을 가르쳐서는 4시간밖에 되지 않으므로 다른 과목이나 심지어 다른 학년의 과목까지 가르쳐서 20시간을 채워야 한다. 첫 해 소규모 학교로 중간 발령을 받았던 나는 5학년 실과와 3, 4학년 도덕, 6학년 한 반의 사회를 내 몫으로 받았다. 학년도 교과도 제각각이라 아이들을 알아 가고 수업을 준비하는 데 꽤 많은 시간과 에너지가 들었던 기억이 난다.

교과전담교사의 가장 큰 특징 중 하나는 학급 운영을 하지 않아도 된다는 것이다. 앞서 적었듯이 담임교사에게는 수업 외에 학급 운영 전반에 관련된 업무들이 줄줄이 따라붙는다. 아무리 작은 업무도 시간과 에너지가 드는 일이다. 게다가 상황에 따라 일이 커져 어마어마한 스트레스를 받기도 한다. 이에 매월 13만 원의 담임 가산 수당이 월급에 지급되지만 실제 업무로 인한 차이는 13만 원 이상이라고 느껴질 때가 많다. 그런 면에서는 학부모나 학생을 상담할 일이 거의 없고, 교과 수업과 맡은 학교 업무만 해결하면 되는 교과전담교사의 자리가 상대적으로 편안하게 느껴질 수도 있다. 그렇기 때문에 교과전담교사는 임신이나 질병 등의 사유가 있거나, 난이도가 높은 업무를 담당한 교사가 맡는 경우가 많다.

교과전담교사와 담임교사 모두 학교에서 필요한 역할들이며, 각각의 장단점이 있다. 한쪽의 장점이 다른 한쪽의 단점이 되고, 반대가 되기도 한다. 따라서 각자의 성향과 상황에 맞는 자리를 선택하는 게 최선이다. 참고로 매년 말에 학년 및 업무 희망서를 제출하는데 여기에 담임과 희망 학년, 또는 교과전담교사 희망 여부를 3~4지망까지 적는다. 예전에는 관리자 마음대로 임의 배정했지만 최근에는 학년 점수[9]나 개인 및 학교 사정 등 다양한 요인을 고려하여 결정한다. 물론 기피 업무와 학년이 존재하기 때문에 누군가는 원치 않는 자리와 역할을 맡는 일이 매년 발생한다. 따라서 신규 교사뿐만 아니라 대부분의 교사에게 업무 및 학년 선택권이 충분히 주어진다고 말할 수는 없는 현실이다.

[9] 매해 맡은 학년에 따라 점수를 주고, 높은 점수를 가진 교사가 학년 및 업무 선택 시 우선권을 갖는다. 학교마다 차이가 있으나 대부분 6학년 담임에게 가장 높은 점수를 준다.

첫 공개수업은
교육청 시범 수업

발령받은 지 두 달 하고도 10일이 지났을 때, 첫 공개수업으로 사회과 시범 수업을 하게 되었다. 시범 수업은 말 그대로 해당 과목에 대한 충분한 경험과 연구를 바탕으로 우수한 수업을 시범적으로 보여 주는 것이다. 나는 사회과 교과 연구회 회원도 아니고, 사회 교육 전공도 아니며, 누군가에게 시범을 보일 만한 수업을 할 입장은 더더욱 아니었다. 그럼에도 불구하고 사회과 수업 연구회 임원이었던 당시 교장선생님은 발령 두 달 된 초짜 교사에게 다른 학교 선생님들까지 모셔 두고 공개수업을 하라고 지시했다.

다른 선생님들은 말도 안 되는 일이라고 말씀하셨지만, 그 말도 안 되는 일은 내 의지와 상관없이 착착 진행되어 갔다. 9월 1일 자 발령이었던 나는 모든 것이 벅찼다. 첫 학교에 적응하는 것도, 학기 중간에 아이들을 만나 파악하고 가까워지는 것만으로도 퇴근길 지하철에서 나가떨어지던 시기였다. 지금이라면 못 한다고 말이라도 꺼냈을 텐데, 20대의 어린 나는 싫은 것은 싫다고 말할 수 있다는 사실조차 몰랐다. '내 수업 좀 보러 오세요'라는 초대장은 학교 공문을 타고 교육청 내의 수많은 학교 선생님들께 전달되었고, 신청자가 모였다. 공개수업 날짜가 하루하루 코앞까지 다가왔다.

난 학교 현장의 많은 교사들이 만성적으로 앓고 있는 '어떻게든 병'에 걸려 있었다. 과업이 주어졌으니 어떻게든 해내야 한다는 생각으로 무작정 했다. (지금도 치료를 위해 노력 중이다.) 역할극에 쓸 세종대왕 옷을 직접 만들었을 정도니 얼마나 열심이었는지 알고도 남음이다. 빨간 부직포를 재단해 털실로 한 땀 한 땀 꿰맸다. 동정도 달고, 뒤쪽은 입고 벗기 편하도록 찍찍이를 활용했으며, 아이가 다치지 않도록 스테이플러를 사용한 곳은 테이프로 덮었다. 완성된 뒤에는 그 옷을 볼 때마다 남모를 자부심을 느꼈다. (모자도 만들었는데 나중에 알고 보니 임금 모자가 아니라 내시 모자였던 것으로 밝혀져 반성했다.) 당시 담임교사도 아니었는데 아이들과 쉬는 시간마다 모여 역할극 연습을 했다.

공개수업 날이 되었고, 시간이 되자 하나둘 사람들이 교실로 들어왔다. 시범 수업이었기에 다른 학교 선생님들이 보러 오실 수 있도록 다른 반 아이들은 모두 하교한 늦은 시간에 수업이 시작되었다. 교실 뒤편에 준비해 둔 십여 개의 의자가 모두 채워졌고, 처음 보는 얼굴의 선생님들이 교실 뒤 빈자리에 빽빽이 서서 나를 바라보고 있었다.

결과적으로 수업은 엉망진창이었다. 시간이 부족해서 종이 치고도 수업을 끝내지 못했다. 나도, 아이들도, 참관하는 선생님들도 당황했다. 첫 공개수업에 다른 학교 선생님들까지 불러 모았으니 뭔가 보여 줘야 한다는 집착에 사로잡힌 것이 패인이었다. 우리 문화를 조사해서 역할극으로 소개하는 수업이었는데 여섯 모둠이 각각 역할극을 발표하는 욕심을 부렸다. 조금만 생각해도 벅찬 활동이라는 것이 뻔히 보이는데 흘러넘치는 의욕이 눈앞을 가렸다.

대학교 때 한 교수님께 추천받은 후 몇 번이고 다시 읽은 책, '수업이 바뀌면 학교가 바뀐다'에는 수업 연구회에 참여한 여러 교사들의 이야기가 나온다. 그중 고바야시 선생님은 '1년에 한 차례 굉장한 프랑스 요리를 만들던 교사에서 매일 세 번 정확하게 쌀을 씻어 맛있는 요리를 만들 수 있는 교사가 되자'[10]고 다짐한다. 이에 빗대어 보자면 시범 수업을 하던 날의 나는 남들 보기에 그럴싸한 요리를 내놓으려다 아예 요리를 망쳐 버린 셈이었다. 그 이후로 나는 공개수업을 준비할 때면 항상 그날의 사회 수업을 떠올린다. 과하면 오히려 넘친다는 것을 기억하면 무엇을 더할지보다는 무엇을 뺄지를 생각하게 된다.

사회 시범 수업에서 엿볼 수 있듯 신규 교사 시절 내가 아이들을 대하는 방식은 한마디로 '에너지 샤워'였다. 매일 색다른 놀이와 이벤트를 준비했고, 내 옷이나 헤어스타일 등도 아이들을 고려하며 신경을 썼다. 내 안의 모든 에너지와 열정을 다 쏟아부어 아이들을 휘어잡고 싶었다. 그런 나를 동경하거나, 나의 노력에 고마워하는 아이들도 있었다. 하지만 그것은 지속 가능한 수업 방식이 아니었다.

지금의 나를 그때의 내가 본다면 깜짝 놀랄 것이다. 지나치게 슴슴하게, 한편으로는 너무 안일하게 수업을 준비하는 게 아니냐고 말할지도 모르겠다. 하지만 나는 이제 매끼 자극적이고 화려한 음식을 만들기보다는, 소박하지만 제대로 된 집밥을 꾸준하게 내어놓는 교사가 되는 것이 내 기질과 그

룻에 맞는 방법임을 안다. 물론 어느 쪽이 '최고의 밥상'이라고 단정 지을 수는 없다. 교사와 학생마다 각각의 결에 맞는 방법이 다르기 때문이다. 나는 그저 교사로서의 나와 내가 만날 아이들 모두를 위해 '지속 가능한 최선의 밥상'을 찾아가는 중이다.

---

[10] 사토 마나부, 『수업이 바뀌면 학교가 바뀐다』, 에듀니티, 2011, p.14

대부분의 초등학교에서는 한 학기에 1~2회 공개수업을 실시한다. 1학기에는 3월이나 4월에 학부모 총회를 겸한 학부모 공개수업을 하고, 2학기에는 10월쯤 관리자(교장, 교감) 및 교사들을 대상으로 동료 장학 공개수업을 한다. 물론 시기와 횟수, 방법은 학교에 따라 얼마든지 달라질 수 있다.

공개수업은 수업 연구와 나눔을 통해 학생과 교사가 함께 성장하기 위한 것이지만, 어찌 되었든 '공개' 수업은 '보여 주는 것'을 전제로 한다. 수업을 통해 교사로서의 역량, 태도, 습관 등을 여실히 드러내는 과정은 실제로 큰 부담으로 다가올 수밖에 없다. 처음에는 비범한 수업을 보여 주겠다는 욕심에 무리수를 뒀다가 오히려 수업을 망치는 일도 많았다. 하지만 해가 지날수록 공개수업을 대하는 나의 마음은 그동안 만들어 온 우리 반만의 색깔을 담아 소박한 학습 목표를 큰 탈 없이 달성해 가는 모습을 보여 주고 싶다는 바람이다.

그렇다 하더라도 원활한 공개수업을 위해 가장 중요한 요인을 꼽아 보라고 한다면 그건 '학생'일 것이다. 교사와 라포르(Rapport)¹⁾ 형성이 충분히 되어 있고, 발표 및 활동 참여가 적극적이며, 교사에 대한 집중력이 높은 학생들과 함께라면 그 공개수업은 이미 반은 성공이다. 그래서 교과전담교사일 때는 위의 조건에 가장 부합하는 반을 선택하기 위해 고민하기도 했었다. 하지만 안타깝게도 학생 요인을 교사가 통제할 수 있는 경우는 많지 않다. 주어진 아이들을 선물처럼 받아들이고 함께해야 하는 경우가 대부분이다.

또 하나의 중요 요인을 고르자면 최적의 과목을 선정하는 것이다. 아무래도 교사가 관심이 있고 자신 있는 과목을 선택하기 마련인데, 나의 경우에는 영어나 수학을 선호하는 편이다. 딱 떨어지는 명확한 수업 목표를 좋아하고, 다양한 게임 활동을 접목하기 쉽다고 느끼기 때문이다. 하지만 공개수업 4~6주 전에 수업 계획서를 제출하기 때문에 보충 활동 등으로 예상치 못하게 진도가 느려지면 공개수업을 하려고 했던 차시까지 속도를 조절하는 것이 수고로운 경우도 있다. 그래서 최근에는 선후 학습의 연속성에서 조금 더 자유로운 진로 인성 교육 등의 창의적 체험 수업을 선택하기도 한다.

반대로 교사마다 기피하는 과목도 있다. 당연히 상대적으로 흥미가 낮거나 자신이 없는 과목일 것인데, 나에게는 사회과가 바로 그 기피 과목이다. 어렸을 때부터 사회를 잘하지 못했을뿐더러, 사회를 가르칠 때도 국사 부분을 제외하고는 나부터 지루해지기 일쑤다. 게임을 넣기도 어렵고, 재미있게 가르치기가 참 힘든 과목이라는 생각이 든다. 그런 과목으로 시범 수업을 했으니…….

신규 교사에게는 임상 장학이라는 관문도 남아 있다. 임상 장학은 경력이 3년 미만의 교사들을 대상으로 매년 1회 이루어지는 추가적인 교내 공개수업이다.

Ⅱ Rapport. 두 사람 사이의 공감적인 인간관계 또는 그 친밀도를 의미하는 심리학 용어.

경력 기준이나 횟수, 방법 또한 학교에 따라 달라질 수 있다. 보통은 A4용지 2~3장 짜리 약안이 아닌, 학생 실태 및 수업 목표 연구 내용까지 포함하는 세부 지도안을 제출한다. 경력이 있는 멘토 교사가 지도를 맡고, 수업 전과 후에 협의회를 갖게 된 다. 임상 장학 수업은 교장, 교감, 멘토 교사 등이 참관한다.

사람×사람의 끝,
원어민 교사

휴직을 하기 전까지 첫 학교에서 햇수로 4년을 보냈다. 그중 첫 해와 마지막 해는 9월 발령과 5월 휴직으로 정신없이 지나갔다. 그래서 그 시절을 떠올려 보면 사이에 끼어 있는 2년 동안의 기억들이 가장 인상 깊게 떠오른다. 영어 교과전담교사였던 나. 영어 캠프를 준비하고, 원어민 교사에게 끌려다니며, 각종 영어 대회와 영어 오페라 같은 말도 안 되는 행사들에 잠식당했던 나.

영어에 대한 개인적인 관심도 있었고, 다른 문화를 가진 원어민 교사와 소통할 기회가 있다는 점도 신선했다. 놀이를 활용한 수업 방법이 많고 원어민 교사와 합을 맞춰야 한다는 점에서 수업 연구에 시간과 에너지가 많이 소요되기는 했지만 즐거웠다. 방학을 누리는 대신 영어 캠프를 계획해서 재미있게 운영하는 것도 나름 보람이 있었다. 정작 내가 영어 전담 교사가 되어 힘들었던 이유는 수업 때문이 아니라 지나치게 많았던 보여주기식 영어 행사와 대회, 그리고 원어민 때문이었다.

공립학교의 원어민 교사는 전과가 없고, 학사 학위 이상을 취득한 특정 국가의 국적자라면 누구나 지원할 수 있다. 대학 또는 대학원에서 수년간 전문 교육을 받고, 국가 고사를 합격해야 하는 일반 초등교사와 달리 전과 기록 조회와 대학 졸업장이라는 상대적으로 낮은 문턱을 넘어온 원어민 교사들은 그 능력치와 문화, 성격, 교직에 대한 태도 등이 천차만별이었다.

한국어와 한국 문화에 관심을 갖고 열심히 준비 끝에 원어민 교사가 된 경우도 있지만, 일본과 중국, 동남아시아 등으로 편리하게 여행을 가기 위한 거점으로써 한국을 택하는 경우도 있었다. 후자도 맡은 일만 잘한다면야 문제될 것은 없겠지만, 범죄를 저지르거나 수업에 전혀 관심이 없는 경우에는 큰 골칫거리가 된다. 한마디로 원어민은 '사람×사람', 사람에 따른 개인차가 극심한 세계였다.

내가 발령받았을 때 우리 학교에는 원어민 교사가 없었다. 다들 쉬쉬했기에 불미스러운 일로 우리나라에서 추방된 상태라는 것 정도만 알 수 있었다. 내가 영어 전담 교사를 맡은 다음 해, 한동안 공석이었던 그 자리에 새로운 원어민 교사가 왔다. 그녀는 당시 나와 동갑이었고, 미국 하이틴 드라마에 나올 법한 발랄함과 건강미를 가진 사람이었다. 다만, 나로서는 이해할 수 없는 행동들을 종종 하곤 했는데 그게 나를 미치게 만들었다.

그녀는 미국에서부터 데려온 작은 치와와를 키웠다. 어느 운동회 날, 그녀는 개를 혼자 집에 두는 게 안쓰럽다며 학교에 함께 나타났고, 심지어 평소에도 교실 수업에 데려오기도 했다. 그럴 때면 내 말 소리와 개 짖는 소리가 물아일체가 되는 진풍경이 벌어졌다. 굳이 이런 것까지 설명을 해야 하나 싶었지만 알레르기가 있거나 개를 무서워하는 아이가 있을 수도 있고, 원활한 수업과 사고 예방을 위해 학교에 개를 데려오는 것은 금지라고 주의를 주었다. 하지만 그녀는 그런 나를 고지식하고 동물을 사랑하는 마음이 부족한 사람으로 여기는 듯했다.

그 이후로도 원어민의 부적절한 행동은 계속되었다. 잦은 지각, 수업 중 과자를 먹거나 사과를 깎아 먹는 행동 등을 차치하더라도 내가 가장 분노했던 순간은 바로 그녀가 학교를 떠날 때였다. 미국에 돌아가겠다고 해서 교육청에 새로운 원어민을 신청해 두었는데, 어느 날 퉁퉁 부은 눈으로 출근한 그녀는 미국에 있는 남자 친구와 헤어졌으니 한국에 남겠다며 재계약을 해 달라고 떼를 쓰기 시작했다. 계약 시기가 한참 지난 상황이었지만 교장과 교감은 원어민의 편을 들어 주었다.

결국 교육청에 부탁해서 재계약을 진행했고, 겨울방학이 지나갔다. 개학 날 본 그녀의 손은 유난히도 반짝였는데 큼직한 다이아몬드 반지가 끼워져 있었다. 방학 중에 남자 친구와 재회 후 결혼까지 약속한 그녀는 갑자기 재계약을 취소하고 미국으로 돌아가겠다고 했다. 그 말을 들었을 때의 충격과 울분이란 10여 년이 지난 지금도 이렇게나 쉬지 않고 장문을 쏟아 내게 할 정도다.

분명히 해 둘 것은 나의 울화가 교육청에 연락해 계약을 번복하는 일, 새로운 원어민을 달라고 사정하는 일, 또는 이에 수반되는 서류 작업 때문만은 아니었다는 것이다. 그 사람의 책임감 없는 변덕 때문에 그해 우리 학교 아이들은 원어민 교사를 배정받지 못한 채 영어 수업을 받아야 할 수도 있었다. 내가 그토록 화가 났던 이유는 내 소중한 마음과 열정의 대상인 학생들과 그들의 학습권을 원어민 교사가 너무도 가볍게 여긴다는 사실이었다.

지금 생각해 보면 그녀는 어차피 언젠가는 미국에 돌아갈 예정이었고, 결혼이 결정된 순간부터 다른 것들이 눈에 보이지 않았을지도 모르겠다. 다만, 나는 그 일로 인해 교직에 대한 원어민과 나의 온도 차이를 여실히 느꼈고, 그 이후로 원어민 교사 관리 업무라면 손사래를 쳤다.

그 뒤로도 몇 명의 원어민 교사를 만났다. 앞서 꺼낸 천차만별이라는 단어처럼 피부색과 국적도 다양했고, 성격이나 근무 태도도 제각각이었다. 지금 내가 근무하는 학교의 원어민 교사는 한국에 오기 전 한국어를 독학으로 배웠다고 했다. 한국어 대화에 무리 없이 끼어 대화할 수 있을 정도의 실력이라 3년간 혼자 공부했다고 하기에는 깜짝 놀랄 정도였다. 겨울방학에는 활동지와 파워포인트 자료를 새벽까지 만들며 영어 캠프를 운영하고, 추후 한국 대학원에서 언어학을 전공하고 싶다며 조심스레 소망을 비치기도 했다. 지난해 가장 인상 깊은 순간으로 한국에 오는 것이 확정된 날을 꼽는 그를 보며 과거의 상처와 원어민 교사에 대한 편견이 조금이나마 씻겨 내려가는 기분이 들었다.

모두가 나와 같은 마음이기를 바랄 수는 없다. 그렇게 치면 누군가는 나에게서 부족함과 나태함과 이기심을 볼 것이고, 내가 받았던 것 같은 상처를 받을 수도 있다. 나 또한 처음부터 교사를 꿈꾸지 않았다. 점수에 맞춰 교육대학교에 진학했고, 4학년 교생 실습을 나가는 순간까지도 이 길이 나의 길인가 망설이지 않았나. 모든 교사가 소명 의식을 갖고 봉사해야 한다는 말이 아니다. 교사 앞의 수식어가 원어민, 초등, 중등, 영양, 보건인지에 상관 없이 최소한 '교사'라는 옷을 걸친 채 살아가고 있다면, 그에 걸맞은 어른으로서 책임감과 최소한의 매너를 지녀야 한다고 믿는다. 적어도, 그러기 위해 노력하고, 그렇지 못함에 부끄러워하는 교사가 되어야 하지 않을까.

학교를 그렇게 오래 다녔는데도 그 안에 교사와 학생만 있는 줄 알았다. 우유 급식비와 현장체험학습비를 걷는 것도, 부서진 책상이나 의자를 고쳐 주는 것도 다 누군가의 역할일 텐데 나 또는 나와 매일 마주하는 대상이 아니면 관심을 끄고 살 만큼 무심한 학생이었다.

교사가 되어 돌아온 학교 안에는 무수한 이름들이 있었다. 그중 학생을 제외하고 가장 많은 비중을 차지하는 것이 '교직원'이다. 교직원은 교육공무원으로서의 교사를 뜻하는 '교원'과 그 외의 '직원'을 포함하는 개념이다. 쉽게 말해서 교원과 직원을 합쳐서 교직원이라고 부른다.

직원은 다시 '교육행정직공무원'과 '교육공무직원'으로 나눌 수 있다. 우선 교육행정직공무원은 행정 업무를 담당하는 분들로서 행정실에서 만날 수 있다. 교사의 급여와 연말 정산뿐만 아니라 현장 체험학습이나 외부 교육, 시설 관리 등 모든 회계 업무를 다룬다. 행정실장과 일반 행정직원으로 구성되며 학교 규모에 따라 2~5명 정도의 교육행정직공무원들이 근무한다. 보통 '선생님'이라고 불러 왔으나 최근에는 '주무관(님)'이라는 호칭으로 바뀌었다. 단, 예외적으로 행정실장은 '(행

구분	교원	직원	
구분	교사(교육공무원)	교육행정직공무원	교육공무직원
업무	교육 및 관련 행정 업무	회계 및 시설 관리 업무	
종류	교사, 교감, 교장, 사서교사, 영양교사, 보건교사, 상담교사, 특수교사 등	행정실장을 포함한 교육행정직공무원	교무실무사, 영양사, 조리사, 조리원, 교육복지사, 전문상담사, 사서, 돌봄전담사, 원어민 보조교사, 스포츠 강사, 영어회화 전문강사
호칭	선생님	주무관	실무사
계약 형태	공무원		대부분 무기계약직이며 일부 계약직

정)실장(님)'이라고 부르는 게 일반적이다.

교육 업무와 회계 업무라는 두 개의 큰 기둥을 교사와 교육행정직공무원이 맡고 있다면 그 사이의 빈틈을 채워 학교가 잘 굴러가도록 해 주는 역할을 하는 분들이 교육공무직원이다. 교무실의 교무 업무, 학교 컴퓨터 및 전산 업무, 과학실 보조 업무 등을 도와주시는 교무실무사(전산실무사, 과학실무사, 특수교육실무사 등)와 영양사, 조리사, 조리원, 교육복지사, 전문상담사, 사서, 돌봄전담사 등이 이에 해당한다. 이분들도 보통 '선생님'이라고 부르면 큰 무리는 없으나 최근에는 '실무사(님)'라는 호칭으로 바뀌고 있다.

교사와 교육행정직공무원은 둘 다 공무원인 반면, 교육공무직원은 그렇지 않다. 단, 2017년 기준 교육공무직원 중 80%는 정년이 보장된 무기 계약직이고,

나머지 20% 정도가 계약직이었다.[12] 더불어 영양사, 사서, 전문상담사는 교육공무직인 데 반해, 영양교사, 사서교사, 전문상담교사는 교육공무원인 교사로 포함된다.

그중에서도 교원의 보직 관계도를 조금 더 자세히 살펴보면 다음과 같다. 관리자로서 교장과 교감이 있고, 특수 업무를 맡는 특수 부장교사와 학년 업무를 맡는 학년 부장교사가 있다. 특수 부장교사 중에서는 학교 운영 전반을 총괄하는 교무부장과 학교 교육과정 운영을 총괄하는 연구부장이 핵심이 되어 학교가 굴러간다. 더불어 방과후부장, 진로인성부장 등 기타 특수 부장들이 있다.

한편, 1학년부터 6학년까지 각 학년을 대표하는 학년 부장이 있다. 보통은 학년마다 한 분씩 계시지만 소규모 학교에서는 몇 개 학년을 묶어 학년군 부장을 맡거나 특수 부장을 겸하기도 한다. 학년 부장의 일은 주로 학년 교육 활동을 원활히 운영하는 것이다. 예를 들어 6학년 부장을 맡으면 졸업식과 졸업 앨범, 수학여행 등 굵직한 행사를 계획 및 추진해야 하고, 매주 부장 회의에 참석하여 그 결과를 동학년 교사들과 공유한다. 물론 해당 학년의 일반 교사들도 업무를 분담하지만 아무래도 부장교사는 큰 그림을 보고 많은 일을 챙겨야 하는 위치에 있다.

따라서 특수 부장과 학년 부장을 꺼리는 분위기가 생겨나기도 한다. 부장을 맡더라도 받을 수 있는 혜택은 매달 나오는 7만 원의 작고 귀여운 부장 수당과 성과급 평가에서 가장 높은 S등급[13]을 받을 수 있다는 것 정도이기 때문이다. S와 A등급 간 성과급 차이가 70만 원 정도이고, 이를 12개월로 나누면 매달 차이는 고작 5만 원 정도다. 그러므로 성과급이나 부장 수당을 고려하더라도 1년간 고생하는 것에 비하면 턱없이 부족하게 느껴질 수밖에 없다. 그래서 순서를 정해 돌아가며 부장을 맡기도 하고, 실질적인 이득보다는 학교 운영에 대한 책임감, 때로는 관리자의 설득과 압박에 의해 부장교사 역할을 맡는 일이 많다.

---

[17] 박재천, "교사, 일반직과 '삼두마차' 교육공무직 '뜨거운 감자'", 연합뉴스, 2017.02.26.
[13] 성과급은 전년도에 2개월 이상 근무한 교사를 대상으로 업무를 평가하여 S, A, B 세 등급으로 나누고 50~100%의 비율로 매년 3~5월 사이에 1회 차등 지급된다. 50% 차등 지급일 경우 가장 높은 S등급의 성과급은 480만 원 정도이며 등급 간에 약 70만 원의 차이가 있다.

4년 차 교사,
휴직서를 내다

"아, 밥벌이의 지겨움!! 우리는 다들 끌어안고 울고 싶다."

김훈, 『라면을 끓이며』, 문학동네, 2015, p.70

김훈 작가의 탄식만큼 노동의 지긋지긋함을 잘 표현한 문장이 또 있을까. 신규 교사 연수를 받던 시절, 강의 중이던 선배 선생님이 교사도 권태기가 온다는 말씀을 하신 적이 있다. 어찌나 학교 가기가 싫은지 매일 지각하는 아이들과 함께 뒷문으로 출근을 하고, 퇴근할 때부터 다음 날 출근이 두려워졌다고 했다. 그때는 간절히 바라던 임용고사에 합격하고 발령을 기다리던 때이니 나와는 상관없는 이야기로 흘려들었던 기억이 난다.

하지만 몇 년 후, 김훈 작가의 책을 읽으며 나는 통탄의 눈물을 흘릴 뻔했다.

"밥벌이도 힘들지만, 벌어 놓은 밥을 넘기기도 그에 못지않게 힘들다. … 이것을 넘겨야 다시 이것을 벌 수가 있는데, 속이

발령을 받은 지 4년 차 되던 해, 나에게도 권태기가 찾아왔다. 퇴근길
에 밥을 먹을 힘이 없어 주전부리로 겨우 속을 채우던 시기였다. 쌀알이 모
래알처럼 까끌거렸고, 혀끝이 찡할 만큼 달고 짠 음식들이나 되어야 맛이 느
껴졌다. 즐거움을 찾아 나설 힘이 없으니 가만히 앉아 자극적인 음식을 먹는
것으로 나를 위안했다. 티브이 쇼를 틀어 둔 모니터 속에서 깔깔거리는 개그
맨의 모습과 무표정한 내 얼굴이 저녁마다 겹쳐졌다.

꼬꼬마 선생님인 주제에 무슨 권태기냐 싶어 스스로도 부정했었다.
하지만 학교에 가기 싫은 마음까지 지워 낼 수는 없었다. 각종 서류 업무와
행사 진행에 치이다 보니 이게 교사의 본모습인지 의구심이 들었다. 신규 교
사의 의견 따위는 반영되지 않는 의사 결정 시스템도 좌절스러웠고, 4년 차
가 될 때까지 내 반을 가져 보지 못한 것에 대한 억울함도 있었다. 지금 생각
해 보면, 나는 말 잘 듣는 어리숙한 신규 교사 그 이상도 그 이하도 아니었다.
관리자들은 열심히 일한다며 칭찬하는 듯했지만, 내 의사와는 상관없이 나
를 목적에 따라 갈아 넣고 있을 뿐이었다.

심지어 당시 교감은 나를 교사로 대하지도 않았다. 내가 지각을 한

어느 날 아침이었다. 지각을 한 것이야 당연히 잘못이지만 그다음에 벌어진 일은 상식 밖의 일이었다. 교문을 지키고 있던 교감은 나란히 벌을 서고 있는 지각한 아이들 옆에 나를 같이 세워 두었다. 나는 거절하는 방법을 모를 만큼 미숙했고, 머릿속이 백지가 될 만큼 당황스러웠다. 의아하게 쳐다보는 아이들의 눈빛, 지나가는 다른 선생님들의 시선, 내가 지금 뭘 하고 있는 건가 싶은 자괴감, 잠깐이었지만 영원히 수치스럽게 남을 순간이었다. 그 와중에 나보다 늦게 들어온 선생님들이 있었다. 당연히 그분들도 지각을 한 것이지만 그렇다고 그 선생님들을 나처럼 아이들 옆에 세워 두지는 않았다. 그 선생님들과 나의 다른 점은 내가 나이가 어린 신규 교사라는 것이었다.

시간이 지나 교감이 말하길, 처음이라 잘 모르는 것 같아 그렇게 해서라도 가르쳐 주고 싶었다고 했다. 무엇을 가르쳐 주고 싶었을까? 알고 싶지도 않다. 적어도 내가 깨달은 것이 있다면 상대방에게 수치심을 주는 방법으로는 제대로 된 변화와 성장을 기대할 수 없다는 것이다. 애초에 지각을 했다는 이유로 교문 앞에 서 있던 그 아이들이 어떤 모멸감을 느꼈을지 생각이나 해 보았을까.

그 외에도 자녀가 아파 수업을 마치고 조퇴를 자주 했던 선생님, 얼마 전 유산을 해서 병가를 낸 선생님도 개별 상담이 이루어졌다. 정당한 사유가 있고, 합법적으로 주어진 권리를 사용했을 뿐인데도 교감으로부터 공격을 받았다. 그분도 최소한 20년은 교사로서 학생들을 만났을 텐데, 그 아이들이 받았을 상처를 상상하면 마음이 아프다. 사람이 사람을 대하는 방식은 쉽게 바뀌지 않는 법이니까. 아마 나와 다른 교사들을 '가르쳐' 주려던 것처럼 아이들도 가르쳐 왔을 것이다.

연공서열 중심의 까라면 까라는 식의 시스템, 교육을 방해하는 교육 행사, 거기에 관리자와의 갈등은 촉매제가 되었다. 학교에 대한 애정이 하루가 다르게 사막처럼 메말라 갔다. 그러던 중 휴직의 기회가 왔다. 애초에 권태기로부터 도망치기 위한 휴직은 아니었다. 마침 상황이 맞아떨어져 미국을 가게 된 것이다. 하지만 비자를 받고 휴직을 준비하던 그 시기가 눈코 뜰 새 없이 바빴는데도 즐거웠던 이유 중 하나가 학교를 잠시 떠나 있을 수 있다는 희망 때문이었던 것은 분명하다.

약 3년 반에 걸친 휴직은 꿀맛 같았다. 쉼과 여행, 대학원 생활이 적절히 어우러진 시기였다. 무엇보다 대학원을 다니며 미국 교육 시스템을 직접 경험해 볼 수 있었던 것이 교사로서 큰 도움이 되었다. 학생과 교사 사이의 관계에 대해 다시 한번 생각하게 되었기 때문이다. 말로는 수평적이고 상호 작용하는 관계를 추구한다고 하지만 여전히 우리나라의 사제 관계는 수직에 가깝다.

앞서 적었듯이 경험해 보지 못한 것을 가르치는 것은 실로 어려운 일이다. 그래서 토론 수업이 어렵다. 대부분의 교사들은 학생 때 수업 중 토론을 제대로 해 본 적이 없기 때문이다. 하브루타 수업도, 온책 읽기 수업도 막막한 이유는 비슷하다. 받아 본 적이 없어서 주기도 힘든 것이다. 그런 관점에서 나는 어른이 되어서야 수평적 사제 관계의 기쁨을 학생 입장에서 맛보았다. 그런 관계가 학업 성취에 있어 효과적이라는 사실도 체감했다. 나는 질문이 생기면 교수들을 시시때때로 찾아갔고, 교수님들은 그런 나를 언제든지 환영하며 마주 앉아 의견을 나누었다. 교수님 댁에 초대를 받아 포트럭 파티를 하기도 하고, 함께 전시를 보거나, 농담을 하기도 했다. 유난히 좋은 분들을 만난 덕도 있을 것이다. 감사하게도 그 시기에 한 경험과 만났던 사람들 덕분에 사회 초년생으로서 받았던 스트레스와 상처들은 거의 완벽하게 치유되었다.

교사에게는 휴직을 할 수 있는 방법이 여러 가지가 있다. 예전에는 육아휴직도 1년만 쓰는 추세였지만 지금은 3년을 다 채워 쓰는 분들이 많다. 남자 선생님들 중에도 육아휴직을 쓰는 분이 늘어났다. 더불어 10년 이상 근무했다면 특별한 사유 없이 한 번 휴직할 수 있는 '자율연수휴직'도 있다. 얼마 전 자율연수휴직을 사용했던 중등교사 친구는 열심히 달려온 자신을 추스르고 보듬어 주는 소중한 시간이 되었다고 말한다.

신기하게도 휴직을 끝내고 돌아온 학교는 완전히 다른 모습이었다. 분명히 같은 학교인데도 몇 년의 시간 동안 교직 문화 곳곳이 바뀌어 있었고, 사람들도 달라져 있었다. 학교마다 차이는 있겠으나, 조금 더 민주적이고 개인주의적인 분위기를 느꼈다. 그리고 무엇보다 내 자신이 변화되어 있었다. 주변의 사람들을 이해할 수 있는 마음과, 이해할 수 없을 때에는 단호히 내칠 수 있는 단단함이 조금 생겼다. 그래서 난 힘들어하는 선생님들을 만나면 종종 휴직을 권한다.

일은 삶에 의미와 즐거움을 주기도 하지만, 나를 자신으로부터 소외시키기도 한다. 내가 느꼈던 허무함과 좌절감은 나의 근면에 기원한 것이었다. 목적 없는 열정과 의미 없는 성실함은 나를 좀먹었다. 그렇게 내가 나로

존재할 수 없는 순간이 오면 우리는 자신을 위한 결단을 내려야 한다.

나 자신을 위해 '소외된 노동'을 떨쳐 내고 '쉼'을 선택할 수 있는 것도 용기다. 상황에 따라 도저히 휴직이 어렵다면 방학을 최대한 활용해서 충전을 해야 한다. 교사는 많은 사람을 대하는 직업이라 방전되기 십상인데도, 교실 속 소음에 가려져 스스로 고갈된 줄도 모를 때가 많다.

스스로에게 귀를 기울이자. 숨을 쉬고 있는지.

쉼표가 있어야 숨을 쉴 수 있다.

나에게 '교사'는 소명 의식을 가져야 하는 사람이기도 하지만, 월급을 받고 일하는 노동자이기도 하다. 법이 정한 선을 지키고, 정당한 권리를 누리자는 것이 나의 소신이다. 아래의 내용들은 '2023 서울특별시 교육청 교육공무원 인사실무 매뉴얼'과 국가법령정보센터의 '국가공무원 복무규정(시행 2023.7.18.)'을 참고하여 정리한 것이다. 개정되는 내용이 있을 수 있으므로 정확한 내용은 학교에 비치되어 있거나 교육청 홈페이지에 게시된 최신 매뉴얼을 확인하거나, 교감선생님에게 직접 문의하는 것이 좋다.

근로 시간: 1일 8시간

- 초등교사의 경우 점심시간도 학생 지도 시간으로 포함된다. 따라서 점심시간에도 사고가 일어나지 않도록 학생 지도에 신경을 써야 한다.

- 근무시간은 보통 8:30~16:30 또는 8:40~16:40인 경우가 많다.

휴가: 공가, 병가, 연가, 특별 휴가

1. 공가: 공적인 휴가(투표, 결핵 검사, 국가행사 참가, 병역법에 의한 소집 및 훈련, 전보, 승진 시험, 천재지변으로 인한 출근 불가 등)

2. 병가: 병가, 병지각, 병조퇴, 병외출을 포함하며 질병 및 부상으로 인한 휴가(일반 병가 60일, 공무상 병가 180일)

- 누계 8시간을 병가 1일로 계산

- 누적 병가가 6일을 초과하는 경우 진단서 제출

- 해가 바뀌면 갱신(1/1~12/31)

3. 연가: 연가, 반일연가(4시간), 지각, 조퇴, 외출을 포함하며, 누계 8시간을 연가 1일로 계산한다. 재직 기간에 따라 연가 일수가 다르며, 병가와 같이 해가 바뀌면 갱신된다.

재직 기간[15]	연가 일수	재직 기간	연가 일수
1개월 이상 1년 미만	11일	4년 이상 5년 미만	17일
1년 이상 2년 미만	12일	5년 이상 6년 미만	20일
2년 이상 3년 미만	14일	6년 이상	21일
3년 이상 4년 미만	15일		

- 남은 연가 일수가 없는 경우 다음 해의 연가 일수를 재직 기간에 따라 미리 사용할 수 있다.[16]

재직 기간	미리 사용 가능한 최대 연가 일수	재직 기간	미리 사용 가능한 최대 연가 일수
6개월 미만	3일	2년 이상 3년 미만	7일
6개월 이상 1년 미만	4일	3년 이상 4년 미만	8일
1년 이상 2년 미만	6일	4년 이상	10일

[14] 국가법령정보센터, 국가공무원 복무규정.

교사의 해외여행

- 방학 및 휴업일을 이용하는 것이 기본 원칙이며, 두 가지 방법이 있다.

- 연가 이용: 본인 연가 일수 내에서 학교장의 허가를 받은 뒤 연가로 기록

- 국외자율연수 이용: 학교장의 허가를 받아 「교육공무원법」 제41조로 기록

- 연가를 이용하는 편이 과정상 자유로우나, 추후 불가피하게 연가를 써야 하는 상황이 생길 수 있으므로 국외자율연수를 통해 해외여행을 가기도 한다.

- 방학 전 '방학 중 연수 계획서'를 제출할 때 함께 안내되므로 참고하여 미리 신청한다.

4. 특별 휴가

1) 경조사 휴가: 가족 친척의 경조사

구분	대상	일수
결혼	본인	5일
	자녀	1일
출산	배우자	10일
사망	본인 또는 배우자의 부모	5일
	본인 또는 배우자의 조부모 · 외조부모	3일
	자녀와 자녀의 배우자	3일
	본인 또는 배우자의 형제 · 자매	1일
입양	본인	20일

2) 출산 휴가: 출산 전후 90일(출산 후 휴가 기간이 45일 이상이 되어야 함) 한 번에 둘 이상의 자녀는 120일(출산 후 60일 이상 확보)

- 주말과 공휴일 포함하여 계산

3) 유산휴가(사산휴가): 임신 기간에 따라 10일(15주 이내), 30일(16~21주), 60일

(22~27주), 90일(28주 이상)

- 배우자가 유산/사산한 경우 3일 휴가(1회 분할 사용 가능)

- 출산 휴가와 같이 주말과 공휴일 포함하여 계산

4) 난임치료 시술 휴가

- 인공 수정 등 시술: 2일(시술 당일 1일+시술 전날 / 시술 후 2일 이내 중 1일)

- 동결 보존 배아 체외 수정 시술: 3일(시술 당일 1일+시술 전날 / 시술 후 2일 이내 / 시술 관련 진료일 중 2일)

- 난자 채취 후 체외 수정 시술: 4일(난자 채취일 1일+시술 당일 1일+시술 전날 / 난자 채취일 전날 / 시술이나 난자 채취일 후 2일 이내 / 시술 관련 진료일 중 2일)

- 남성 공무원의 경우 정자 채취일에 1일

5) 여성보건휴가: 생리 기간 중 휴식을 위해 매월 1일 휴가(무급)

6) 모성보호시간: 임신한 공무원은 1일 2시간 범위 내 휴가(육아시간과 중복 사용 불가)

- 일 근무시간이 총 4시간 이상일 때 사용 가능(예를 들어 조퇴 등을 함께 사용하여 해당일의 근무 시간이 4시간 미만일 경우 모성 보호 시간 2시간은 연가로 처리된다.)

7) 육아시간: 만 5세 이하(생후 72개월 이전) 자녀가 있을 경우 24개월 범위에서 1일 2시간 범위 내 휴가

- 모성보호시간과 같이 일 근무시간이 총 4시간 이상일 때 사용 가능

---

[15] 기간제 경력은 호봉 승급을 위한 경력으로는 인정되나 재직 기간에는 포함되지 않는다. 그 외에 휴직, 정직, 직위해제 기간 등도 재직 기간에 포함되지 않는다.

[16] 연가를 미리 사용한 후 다음 연도에 휴직을 하면 사용한 연가 일수가 결근 처리될 수 있어 다음 해 휴직 및 퇴직 상황을 고려해서 사용해야 한다.

8) 수업휴가: 한국방송통신대학교 재학 중 연가 일수를 초과하는 출석 수업에 대해 수업 휴가를 얻을 수 있음

9) 재해구호휴가: 재해 피해를 입은 교원 또는 자원봉사활동을 하고자 하는 교원은 5일 이내 휴가를 받음. 대규모 재난 시 10일 이내의 휴가

10) 자녀돌봄휴가: 성년 미만(19세 미만)의 자녀가 있으면 연간 2일(16시간) 유급 휴가(시간 단위로 사용 가능). 단, 자녀가 2명 이상이거나 장애인인 경우, 또는 한부모가정인 경우 3일 휴가(연간 10일 쓸 수 있는 가족돌봄휴가는 무급)

11) 임신검진휴가: 임신한 공무원은 검진을 위해 임신 기간 중 10일 범위 휴가(최초 신청 시 임신 확인서 등 제출. 3일 이상 사용 시 증빙 필요)

12) 교육활동 침해 피해 교원 특별 휴가: 교육활동 침해 피해를 받은 경우 5일 범위 특별 휴가

휴직

- 인사권자 권한으로 휴직시키는 직권휴직, 교사 본인 의지로 휴직하는 청원휴직

	종류	요건	기간	경력/승급	보수	수당
직권휴직	질병휴직	신체·정신상의 장애	1년(+1년 연장) 공무상 질병·부상은 3년	공무상 질병·부상일 때만 인정	70% 지급(1년 초과 시 50%) 공무상 질병·부상 시 전액 지급	공통 수당: 보수와 같은 비율로 지급 기타 수당: 사유별로 차등 지급
	병역휴직	병역 복무	복무 기간	인정	미지급	미지급
	생사불명	생사불명	3개월 이내	미인정	미지급	미지급
	법정의무수행	법정의무수행	복무 기간	인정	미지급	미지급
	노조전임자	교원노조 전임자종사	전임 기간	인정	미지급	미지급

	종류	요건	기간	경력/승급	보수	수당
청원휴직	유학휴직	학위취득을 위한 해외유학 또는 1년 이상 연수	3년 (학위취득 시 3년 연장 가능)	경력: 50% 인정 승급: 인정	50% 지급 (3년)	공통수당: 50%지급 (3년) 기타수당: 미지급
	고용휴직	국제기구, 대학·연구 기관 등에 임시 고용	고용 기간	인정 (비상근 고용 시 50% 인정)	미지급	미지급
	육아휴직	만 8세 이하 자녀 양육, 임신·출산	자녀 1명당 3년	경력: 인정 승급: 최초 1년 인정, 셋째 이후 자녀에 대한 휴직 전 기간 인정 (3년)	미지급	0~12개월: 80% 지급 (상한 150, 하한 70)
	입양휴직	만 8세 초과 만19세 미만 아동 입양	1인당 6개월	인정	미지급	미지급
	난임휴직	불임·난임 치료	1년 (+1년 연장)	미인정	70% (1년 초과시 50%)	공통수당: 보수와 같은 비율로 지급 기타수당: 사유별 차등지급
	연수휴직	국내 연구·교육 기관 연수	3년	경력: 50% 인정 승급: 미인정 (학위 취득 시 호봉 반영)	미지급	미지급
	가사휴직	조부모, 본인·배우자의 부모, 배우자, 자녀 손자녀 간호	1년 (재직 기간 중 총 3년)	미인정	미지급	미지급
	동반휴직	배우자의 국외근무 또는 유학	3년 (+3년 연장)	미인정	미지급	미지급
	자율연수휴직	재직 기간 10년 이상인 교원의 자기 계발	1년 (재직 기간 중 1회)	미인정	미지급	미지급

- 육아휴직 기간 중에는 육아휴직 수당의 85%만 지급하고 나머지 15%는 복직

후 6개월이 되면 일시 지급한다. 본봉의 80%가 상한선인 150만 원을 넘는 경우 이의 85%인 1,275,000원을 1년간 매달 지급받게 되는 것이다. 하지만 공무원 연금(기여금)과 의료보험료를 제외한 실지급액은 약 90만 원이다. 공무원 연금과 의료보험료는 휴직 기간 중 납부를 유예했다가 복직 후 납입 가능하다.

- 자율연수휴직의 경우 현재 재직 기간이 10년 이상인 교원만 전체 재직 기간 중 1회 신청할 수 있다. 하지만 2023년 기준 10년에 한 번씩 자율연수휴직을 신청하는 안과 재직 기간이 5년 이상인 교원도 신청할 수 있는 안이 추진 중이다.

- 청원휴직은 직권휴직과 달리 신청한다고 모두 받아들여지라는 법이 없다. 각 교육청 및 학교 상황에 따라 거절당할 수도 있다는 뜻이다. 특히 보수가 지급되는 유학휴직은 허가를 받는 것이 까다롭다. 그래서 배우자와 함께 해외로 가는 경우에는 경력과 승급 인정이 되지 않고 보수도 없지만 상대적으로 허가를 받기 쉬운 동반휴직을 선택하기도 한다.

- 나의 경우 동반휴직 중 석사 학위를 취득했는데 복직 후 교감선생님을 통해 2021년도 인사매뉴얼부터 동반휴직 중 학위 취득 시 경력 및 호봉을 인정하지 않는다는 이야기를 듣게 되었다. 내가 학위를 취득한 시기가 2021년 이전이었기 때문에 석사 학위 취득으로 인해 인정받았던 경력과 호봉, 그로 인해 추가로 지급받은 급여를 뱉어 내야 하는 불상사는 일어나지 않았다. 하지만 2021년 이후 동반휴직 중 학위를 취득했거나 관련 계획이 있다면 참고해 두길 바란다.

- 위와 비슷한 맥락에서 육아휴직 중 대학원 학위를 취득할 경우에도 학위 취득 기간을 호봉 획정 경력으로 인정받을 수 없다.

3부
0부터 다시 시작

떨리는 첫 만남,
승부수는 손편지

첫 발령을 받은 지 6년째 되던 해, 드디어 첫 담임을 맡게 되었다. 2016년 9월, 미국에서 돌아온 지 일주일 만이었다. 고작 3년 반 남짓의 미국 생활을 하고서 20년 넘게 살았던 한국이 낯설게 느껴졌다고 하면 우습게 들릴지도 모르겠다. 그런데 미국 서부의 여유로운 시골 동네에서 요양하다시피 몇 년을 보내고 돌아온 나는 서울이 딴 세상처럼 느껴졌다. 마치 시골쥐였던 내가 서울에 처음 올라와 받았던 충격과 비슷한 느낌이었다.

미국에서 한국으로, 대학원에서 초등학교로, 학생에서 교사로. 많은 것들이 하루아침에 바뀌었다. 하지만 적응 핑계를 대고 게으름을 부리기에는 중요한 과업이 코앞에 닥쳐 있었다. 바로 내 인생 첫 담임선생님으로서 우리 반과의 성공적인 첫 만남을 해내는 것이었다.

너무 무겁지도, 가볍지도 않은 인사와 내 소개를 담은 프레젠테이션 자료를 준비했다. 그날따라 눈이 일찌감치 떠져 공을 들여 옷매무새를 다듬었다. 아이라인 하나를 그리면서도 친절하게 보이는 게 나을지, 아니면 만만해 보이지 않는 것이 좋을지를 고민했다. 떨리는 아침이었다.

그날 긴장했던 것은 나뿐만이 아니었다. 2학기의 시작과 함께 새로운 선생님이 오셨다는 소식에 때 이른 등교를 한 아이들이 창밖에서 힐끔거렸다. 나 혼자 앉아 있는 교실에 선뜻 들어오지 못하는 눈치였다. 아이들의 수줍은 인사와 수줍지 않은 척하는 나의 인사가 만나 교실 안에는 어색함이 감돌았다.

목소리 큰 몇몇 아이들이 등교하면서부터 분위기는 금세 반전되었다. 준비했던 인사와 활동이 언제 지나갔는지도 모르게 정신없이 첫 번째 하루가 마무리되었다. 그렇게도 기대하고 긴장했던 첫 만남인데, 사실은 별게 아니었다. 내 준비가 그보다 부족했다 하더라도 아이들은 나를 열린 마음으로 받아 주었을 것이다. 교실은 실수가 곧 약점이 되어 돌아오는 어른들의 세계와는 다르다. 대부분의 아이들은 '우리 담임선생님'이라는 이유 하나만으로도 호감을 내어 주고, 교사의 부족함을 이해해 준다. 새로운 선생님을 바라보는 한없이 긍정적인 눈빛을 볼 때마다 아이들은 희망으로 빚어진 존재 같다.

다만, 무조건적인 호감은 이해를 바탕으로 한 친밀감과는 다르다. 전자는 짧고 얕지만, 후자는 신뢰에 기반하는 묵직한 관계를 만들어 준다. 그런데 2학기에 첫 만남을 하다 보니 학생들을 파악하고 친밀감을 형성할 시간이 턱없이 부족했다. 다른 반은 이미 3~4월에 이뤄 낸 일을 9월에서야 시작하는 것이기 때문이다. 그렇다고 아이들과 데면데면한 채로 대충 한 학기를 흘려보내고 헤어지고 싶지는 않았다. 짧은 만남이지만 최선을 다하고 싶었다.

퇴직을 앞둔 말수 적은 남자 선생님과 한 학기를 보내면서 상대적으로 섬세한 관심과 표현에 목말라 있던 우리 반 아이들이었다. 2학기에 만났으니 1학기 담임선생님과의 비교는 피할 수 없는 문제였다. 결국 차별화되는 나만의 승부수를 띄워야 했고, 내가 선택한 방법은 손글씨였다.

시작은 일기장에 답글을 써 주는 것이었다. 많은 선생님들이 일기 검사를 하며 피드백을 남긴다. 나는 그 답글이 조금 더 의미 있고, 사사로운 소통이 되기를 바랐다. 그래서 가끔은 내가 아이의 일기보다 더 긴 답장을 써 주거나, 아이들 모두에게 따로 편지를 써 주기도 했다. 그런 날 보며 어떤 선생님은 '애들은 어차피 몰라'라고 말하기도 했다. 물론 내가 써 준 글을 읽지도 않고 넘겨 버린 아이들도 있었을 테고, 읽히지도 못한 채 휴지통에 처박힌 편지도 더러 있었을 것이다. 하지만 한편에는 어린 시절의 나처럼 선생님의 관심에 목말랐던, 그래서 선생님의 글 몇 줄이 진심으로 기쁜 아이들도 있을 거라고 믿었다.

대부분의 정보가 종이 대신 모니터를 통해 전해지는 요즘, 화면 속 활자들은 내겐 너무 가볍게 느껴질 때가 많다. 예를 들어, 아이들에게 편지를 쓰자고 하면 이제 아무도 연습장을 꺼내지 않는다. 편지지 위에 생각나는 말들을 바로 써 내려간다. 현재의 아이들이 과거보다 편지 쓰기를 더 잘해서도 아니고, 그렇다고 게을러져서도 아니다. 그저 얼마든지 썼다 지웠다를 반복할 수 있는 스크린 위의 글쓰기에 익숙해졌을 뿐이다.

흔적이 남는다는 것은 불편한 일이지만, 행위에 신중함을 더해 준다. 어릴 적 나는 지우개가 있더라도 흰 편지지 위에 연필의 눌린 자국과 거뭇한

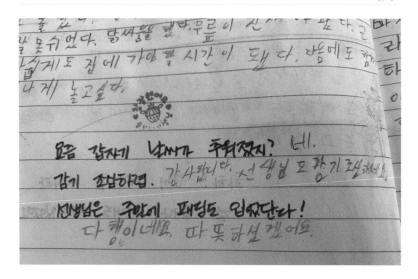

그림자를 남기고 싶지 않았다. 그래서 연습장에 편지를 완성한 뒤에야 조심스레 한 글자씩 옮겨 적었다. 과정은 번거로웠지만 속에 담긴 정성은 더 귀하게 느껴졌다. 그렇게 완성한 깨끗한 편지를 고이 접어 봉투에 넣을 때면 얼마나 뿌듯한 마음이 들었는지 모른다. 어쩔 수 없다. 나는 소중함을 담은 육필의 힘을 여전히 신뢰한다.

> "육필은 몸의 진동을 느끼게 한다. 그때, 떨리는 몸은 나의 몸이기도 하고 편지를 보낸 사람의 몸이기도 하다. 나의 몸과 너의 몸 사이에서 신호들은 떨린다."

김훈, 『라면을 끓이며』, 문학동네, p.191

손글씨를 접할 때 느끼는 전율은 마음의 떨림이기도 하다. 즉, 손으로 쓴 편지는 사람의 마음을 더 쉽게 흔든다. 언어는 사람이 만들어 낸 신호 중 최상의 것이며, 그것은 인간적일 때 가장 아름답기 때문이다. 그래서인지 다행히도 나의 손글씨 전략은 성공적이었다. 9월에 만난 아이들과 나는 빠르게 가까워졌고, 개개인이 가진 고민이나 기질도 깊이 파악할 수 있었다.

첫인상은 중요하다. 그래서 고민했고, 떨렸다. 하지만 첫 만남은 찰나였다. 관계는 찰나에 만들어지지 않는다. 만남이 쌓여 이해가 더해지고, 믿음이 입혀진다. 중요한 것은 순간이 아닌 과정이라는 것을 깨닫기까지는 긴 시간이 걸리지 않았다. 담임선생님이 된다는 것은 얼마나 멋진 첫인상을 보여 줄까 하는 하루짜리 고민이 아니라, 어떻게 하면 아이들의 마음과 가까워질 수 있을까 하는 1년짜리 프로젝트였다. 올해에는 또 어떤 방법으로 아이들에게 슬그머니 다가가 볼까 고민해 본다. 그래, 일단 편지부터 한 통씩 써 주어야겠다.

학급 운영 1년살이

학급 운영은 1년짜리 장기 프로젝트다. 다행인 것은 시기별로 일정한 과업과 패턴이 있다는 것이다. 매년 반복되는 흐름을 파악해 두고, 학생이나 학년, 그 해의 특수한 상황에 따라 유연하게 조정해 간다면 학급 운영이 훨씬 수월해질 것이다.

더불어 초등학교 교육과정의 다양한 활동들은 명절 및 특수 활동 주간과 긴밀하게 연결되어 있다. 예를 들어 추석이 있는 달에는 체육 시간에 전통 놀이를 하거나 미술 시간에 클레이로 송편 만들기 등의 활동을 하게 된다. 이는 실생활에 가깝게 구성된 초등교육의 특성이라고도 할 수 있다. 참고로 표에 적힌 각종 공휴일 및 특수 활동 주간은 음력 날짜나 학교 상황에 따라 시기가 달라질 수 있다.

월	학교 행사 및 업무	기념일 및 특수 활동 주간	학급 운영 과업 및 유의 사항
3	시업식 진단평가 1학기 임원선거 각종 동의서 / 신청서 제출 학부모 총회 및 학부모 공개수업	삼일절	1년 중 가장 바쁜 달이며, 가장 중요한 것은 '학급 세우기'이다. - 서로 알아 가기(교실 놀이) - 우리 반 약속 함께 만들기 - 습관 형성하기(수업 전 준비 습관, 줄 서는 연습, 아침 활동 루틴 확립 등)
4	1학기 학부모 상담 현장체험학습	독도교육주간 친구사랑주간 장애이해교육주간 다문화교육주간	1학기 학부모 상담은 학생에 대해 이해하고, 개별 학부모의 교육관이나 요구 사항을 파악하는 기회다. 많이 듣자.
5	소체육대회 1학기 동료 장학 공개수업	어린이날 생명존중주간 석가탄신일	휴일이 많은 행복한 달이다. 요즘은 소체육대회를 학년별로 작게 하기도 한다.
6		현충일 사이버폭력 예방주간 통일 나라사랑 주간	고요해 보이지만 사실 한 학기의 피로가 쌓여 가장 지쳐 있는 시기이기도 하다. 7월의 나를 위해 출결 및 평가 업무를 미리 해 두자.
7	1학기 성적 및 나이스 입력 여름방학식		반이 지나갔다. 여름방학 안내를 꼼꼼히 해 준 뒤, 나 또한 충분한 휴식을 취하자.
8	개학식 2학기 임원선거		방학 동안 쑤욱 자란 아이들과 새롭게 다시 시작이다. 방학 동안 흐트러진 공부와 생활 습관 형성에 집중하자.
9	2학기 학부모 상담	양성평등주간 진로체험주간 추석	2학기 학부모 상담에서는 교사의 전문가적 의견이 더해지며, 방학 중 있었던 일들을 파악한다.
10	예술제 또는 가을 체육대회 2학기 동료 장학 공개수업	개천절 한글날 친구사랑주간 애플데이행사주간 안전한국훈련주간	예술제와 가을 체육대회는 보통 격년으로 치러진다. 연습 등으로 인해 수업 시간을 과도하게 빼앗기지 않도록 유의해야 한다.
11	교원능력개발평가	수능(보통 1시간 늦게 등교)	방학 전 달은 언제나 지친다. 조금 더 힘을 내어 밀린 진도와 수행평가들을 챙겨야 할 때다.
12	2학기 성적 및 나이스 입력 겨울방학식	크리스마스	개학 후에는 시간이 빠르게 지나간다. 대부분의 진도와 나이스 업무를 겨울방학식 전에 끝내 두자.
1	개학식	신년맞이	함께할 시간이 한 달 남짓 남았다. 다양한 활동과 놀이로 의미 있는 시간을 만든다.
2	통지표 작업 종업식 및 졸업식 분반 작업	설날	1년을 마무리할 때가 왔다. 롤링페이퍼나 장기 자랑, 연극 등 함께 즐길 수 있는 활동을 통해 뜨거운 안녕을 준비한다.

맥시멀리스트 선생님

새 학년도에 접어들면 자연스레 새 교실을 맞이하게 된다. 물론 같은 학년과 반을 연달아 맡아 동일한 교실을 쓰게 되는 경우도 종종 있다. 하지만 내게는 한 번도 그런 일은 일어나지 않았고, 매년 이사를 치렀다.

책상 서랍 몇 칸 정도의 짐을 옮기는 것을 상상한다면 크나큰 오산이다. 지금껏 내가 만나 온 초등학교 선생님들 대부분은 맥시멀리스트였고, 나 또한 그렇다. 특히 문구용품에 관해서라면 내 안에 개미처럼 쌓아 두고 싶어 하는 본능이 있나 보다. 색색의 4절 머메이드지는 학급 신문과 포스터, 역사 연표 등에 써야 하고, 8절 도화지는 미술 시간 단골손님이라 흰색과 검은색 모두 필요하다. 쉬는 시간 아이들을 위한 보드게임과 젠가 등도 필수다. 미술뿐만 아니라 다양한 교과에서 쓰이는 색연필과 사인펜, 풀, 가위, 그리고 매직은 말하면 입 아플 기본적인 문구용품이다. 그 외에 다양한 색깔의 A4 용지를 80, 120, 180g 등 이왕이면 두께도 다양하게 구비한다. 서류봉투, L자 파일, 연필깎이, 환경 미화 용품 등 초등학교 교실에서 쟁여 두어야 할 것은 끝이 없다.

올해의 교실 이사는 과거에 비해 훨씬 수월했다. 적층이 가능한 노란 바구니와 큰 공간 박스에 틈나는 대로 짐을 싸 두었던 것이 성공 요인이었다. 그럼에도 불구하고 나름 선방했다고 생각한 교실 이사는 3시간이 걸렸고, 나는 헌 교실에서 새 교실로 4층과 3층을 오가며 짐을 날랐다.

옮긴 짐을 다시 풀어 새 교실 구석구석에 집어넣으며 생각했다.

'대체 왜 나는 이 많은 것들을 버리지 못할까.'

학교에는 학습자료실이라는 공간이 있다. 다양한 문구용품이나 학습에 필요한 준비물을 보관하고 가져다 쓸 수 있는 문구점 같은 곳이다. 이곳에서 장난감부터 목공용 풀까지 필요할 때마다 빌려다 쓰면 될 텐데 나는 여전히 '내 것'을 이고 다닌다.

학습자료실이라는 개념이 없던 시절, 종이 한 장, 가위 하나가 모두 아이들과 담임교사의 몫이었던 기억이 남아 있다. 발령받고 얼마 되지 않은 나는 수업 때 쓸 교구와 재료들을 찾기 위해 온 학교를 뒤지고 다녀야 했고, 때로는 다른 선생님들께 부탁해 물건을 빌리기도 했다.

'내 것'이 없던 나는 수업에서도 유연하지 못했다. 예를 들어 천체 수업을 하다가 은하계 지도를 그려 보면 좋겠다는 생각이 들어도 필요한 자료 없이 수업 중간에 융통성을 발휘하는 것은 한계가 있었다. 빌려 오거나 내가 갖고 있는 학습 용품의 수와 양이 모자라 아이들은 오랫동안 차례를 기다려야 했고, 수업 시간이 부족했다.

'내 것', 정확히 말해 '우리 학급 물건'이 있다는 것은 자유롭다는 뜻이다. 나와 우리 반 아이들이 그것들을 언제든 쓸 수 있고, 선택할 수 있다는 것을 의미한다. 불편함이 덜어지고, 도움을 청할 필요도 줄어든다. 내가 쟁여 둔 물건들로 편하고 즐겁게 활동에 참여하는 아이들을 볼 때, 나는 한없는 뿌듯함을 느낀다.

보릿고개를 경험하신 어르신들이 자꾸만 무언가를 모으고 싶어 하시는 이유가 이것일까? 모든 것이 부족했던 시절은 지나갔지만, 결핍의 감각은 마디마디에 새겨져 쉬이 지워지지 않는 것 같다. 학습자료실 시스템이 생긴 지 수년이 지났건만 나의 짐이 여전히 수북한 것을 보면 빈곤의 기억이라는 건 참으로 강력하다.

다행히 해가 지날 때마다 나의 짐은 '조금씩' 줄어들고 있다. 재작년에는 둘둘 말아 놓은 전지와 십여 장의 우드락 보드를 포기했고, 작년에는 학교를 옮긴 덕에 대대적인 감축이 있었다. 올해는 한 번 쓸 만큼의 도화지만 남기고 나머지는 종이접기 색종이, 붓펜과 함께 학습자료실에 보내 주었다. 마치 오래된 연인을 놓아주는 마음이었지만, 한편으로는 홀가분한 것도 사실이었다.

지금껏 나는 소유가 주는 자유로움을 만끽하는 맥시멀리스트 교사였다. 이제 가득 쌓여 있는 물건들이 주는 심리적 하중으로부터 벗어날 차례다. 비움은 경쾌함을 가져온다. 덜어 낸 짐만큼 우리 교실은 쾌적해질 테고, 아이들이 꼼냥거릴 공간도 넓어질 것이다. 미니멀리스트 교사가 되는 날까지 매년 나의 이삿짐 다이어트는 계속될 예정이다.

교사를 나누는 기준은 여러 가지가 있겠지만, 그중 하나는 교실 환경에 진심인 교사와 그렇지 않은 교사이다. 나는 당연히 전자에 속한다.

내가 교실 환경에 정성을 쏟는 이유는 공간이 가진 힘을 믿기 때문이다. 웬디 우드 서던캘리포니아대 심리학 교수는 습관을 바꾸려면 '의지력'에 의존하기보다 '환경'을 바꾸는 것이 효과적이라고 말한다.[17] 더욱이 학생의 변화 의지를 타인인 교사가 일깨우기는 쉽지 않다. 따라서 교사로서 학생을 '바람직한' 방향으로 변화시키고자 할 때 먼저 해야 할 일이자 가장 쉽게 할 수 있는 일은 교실 환경을 적절히 조성하는 것이다.

'바람직하다'라는 표현은 지극히 주관적이다. 즉, 교사마다 이상적으로 여기는 학급의 모습은 차이가 있다. 내 기준에서 좋은 교실은 질서가 주는 편안함이 깃든 교실이다. 어렸을 적 교실의 무질서한 자유로움은 정적인 기질의 나로 하여금 불안을 느끼게 했다. 그래서 정돈된 아늑함을 내 교실에 구축하고자 개인적으로 네

---

[17] 웬디 우드, 『해빗』, 김윤재, 다산북스, 2017

가지 원칙을 세웠다.

우선, 비우고 정리한다. 교실을 잘 채우기 위한 필수 선행 작업이다. 교실은 학생들이 공부하는 곳이자 놀이 공간이기도 하므로, 자유로운 활동을 위한 공간을 넓게 확보해 주는 것이 좋다. 더불어 교실 앞면은 수업에 집중할 수 있도록 게시물과 비치된 물건을 최대한 줄이고, 튀지 않는 색깔과 장식물을 사용한다. 남은 학습 자료나 쓰레기로 인해 짐은 학기 중에도 계속 늘어난다. 따라서 학기 초뿐만 아니라 수시로 비움과 정리 정돈을 하지 않으면 교실 곳곳에 짐이 꾸역꾸역 쌓이게 되므로 주의하는 편이다.

두 번째, 적정한 가짓수의 조화로운 색감을 사용한다. 교실 환경 구성에 사용하는 기본색은 주로 베이지, 연한 갈색, 노랑 같은 온색이다. 계절에 맞춰 전체적인 색감을 연두, 파랑, 주황, 빨강 등으로 바꿔 주기도 한다. 다만 여러 색을 조합할 때 보색보다는 근접색을 사용하고, 너무 많은 색으로 교실이 잠식당하지 않도록 주의한다. 욕심이 지나쳐 교실을 한껏 알록달록 꾸며 놓고 서낭당을 떠올린 적이 여러 번이다.

세 번째, 다양한 감각을 고려한다. 우리에게는 시각만 있는 것이 아니다. 청각이나 후각, 촉각 등 여러 가지 감각이 함께 고려될 때 더욱 효과적인 환경 구성이 된다. 그 예로 아침 등교 시간에는 언제나 편안한 음악을 틀어 둔다. 우리 반의 아침 음악은 하루를 여는 신호 같은 것이다. 가끔 치과에 온 것 같다고 말하는 아이들도 있지만, 대부분의 아이들은 조용한 음악 속에서 자연스럽게 자리에 앉아 아침 독서를 시작한다. 더불어 해로운 성분이 없는 방향제를 활용하여 기분 좋은 냄새로 학생들을 맞아 줄 수도 있다. 단, 자극에 민감한 저학년 교실보다는 사춘기에 접어들

어 특유의 체취가 강해진 5~6학년 교실에서 유용하며, 어떤 학년이든 자주 환기를 시켜 교실 공기를 맑게 만들어 주는 것이 좋다. 또한 펠트지로 꾸민 게시판이나 부드러운 촉감의 놀이 교구, 곡선이 들어간 책장 등 재질과 모양 면에서 편안함을 느낄 수 있도록 하는 것도 유의미하다.

마지막으로, 아이들과 함께 변화시킨다. 아무리 좋은 교실 환경도 1년 내내 변화가 없다면 지루해진다. 그렇다고 너무 자주 바꾸면 시간과 에너지 소모가 심할 뿐더러 혼란스럽다. 교실 앞면은 학기 단위로 바꾸거나 연중 유지하되, 뒤쪽 게시판은 계절이나 세시 풍속에 맞춰 색감과 작품을 바꾼다. 1학기에는 학급 내에서 자신의 존재감을 느끼고, 서로의 이름을 파악할 수 있도록 개인 작품마다 이름표를 붙여 정렬 배치한다. 반면에 2학기에는 좀 더 창의적이고 확장된 작품 활동을 할 수 있도록 자유로운 배치로 게시판을 꾸미는 편이다. 이때 중요한 점은 학생들과 함께 교실 환경을 변화시켜 나간다는 것이다. 1부터 10까지 교사의 손길로만 꾸며진 깔끔한 교실보다, 어설프지만 곳곳에 학생들의 손길이 묻어난 교실이 정이 간다. 우리 반 교실 뒤편 거울에는 아이가 적은 나태주 시인의 '풀꽃' 캘리그라피 시화가 붙어 있고, 게시판 제목 역시 아이들이 글자를 손수 그림처럼 꾸며 만들어 주었다. 더불어 어떤 작품을 걸고 싶은지, 어디에 게시하고 싶은지 등을 협의하며 교실 환경을 구성한다면 학생들에게 큰 만족감을 줄 뿐만 아니라, 애착을 갖고 교실을 대하게 된다.

이 원칙과 예시들은 모두 정답이 아닌 나라는 교사의 선택이다. 교사마다 수업 스타일이 다른 것처럼, 개인의 교육관이나 이상적인 학급상은 공간에서도 다르게 드러날 수 있다. 그런 다양성을 경험하고, 각자에게 맞는 공간적 특성과 장단점을 이해해 나가는 것 또한 건강한 교육과정의 일부일 것이다.

어느 운동회

　　몇 년 전, 운동회 날이었다. 날이 흐리긴 했지만 딱히 다를 것은 없는 어린이날맞이 소체육대회였다. 방과 후 부서 학생들의 축하 공연이 있었고, 교장선생님의 기나긴 훈화 말씀이 이어졌다. 달리기를 하다가 넘어지는 아이가 꼭 한두 명 있었고, 손등에 3등 도장을 받고 눈물을 보이는 아이도 있었다.

　　운동회의 하이라이트는 역시 계주였다. 곡선 레인을 용감하게 직선으로 가로질러 달린 1학년 주자를 보며 웃음으로 시작한 청백 계주는 엎치락뒤치락 역전에 역전을 거듭했다. 그리고 바통 터치의 중요성과 '끝날 때까지 끝난 게 아니다'라는 인생의 교훈을 남겼다.

　　평범했던 그날의 운동회가 내게 유난히 특별했던 것은 한 아이와 그 아버지 때문이었다. 운동회 날에는 학부모들이 자녀를 보기 위해 학교를 찾곤 한다. 보통은 스탠드 위쪽과 운동장 가장자리에 서서 경기를 지켜보기 마련인데, 유난히 한 아버지가 우리 반 아이, A 바로 옆에 앉아 경기를 지켜보는 것이었다. A는 아버지의 품에 꿀이라도 숨겨 놓은 듯, 겨드랑이 사이를

파고들어 자리를 잡았고, 끊임없이 재잘거렸다.

보통의 경우라면 조용히 다가가 거리를 두고 참관하기를 부탁드렸겠지만 그러지 않았다. 그 아이가 얼마나 오랜만에 아빠를 만났는지 난 알고 있었으니까.

요즘은 가정환경 조사를 하지 않는다. 하지만 작년에 맡았던 A의 언니를 특수 목적 중학교에 보내기 위해 서류를 준비하며 그 가정의 상황에 대해 알게 되었다. 이곳에 말로 다 적을 수는 없지만 아이는 엄마와 함께 사는 한부모가정의 학생이었다.

평소 A는 열한 살이라는 나이에 맞지 않게 어둡고 회의적일 때가 많았다. 다른 친구들이 신나서 어쩔 줄 몰라 하는 활동이나 장난감에도 심드렁

하고, 무뚝뚝했다. 그런 A가 가끔 내게 반짝거리는 얼굴로 아빠에게 받은 긴 문자를 자랑하곤 했다. 매일 아침 문자로나마 딸에 대한 사랑을 써 내려 가는 아빠는 어떠한 이유로 딸과 함께 살 수도, 자주 만날 수도 없었다. 그런데 아빠가 운동회에 찾아오자 A는 말 그대로 기쁨의 비명을 질렀다.

그 이후로도 나는 A를 볼 때면 그날 아빠를 바라보던 눈빛이 떠올랐다. 바로 옆에 있는데도 가득한 그리움. 놓으면 떠날까 한시도 힘을 빼지 못하는 꽉 잡은 두 손. 평소의 뚱한 표정과 시니컬한 말투는 온데간데없고 애교와 사랑이 넘치던 얼굴. 이 아이가 이렇게 부드럽고, 사랑스러웠나 싶을 만큼 완전히 다른 모습이었다. 아버지도 마찬가지였다. A 쪽으로 고개를 기울이고 한 마디 한 마디에 귀를 기울였다. 참새처럼 재잘거리는 A를 한없이 다정하고 애틋하게 바라보았다. 마치 두 사람만 전혀 다른 세상에 있는 것 같았다.

나는 아버지에게 학부모 관중석 쪽으로 가 달라고 끝내 말할 수 없었다. 그 순간 온전하게 빛나고 있는 부녀의 행복을 깰 자신이 없었기 때문이다. 아마 누구라도 그 눈빛을 보았다면 둘을 떼어 놓지 못했을 것이라고 변명해 본다.

운동회가 끝나고 주말이 되었다. 어린이날이었던 토요일, 어떤 아이는 부모님과 동물원에, 다른 아이는 낚시터와 놀이동산에 간다고 했다. A는 어떤 어린이날을 보냈을까.

[18] 북한이탈주민(탈북자)

생각해 보면 나는 지금까지 A보다 더 외로운 상황에 있는 아이들을 많이 만나 왔다. A는 비록 한부모가정에 있지만 두 부모님으로부터 사랑과 관심을 받고 있으며, 어쨌든 부모님 중 한 분과는 같이 살고 있었다. 반면에 부모 모두에게 외면당한 아이들, 또는 같이 살고는 있지만 오히려 더 많은 상처를 받는 아이들도 있었다. 심지어 매년 한두 명씩 만나 온 새터민[18] 가정의 아이들은 부모님과 떨어져 센터에서 아이들끼리 모여 사는 경우가 대부분이었다.

어쩌면 지금 우리 반 아이들 중 몇은 내가 모르는 어떤 상황 속에서 어린이날과 어버이날이 반갑지만은 않을 수도 있겠다는 생각이 들었다. 그래서 주말이 끝나고 다시 모인 교실에서 나는 학생들에게 어린이날에 무엇을 했느냐고 묻지 않았다. '나는 아무것도 하지 못했어요'라고 차마 말할 수 없을 그 마음이 애달팠기 때문이다.

그날은 마침 어버이날이기도 해서 카네이션 꽃다발을 만들었다. 편지를 써서 돌돌 말아 꽃다발에 꽂아 넣는 작품이었다. 내 눈에는 조잡하기만 한 중국산 조화가 아이들에게는 예뻐 보였는지 다들 너무나 좋아하며 열심히 만들었다. 꽃다발을 두 개 만든 부지런한 아이들도 있었다. A도 그중 하나였다. 종이를 접고, 꽃을 붙이고, 두 개의 편지를 쓴 A는 꽃다발 두 개를 소중히, 정말 소중히 들고 교실 문을 나섰다.

그 꽃다발은 아버지에게 전해졌을까.

작은 꽃 한 송이를 받아 들고 아버지는 어떤 표정을 지었을까.

담임을 맡은 후 달라진 점 중 하나는 학부모와 소통해야 한다는 사실이다. 교과전담교사일 때에는 맡은 과목의 수업과 업무만 하면 됐었다. 하지만 담임교사가 되고 나니 학부모 상담, 학부모 총회, 그리고 중간중간 벌어지는 각종 문제들로 인해 학부모와 수시로 연락을 주고받아야 했다. 하다못해 매일같이 알림장이라는 편지를 쓰고 있지 않은가. 최근에는 학부모 하면 '민원인'이 떠오를 만큼 그 존재가 마냥 편안하지는 않다. 실제로 한국교원단체총연합회(교총)가 발표한 '교권침해 인식 설문조사' 결과를 보면, 교사들이 가장 스트레스를 느끼는 대상으로 학부모가 66.1%를 차지했다.[19] 하지만 담임교사로서 학부모와의 소통 상황을 피할 수는 없다. 학생을 중심으로 꾸준하게 신뢰를 쌓고, 서로 갑질하지 않는 관계를 만들어 나가야 한다.

3월의 중요한 행사인 학부모 공개수업과 학부모 총회(학급 총회)는 보통 같은 날 개최된다. 학부모 총회는 공개수업이 끝난 뒤 교실에서 담임교사와 함께

---

[19] 박고은, "초등학교 교권침해 34%는 '학부모' 중/고교의 7배 수준, 한겨레, 2023.07.27.

진행하는데, 담임 소개, 학급 교육 목표, 학년 발달 단계, 학급 현황 및 특성, 학습 및 생활 지도 계획, 당부 말씀 및 질의응답 등을 하는 시간이다. 학급 대표라고 불리는 학부모 대표를 한 명 선출하고, 학교에 따라 녹색어머니회 및 학습자료실 봉사 등의 신청을 받기도 한다.

학부모 총회는 각 교사의 학급 운영 스타일을 선보이는 자리이다. 프레젠테이션 자료를 보여 주며 교육관을 설명하는 것도 좋겠지만 대개의 학부모들은 공개수업만 보고 자리를 뜨는 경우가 많다. 많은 학부모들이 바쁜 시간을 쪼개어 학교에 오거나, 담임교사와 대면하는 학부모 총회 자리를 부담스럽게 여기기 때문이다. 즉, 열심히 준비한 담임 소개나 학급 지도 계획을 듣게 되는 것은 고작 몇 명의 학부모에 그칠 확률이 높다. 따라서 실제로 학부모들에게 나의 교육관과 학급 분위기를 알려 주는 것은 공개수업과 교실 그 자체일 때가 많다.

교실이라는 공간이 교사의 성격과 학급 운영 방향을 보여 준다면, 공개수업은 교사가 학생과 소통하는 방식을 적나라하게 드러낸다. 어차피 3월이 되자마자 하는 공개수업이다. 아이들과 친해지지도 못했고, 특성을 모두 파악하지도 못했다. 욕심을 부리면 안 된다는 뜻이다. 학부모의 입장에서 가장 궁금한 것이 무엇일까? 우리 아이가 새로운 반에서 잘 적응하고 열심히 참여하고 있는지일 것이다. 1학기 공개수업은 거창한 학습 목표를 달성하기보다는, 깨끗한 교실에서 학생들이 서로 상호 작용하며 활발히 참여하는 데 초점을 두는 것이 좋다. 특히, 교사로서 학생들의 반응에 귀 기울이고 적절한 피드백을 주는 것이 중요하다.

학부모 상담

교사는 무당이 아니다. 적어도 나는 속된 말로 얼굴만 봐도 견적이 나온다는 교사가 되지 못했다. 학기 초의 나는 스펀지처럼 아이들에 대한 정보를 습득한다. 그래서 3월이 유독 힘들다. 하지만 환자에 대해 올바른 진단과 처방을 내리려면 정밀한 검사가 선행되어야 하는 것처럼, 더 나은 교육을 위해 각 아이들을 알아 가는 과정은 필수적이다.

학생에 대한 정보를 얻는 방법은 크게 세 가지다. 학생을 관찰하고 직접 경험해 보는 것, 그 학생을 가르쳐 본 다른 선생님들에게 정보를 얻는 것, 그리고 또 하나가 바로 학부모 상담이다.

3월 말에서 4월 초에 이루어지는 1학기 학부모 상담은 '경청'의 미덕이 필요하다. 초임 시절에는 교육 전문가로서 그럴싸한 조언을 해 줘야 할 것 같은 압박감을 느꼈었다. 어떨 때는 어리고 경력이 짧은 나를 신뢰하지 못할까 봐 '아는 체'를 하기도 했다. 시간이 지나고 보니 그 또한 나의 오만이었다. 교사와 학부모의 관계는 누가 누굴 가르치고, 이끄는 관계가 아니라 서로가 아는 것을 퍼즐처럼 끼워 맞춰 가며 아이를 위한 성장 발판을 만들어 내는 협력 관계여야 한다.

상담 시간은 한 학부모당 20분 정도가 배정된다. 길지 않은 시간이고, 다음 상담이 있다면 더더욱 효율적인 상담이 필요하다. 그러기 위해서 상담 일정을 알림장에 안내하며 상담할 내용을 미리 생각해 주시기를 부탁드린다. 상담이 시작되면 짧은 인사를 부드럽게 나누고, 학습, 생활, 교우 관계라는 세 가지 큰 카테고리를 가지고 상담을 진행한다.

상담 시 참고 자료로는 3월 초에 제출하는 가정환경 조사서가 유용하다. 예

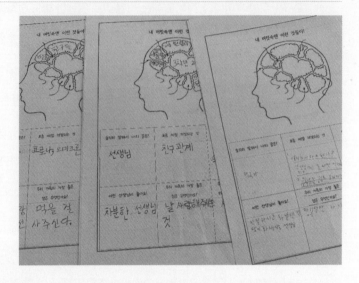

전처럼 부모의 직장이나 학력, 집이 자가인지 전세인지 등의 주거 형태, 자동차 소유 여부 등이 적혀 있지는 않다. 대신 건강 상태나 성격 등 학부모가 직접 써서 보내는 참고 사항과 가족 관계를 통해 해당 학생에 대한 중요한 상담 주제를 이끌어 낼 수 있다. 특히 알레르기나 아토피가 있는 학생들이 점차 늘어나는 추세이므로 상담 때 학생의 상태 및 주의할 점을 한 번 더 확인해 두는 것이 좋다.

추가적으로 나는 시업식 날에 선생님께 자기소개하기 활동지를 꼭 쓰게 한다. 머릿속을 그려 보거나 자신을 행복하게 하는 것 열 가지 쓰기, 장단점 적어 보기 등이 포함되어 있다. 이를 통해 학생의 자기 이해도나 정서 상태, 가족 간 친밀도, 그리고 여가 생활 등 다양한 부분들을 파악할 수 있다.

9~10월에 이루어지는 2학기 상담에서는 누적된 관찰 기록과 평가 결과 등

을 기반으로 하여 보다 구체적인 대화가 가능하다. 1학기와 비교하며 학생의 변화 방향과 그 정도를 살펴보고, 앞으로의 지도 계획을 학부모와 함께 협의할 수 있다. 이에 더하여 여름방학 중 있었던 특별한 경험이나 생활 모습을 질문하거나 교우 관계에서 갈등 및 학교폭력 사안은 없었는지 확인하는 것도 필요하다.

상시 상담

학기마다 학교 차원에서 운영되는 학부모 상담과 달리 수시로 이루어지는 상담이 있다. 주로 학생이 문제 상황에 관련되었거나, 개별적인 문의 및 협의 사항이 있을 때 하게 된다. 간단한 주의 사항들을 적어 보자면 다음과 같다.

- 문자로 소통하는 것이 좋다. 정선된 어휘를 사용하기 때문에 대화가 감정적으로 변하는 것을 막을 수 있고, 기록으로 남기기 유용하다. 학부모의 문자를 읽고 충분히 생각한 뒤 대응할 수 있다는 점에서도 이점이 있다.
- 전화로 소통할 경우 교사 개인 번호를 노출하지 않도록 하며, 녹음 기능이 있는 학교 전화를 사용하도록 한다.
- 확실하지 않을 때에는 섣불리 말을 뱉기보다 확인해 보고 다시 연락드린다고 하는 것이 낫다.
- 학생을 타인의 시선에서 지적하기보다는 학생의 성장을 진심으로 바라는 학부모의 입장에서 안타까움을 표현하는 것이 좋다.
- 평소 학생에 대한 관찰 기록 등을 나이스 누가 기록에 남겨 두는 것이 좋다. 교사가 개인적으로 기록하는 일지보다 신뢰성을 얻을 수 있기 때문이다.

- 대화를 여는 가장 좋은 방법은 아이의 칭찬을 하는 것이다. 가끔 상담이나 담임 교사의 연락을 피하는 학부모가 있는데, 아이가 문제를 자주 일으켜 학교로부터 받은 부정적 경험이 누적된 경우가 대부분이다. 아이에 대한 긍정적인 이야기를 통해 학부모가 들을 준비가 되면 다른 문제에 대한 대화도 수월하게 진행된다.

SNS를 통한 소통

한창 학급 홈페이지가 유행이던 시기가 있었다. 학급 사이트를 운영해야 부지런하고 앞서가는 교사처럼 여겨지는 분위기 때문에 학교 차원에서 각 반마다 웹 페이지를 만들어 주기도 했다. 그 이후 교육용 소셜미디어가 널리 퍼졌다. 클래스팅, 네이버 밴드, 클래스123, 하이클래스 등 교육용으로 사용 가능한 다양한 SNS 플랫폼들이 있고, 각각의 특장점은 차이가 있다.

이 중 내가 가장 유용하게 사용했던 플랫폼은 클래스123이다. 각 학생과 학부모마다 초대 코드를 보내야 해서 가입 방법이 까다롭긴 하지만, 게시판 사용이 편리하고 심미적으로도 귀엽다. 뽑기나 칭찬판 같은 수업 시간에 쓸 수 있는 다양한 툴이 있어서 지금은 게시판 기능은 사용하지 않더라도 수업 도구로 자주 활용하고 있다.

현재 내가 학부모와 소통할 때 사용하고 있는 것은 '학교종이' 앱으로 알림장을 적어 보내는 것이 전부다. 어느 6학년 담임을 맡았던 해, 학급 홈페이지에 일주일간의 주요 학습 활동을 올리고, 학생들이나 작품 사진을 공유하기도 했다. 과제를 받기도 하고, 토론 및 질문을 하는 공간으로 쓰기도 했다. 실제로 그 1년의 기록들은 지금까지도 소중하게 남았다. 하지만 저학년 담임을 맡고 보니 아이들이 참

여할 수 있는 영역이 매우 제한적이었다. 학급 SNS 운영은 오롯이 교사의 업무로 남았고, 함께 만들어 가는 공간으로서의 의미를 잃었다. 개인적으로는 SNS를 통한 소통은 5학년 이상에서 유의미하게 느껴진다.

앞서 적었듯이 교육용 소셜미디어마다 장단점이 있다. 따라서 교사의 목적과 취향에 따라 다음의 주의 사항을 참고하여 활용 여부 및 방향을 결정하는 것이 좋다.

- 꾸준히 운영하는 것이 무엇보다 중요하다. 학기 초에 의욕이 앞서더라도 학기 말까지 지치지 않고 지속할 수 있을 정도의 에너지를 쏟는 것이 좋다.
- 또 하나의 업무나 보여주기식 SNS가 아니라 학생들이 소통하고 참여하는 공간을 만드는 데 초점을 둔다.

- 초상권 침해 예방을 위해 학기 초에 사진 게시에 대한 학부모 동의서를 받고, 학생들에게도 사진을 유출하거나 마음대로 다른 곳에 유포 및 게시하지 않도록 지도한다.

- 유튜브에 영상을 올릴 때에는 '일부 공개'로 게시 옵션을 선택한다. '일부 공개' 모드일 때에는 영상 주소를 가진 사람은 접속이 가능하며, '비공개' 모드로 게시하여 초대하면 구글 계정이 있어야만 영상 시청이 가능하다. 어느 경우든 영상 주소는 외부인에게 유출하지 않도록 지도가 필요하다. 단, 학부모 및 학생 동의하에 함께 만든 영상을 전체 공개로 업로드할 수도 있다.

- 본인 자녀의 사진이 상대적으로 적게 올라오는 경우 불만을 표시하는 학부모도 있다. 학생별로 게시되는 사진의 양이 비슷하도록 조절하되, SNS 운영을 시작할 때부터 '모든 학생의 사진을 골고루 담으려 노력하나 학생 중 사진 찍히는 것을 꺼려 하는 경우가 있고, 활동 참여 정도 및 수업 상황에 따라 의도치 않게 차이가 있을 수 있음'을 꾸준히 안내한다. 나는 애초에 민원을 방지하기 위해 모둠별 사진, 학급 전체 사진을 주로 올렸다. 개인 사진을 올릴 경우에는 아예 학급 모든 학생의 개인 사진을 찍어 번호 순서대로 올리는 방식을 주로 택했다.

- 학급 소셜미디어는 의무가 아닌 학생들과의 소통 창구 중 하나일 뿐이다. 교육 활동에 도움이 되는 선에서 운영하고, 학생과 교사, 학부모 상황에 맞는 최적의 소통 방법을 활용하자.

우물에 빠진 선생님

홍삼즙을 쭉 짜 먹고 난 뒤처럼, 보고 나면 씁쓸한 뒷맛이 가시지 않는 영화들이 있다. 그중 하나는 어릴 때 보았던 홍상수 감독의 '돼지가 우물에 빠진 날'이었다. 영화 내내 인물들은 각자의 우물에 빠져 허우적댔다. 자신이 처한 상황도, 다른 사람의 선택도, 스스로의 마음도 어찌할 수 없는 상황에서 주연과 조연들은 고군분투했다. 그럼에도 불구하고 누구 하나 우물에서 탈출하지 못한 채 영화는 끝이 났다.

2차 성징이 막 시작되려던 그 시기의 나는 스크린에 담긴 답답한 상황들과 인물들의 한심한 선택들이 이해되지 않았다. 하지만 어른이 되어 가는 과정에서 깨달았다. 일상은 수시로 답답했고, 사람들은 한심한 선택을 자주 했으며, 나 또한 의도치 않게 삶 곳곳에 도사리고 있는 우물에 빠지곤 했다.

초등학교에서도 우물에 빠진 학생들을 종종 만나게 된다. 학교폭력, 성적에 대한 고민, 가정 문제. 청소년이라는 이름표를 달기도 전에 자신의 힘만으로는 헤어 나올 수 없는 문제들을 마주하게 된 아이들은 말 그대로 속

수무책이다. 발 디딜 곳 하나, 손톱을 세워 붙잡을 돌 틈새 하나 없는 매끈한 벽으로 둘러싸인 우물에 빠진 것처럼 이러지도 저러지도 못한 채 괴로워할 뿐이다.

그런 경우 교사에게 요구되는 역할은 명쾌하다. 크게 세 가지로 살펴보자면, 첫째, 우물 밖에서 밧줄, 즉 해결책을 던져 주거나, 둘째, 지역 상담가나 제반 분야의 전문가처럼 도움을 줄 누군가를 불러오거나, 그것도 아니라면 아이가 스스로 우물로부터 탈출하도록 돕는 것이 세 번째 역할이다. 여기 세 가지 경우의 공통점은 바로 선생님의 위치다. 선생님은 언제나 우물 밖 안전한 곳에 굳건히 자리를 잡고, 이성적인 태도를 견지해야 한다. 마치 물에 빠진 사람을 보고 무턱대고 뛰어들어서는 안 되는 것과 같다. 선생님마저 흔들려서는 문제 해결에 도움이 되지 않는 것이다.

머리로는 이것을 이해하면서도, 지금까지 교사로서의 나는 자주 위태로웠다. 우물에 빠진 아이를 돕다 보면, 어느새 나도 그 안에 들어가 있었던 것이다. 내 손으로 직접 그 속에 기어들어 가는 것인지, 나도 모르게 발을 헛디뎌 풍덩 빠져 버린 것인지는 모르겠다. 그저 정신을 차려 보면 사방이 벽으로 막혀 있었다. 그러고는 아이와 손을 꼭 잡고 우물 끝을 올려다본다. 저 높이 떠 있는 둥그런 하늘을.

나는 그런 내가 한심하고, 좌절스러웠다. 나의 감정적인 태도가 일을 그르치거나 학생과 학부모를 더욱 힘들게 하는 건 아닌지 고민했다. 무엇보다 나 스스로 힘에 겨웠다. 문제가 해결될 때까지 밥을 거를 때가 많았고, 쉬이 잠들지 못했다. 물론 일이 해결되었을 때의 기쁨과 개운함은 말로 할 수 없을 만큼 컸다. 하지만 많은 후회를 했다. 보다 침착하고, 이성적으로 대처하지 못했던 것을 반성하곤 했다.

6학년 담임을 맡을 때면 문제가 더 심각했다. 6학년 담임을 맡았다는 것은 학교폭력 문제를 만날 확률이 100%에 수렴한다는 것과 같다. 5학년 때부터 따돌림을 당했다던 A의 학부모가 3월 첫 주에 찾아와 2시간을 울고 갔다. 그러고 나서 얼마 안 되어 A는 친구들과 함께 B를 따돌리기 시작했고, 그다음에는 C, 그다음에는 다시 B, 어떨 때에는 D와 E를 괴롭혔다. 자신이 따돌림을 당하지 않기 위해 끝없이 새로운 희생양을 찾는 그 루틴은 1년 내내 반복됐다.

깊은 밤, 새벽에 가까운 아침, 주말 오후, 방학 중을 가리지 않고 학부모의 문자와 전화를 받았다. 아이들과 상담을 하다 화를 내기도 하고 울기도 했다. 분명 내 앞에서 반성하고 화해했던 아이들이 뒤에서는 더 악랄하게 보복을 하는 것을 보면서 어마어마한 배신감과 실망감을 느꼈다. 괴롭힘을 당하는 건 아이들인데 나야말로 정신이 점점 쇠약해졌다. 2학기에는 휴직을 진지하게 고민했다. 퇴근하는 길이 기쁘지 않았다. 내일 다시 출근해야 한다는 생각 때문이었다.

시간이 흘러 졸업이 다가왔고, 아이들은 내게 편지를 주었다. 자기네들끼리는 사춘기 시기의 불안을 따돌림으로 풀었을지언정 나와 1:1의 관계에서는 모두 선생님께 사랑받고 싶어 하는 아이들이었다.

아무 이유 없이 가장 크게 따돌림을 당했던 아이가 준 편지를 읽었다. 그 아이를 보기만 해도 난 마음이 아팠다. 도움이 되지 못했다는 생각 때

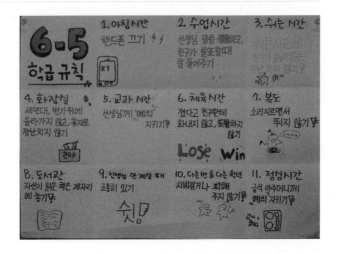

문에 중학교를 보내는 마음이 무거웠다. 망한 시험의 성적표를 열어 보는 심정으로 그 아이가 준 편지를 펼쳤다.

예상 밖의 말들이 적혀 있었다. 감사했다고, 진심으로 위로가 되었다고 했다. 나는 아무것도 해결해 주지 못했는데 무엇이 감사했을까 궁금했다. 아이는 자기 말을 들어 준 것만으로도, 자기 일에 관심을 가져 준 것만으로도 힘이 됐다고 했다. 자기가 겪고 있는 문제를 해결하기 위해, 또는 해결하지 못해서 괴로워하는 내 모습을 보고 느꼈다고 했다. 그럴 때면 이 세상에 혼자가 아니라는 생각을 했다고 했다.

어른으로 살다 보면 우물 안에 들어가는 일이 종종 생긴다. 그런 내게 큰 힘이 되는 사람들이 있다. 시도 때도 없는 나의 감정을 받아 주는 이들, 자신과는 아무 상관 없는 내 문제를 시시콜콜 말없이 들어 주고, 무겁게 입

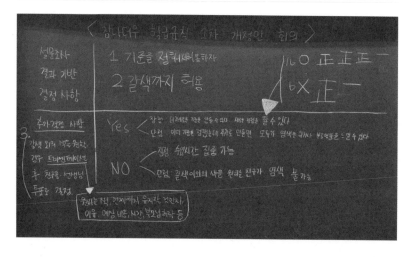

을 열어 조심스러운 위로를 건네는 이들이다.

그들이 내게 힘이 되는 것은 해결책을 주기 때문이 아니다. 힘겨운 상황에서 내가 혼자가 아님을 깨닫게 해 주는 것만으로도 나는 포기하지 않을, 버틸 이유가 생긴다.

어쩌면 그 아이가 말한 것이 이것이었을까. 내가 동아줄을 내려 주지는 못했어도, 그 깊은 우물 속으로 뛰어들어 함께 있어 주었다는 것만으로도 조금은 힘이 났던 걸까. 나의 대책 없는 뛰어듦에 스스로 용기를 내어 주었던 아이들이 고맙다. 그래서 우물 속에 들어앉은 것 같은 기분이 드는 날에는 묵묵히 내 옆을 지켜 주는 이들을 생각하며 힘을 내 본다. 멀게만 느껴지는 저 우물 끝 하늘을 향해 손을 뻗어 본다.

학교폭력을 대하는
나의 자세

내가 초등학생이었던 시기는 학교폭력이라는 개념이 도입되기 전이었다. 하지만 그렇다고 해서 폭력이 존재하지 않았던 것은 아니었다. 초등학교 5학년 때쯤, 나를 돼지라고 부르며 밥 먹듯이 놀리던 아이가 있었다. 양호 선생님의 딸이었는데 학교 내부에 든든한 지원군이 있어서인지 항상 자신만만했다. 심지어 장난감을 선물로 주며 심약한 아이들을 신하처럼 옆에 두었다. 하지만 심사가 뒤틀리면 장난감을 다시 돌려 달라고 협박하며 측근들을 따돌리곤 했다. 중학교에 입학한 후, 비슷한 행동을 계속하다가 결국은 본인이 심한 따돌림을 당했다는 이야기를 들었다. 그런데 지금도 통쾌함보다 열 살 남짓에 겪었던 모욕감이 더 선명하게 떠오르는 걸 보면 씁쓸하다. 학교폭력의 상처는 쉽게 치유되지 않는다.

학교폭력이란 학교 내외에서 학생을 대상으로 발생한 신체·정신 또는 재산상의 피해를 주는 행동 모두를 가리킨다. 학교폭력의 범주 안에는 신체 폭력(상해, 폭행, 감금, 약취, 유인 등), 언어폭력(명예훼손, 모욕, 협박 등), 금품 갈취(공갈), 강요(강제적 심부름 등), 따돌림, 성폭력, 사이버 폭력 등이 포함된다.[20]

학교폭력은 그 원인이 다양하다. 양육 환경에서 생긴 정서적 결핍이나 부모의 잘못된 양육 태도에서 비롯된 것일 수도 있고, 아이들 사이의 단순한 오해나 갈등이 누적된 것일 때도 있다. 사춘기 시기의 호르몬의 영향일 수도 있으며, 이 모든 것들의 복합체일 수도 있다.

　　나는 답을 찾지 못했다. 성적이나 생활 습관 등 대부분의 문제들은 시간과 공을 들이면 조금씩 나아지는 것이 느껴진다. 하지만 학교폭력 문제만큼은 해답은 있어도 정답은 없었다. 괜한 개입이 화를 부르기도 하고, 때를 놓쳐서 사건이 커지기도 한다. 가끔은 시간이 지나 자연스럽게 해결될 때도 있다. 결국 현재로서 내린 결론은 진인사대천명이다. 학교폭력을 예방하고 해결하기 위해 교사로서 할 도리를 다 하되, 그럼에도 불구하고 벌어지는 상황에 대해서 지나치게 자책하거나 집착하지 않기로 한 것이다. 무책임하게 들릴지도 모르지만, 학교폭력 사건의 인과관계는 그리 단순하지도, 논리적이지도 않다.

　　개인적으로 학교폭력 예방을 위해 가장 중점을 두는 것은 '다정한 의사소통'이 있는 학급을 만드는 것이다. '다정한 것이 살아남는다.'라는 책에서 작가는 호모 사피엔스가 손도끼를 발명한 호모 에렉투스와 뛰어난 사냥 능력을 지녔던 네안데르탈인을 물리치고 마지막까지 살아남은 이유는 다름 아닌 그들이 지닌 다정함 때문이라고 말한다.[21] 친화력에 기반한 협력적 의사소통 능력은 인간으로 하여금 지식을 전수하게 하고, 문제를 함께 해결하며, 혁신을 가능하게 했다. 협력은 아주 오래된 생존 전략이며, 내게 다정함은 소중한 재능이자 사회인으로서 행복하게 살기 위해 함양해야 할 중요한 덕목이다. 단, 아이들의 다정함이 그들이 속한 무리에

[20] 학교폭력예방 및 대책에 관한 법률 제2조
[21] 브라이언 헤어&버네사 우즈, 『다정한 것이 살아남는다』, 이민아, 디플롯, 2021

국한되어 그 외의 학생들에 대한 잔인함으로 발현되지 않도록 하는 것이 중요하다. 대신 학급 전체, 나아가 타인에 대한 보편적 다정함으로 확장되도록 나부터 공평한 다정함을 일관성 있게 보여 주는 것이 주요 학급 운영 목표 중 하나다.

애매모호하고 정답이 없는 길이지만, 학교폭력을 줄이는 데 유용하다고 느꼈던 것들을 꼽아 보자면 다음과 같다.

- 학기 초부터 학교폭력 근절에 대한 단호하고 확고한 담임교사의 의지 보여 주기

- 교실 세우기 과정에서 협력 놀이와 직소 모형 등 협력 학습 활동을 자주 하며 화합하는 학급 분위기 형성하기

- 올바른 언어 표현을 훈련하고, 교사가 일상에서 꾸준히 시범 보이기('그럴 수도 있지'처럼 관용의 표현, '괜찮아?'와 같은 친절한 표현, 나 메시지(I-message) 전달법, 올바른 거절 표현 등)

- 오해를 부르는 행동 알려 주기(귓속말이나 쪽지 주고받기 등 금지, 감정을 드러내는 적절한 표정과 말투 연습하기)

- 일기 등을 통한 교우 관계 및 고민 파악하기

- 쉬는 시간 학생 관찰 및 수시로 1:1 상담하며 교우 관계 파악하기

- 소외되는 학생들을 자주 칭찬하고, 공개적으로 선생님의 지지 보여 주기

- 청결, 학습, 자신감, 말투나 행동 습관 등 소외되는 원인을 해결할 수 있도록 도와주기

- 학교폭력에 연루된 학생들 이야기를 모두 귀담아 듣기(피해자라고 생각되는 학생의 말만 들어 줄 경우, 가해 학생이 오히려 보복 행동을 할 수 있음. 그리고 실제

로 학교폭력에서는 가해자와 피해자가 명확하게 구분되지 않을 때가 많음.)

- 학생 및 교사 모두를 위한 자료가 되므로 나이스 누가 기록이나 학급 일지에 학생 관찰 내용 꾸준히 남기기

　　　그럼에도 불구하고 학교폭력 상황이 발생했을 때를 대비하여 다음과 같은 준비 또는 대처가 필요하다.

- 평소 학교폭력 관련 지침과 매뉴얼 알아 두기: 학교폭력 예방 및 대책에 관한 법률 시행령, 학교폭력 가해 학생 조치별 적용 세부 기준 고시, 학교생활기록 작성 및 관리 지침, 학교폭력 사안 처리 가이드북(매년 교육부 발행)

- 상황을 신속 정확하게 파악하고, 기록은 수년간 보관한다.

- 성폭력 및 아동 학대 사안처럼 사건의 심각성이 중하고, 시간이 지남에 따라 문제 해결에 필요한 증거가 소멸되는 상황에서는 알게 된 즉시 신고하며, 전문가로부터 필요한 검사 및 처치 등을 신속히 받을 수 있게 한다.

- 가해자와 피해자가 분명한 상황에서는 피해 학생을 가해자로부터 분리시키고 안정을 취하게 한다.

- 학년 부장교사, 학교폭력 담당 부장교사, 관리자, 보건 교사 등에게 관련 사실을 알리고 문제 해결을 위해 협의한다.

- 학교폭력 정도가 경미할 경우 학교장 자체 해결 사안으로 처리하고, 그렇지 않을 경우 교육청으로 사건 처리가 넘어간다.

- 사안에 대한 거짓 소문이나 정보 유출은 2차 피해를 유발하며 사건 해결에 방해

가 되므로 보안을 철저히 유지한다.

 - 학교폭력 사건은 쌍방일 경우가 많으므로 함부로 가해자와 피해자를 구분 짓거나, 한쪽의 말만 듣지 않는다.

  학교폭력 사안이 배로 괴로운 이유는 학생이 주고받는 상처와 더불어 학부모의 민원이 더해지기 때문이다. 학부모 중에는 학생의 말만 듣고 자기주장만 하거나, 자녀의 잘못은 회피하고 무조건적인 사과를 요구하는 사람도 있다. 학생 간의 갈등 책임을 교사에게 떠넘기거나, 절차를 무시하고 시도 때도 없이 교사에게 연락하고 응답을 강요하기도 한다. 그래서 학교폭력 사건을 처리하는 과정에서 다수의 교사들이 상처를 입고, 정서적 우울감에 시달린다. 나 또한 그 스트레스를 알고 있기에 오랜 기간 심각한 민원에 시달리는 경우 극단적인 생각에 이르는 것도 무리는 아니지 싶다.

  이러한 상황을 타파하기 위해서는 근본적으로 법을 개정하고 문제 해결 주체와 방식을 바꾸어야 할 것이다. 하지만 안타깝게도 현재 상황으로서는 민원에 대한 자기만의 대응 방식을 갖추는 것이 최선이다. 100대 교육과정을 없애자거나, 스승의 날을 교육의 날로 바꾸고, 교장 제도를 개혁하자는 등 '프로 민원러'로 불리는 정성식 선생님은 그의 책에서 민원의 종류에 따른 대응 요령을 밝혔다.

  "합당한 민원은 적극 수용하고, 모호한 민원은 사실부터 확인한다.

  이기적인 민원은 대응하지 않으며, 악성 민원은 법적으로 대응한다."

  - 정성식, 『같이 읽자 교육법』, 에듀니티, 2022

학교폭력으로 인해 아이들이 받는 상처를 최소화하면서 교사 자신의 신념과 가치도 지켜 내는 것, 두 마리 토끼를 잡는 일은 교사들에게 또 다른 숙제가 되고 있다.

이별해야 크는 교사

올해는 겨울방학과 함께 종업식을 했다. 방학 중 시설 공사를 하기 위해 여름방학 기간을 줄이고 봄방학과 겨울방학을 이어 붙인 것이다. 덕분에 이듬해 3월 2일까지 나의 교직 인생 최장 겨울방학을 맞이했다. 하지만 한편으로는 아이들과 정신없이 이별해 버린 기분이 들어 헛헛하기도 하다. 겨울방학이 끝나면 개학식 날 잘 지냈냐며 안부를 묻고 방학 숙제를 걷어야 할 것 같은데 이대로 새로운 학년과 반을 맞이해야 한다니 묘한 느낌이다.

2월에 이별을 한다고 해서 헛헛하지 않았으리라는 보장은 없다. 특히 지지고 볶고를 반복하며 1년을 보내는 6학년의 졸업식이나, 한글은커녕 시계 볼 줄도 몰라 애를 먹던 아이들이 1교시와 2교시의 경계를 인지할 때쯤 맞이하는 1학년의 종업식은 감회가 남다르다. 어떤 해에는 아이들이 너무 예뻐서 또 이렇게 사랑스러운 아이들을 만날 수 있을까 생각한다. 다른 해에는 코드가 잘 맞는 아이들을 만나서 이토록 재미있는 한 해를 또 보낼 수 있을까 싶기도 하다. 감사하게도 아직까지는 '우리 이제 다시는 보지 말자' 싶은 반가운 이별은 거의 없었다.

그럼에도 불구하고 교사에게 이별은 여러 면에서 필수 불가결하다. 학생들에게 학교는 종착역이 아닌 정거장 같은 곳이다. 우주처럼 넓고 복잡한 사회로 나가기 전에 필요한 기능과 교양을 학교에서 습득하며 준비하게 된다. 언젠가는 준비를 마치고 다음 단계의 학교, 또는 학교 밖으로 나가야 하는 것이다. 보통은 준비가 덜 된 상태로 나가게 되지만……. 어쨌거나 교사는 학생이 퀘스트를 깰 수 있도록 도와주는 게임 속 NPC와 비슷하다. 일단 학생이 다음 단계로 넘어가고 나면 우리가 다시 보게 되는 일은 매우 드물다.

교사는 아이들뿐만 아니라 학교와도 이별한다. 5년에 한 번 정기 전보를 가거나[*], 특별한 사유가 있다면 그 전에 비정기 전보로 학교를 옮긴다. 대학을 갓 졸업한 스물다섯 살 청년이 정년인 만 65세까지 약 40년을 근무한다고 했을 때 대략 8개의 학교를 경험하게 된다. 올해는 지금 학교에서의 마지막 해다. 정기 전보는 5년에 한 번씩이지만, 난 중간에 휴직을 하는 바람에 첫 번째 학교에서 약 10년을 보냈다. 두 번째 학교인 이곳에서 1년을 보내고 나면 드디어 세 번째 학교를 맞이하게 된다.

전보를 1년 앞두고 드는 생각은 우선 무탈하고 즐거웠던 지난 4년에 대한 감사이고, 그다음으로 찾아오는 것은 이별에 대한 아쉬움이다. 물론 새 학교에서의 시작이 설레기도 하고, 기대도 된다. 학교는 제각각의 도시나 마을처럼 서로 다른 문화와 매력이 있기 때문이다. 하지만 이제야 헤매지 않고

---

[*] 지역에 따라 4년에 한 번 정기 전보를 가는 경우도 있다.

컴퓨터실을 찾게 되었고, 학습자료실 곳곳에 무엇이 있는지 파악했는데, 또 낯선 학교에서 방황할 것을 생각하니 막막한 것도 사실이다.

그러나 다시 말하지만 교사에게 이별은 피할 수 없는 선택이다. 아이들을 위해서가 아니라 교사 자신을 위해서도 그렇다. 생각해 보면 나는 이별을 통해 성장했다. 매년 새로운 아이들을 만나며 같은 초등학생이라고 하더라도 학년이나 사회적 요소에 따라 전혀 다른 특성을 가질 수 있다는 것을 체감했다. 학교를 옮기면서는 학교 또한 지역 및 교사들과 유기적으로 상호작용하며 고유한 문화를 만들어 낸다는 것을 알았다. 교육의 환경이 달라지고, 대상이 달라질 때마다 나는 변화해야만 했고, 그러면서 대학교에서 배우지 못한 것들을 조금씩 깨우쳐 갔다.

하다못해 교사라는 역할과 이별해야 했던 휴직의 시기는 어떠한가.

초등학교에 입학한 이후의 인생에서 처음으로 교사도, 학생도, 아무것도 아니었던 그 잠시 동안 나는 사회적으로 소속되어 있다는 안정감의 가치를 절실히 느꼈다. 나는 내가 지극히 개인주의적인 사람이라고만 여겨 왔을 뿐, 사회적 소속감에 큰 만족을 느끼는 사람이라는 사실은 몰랐던 것이다. 그 후 대학원 생활을 시작하며 다시 학생으로 돌아갔을 때에는 한국과는 판이하게 다른 수평적 사제 관계의 경험을 축적했다. 복직 후 나는 그 전과는 많이 다른 교사가 되어 있었다.

　　사람이 성장하기 위해서는 안전지대(safety zone)를 벗어나야 한다고 말한다. 어쩌면 교사에게 적절한 시기에 맞이하는 이별은 안전지대를 벗어나 자신을 깨고 변화시킬 수 있는 스위치다. 그런 생각을 하게 된 후로는 새 학년도를 맞이하는 마음이 두려움보다는 설렘과 기대에 가까워졌다. 오히려 한 해, 한 학교가 더욱 소중하게 느껴진다.

　　최근에는 대학교 입학 시기가 다양해졌고, 낮은 임용고사 합격률과 발령 적체, 육아휴직, 병역 복무, 조기 퇴직 등으로 인해 40년의 근무 경력을 채우는 교사는 많지 않다. 나만 해도 이제 정년까지 약 25년밖에 남지 않았는데 겨우 두 번째 학교를 마무리하는 중이다. 그러니 특별한 사유가 없다면 앞으로 내가 거쳐 갈 학교는 5개 정도밖에 남지 않았다. '더 나은 사람이 되자'라는 나의 모토처럼 매년, 매 학교 성장하는 이별을 맞이하고 싶다.

전보, 유예, 초빙

교사의 전보, 파견, 유예, 초빙에 관한 내용은 각 교육청의 '초등학교 교사 전보 원칙'에서 알 수 있으며, 교육청마다 세부 내용이 조금씩 달라진다. 예를 들면 서울시 교육청 산하의 강남서초교육지원청은 5년 동안 관내 학교에서 근무 후 타 교육지원청으로 전보를 가야 한다. 그만큼 강남서초교육지원청으로 들어오려는 교사가 많기 때문이다. 하지만 2028년 3월 1일부터는 10년 근무 후 타 교육지원청 전보로 변경되었다. 이렇게 전보 원칙은 시기별로, 교육청별로 다르기 때문에 여기에서는 전반적인 시스템을 파악하고[23], 정확한 내용은 발령받은 시도 교육청의 최신 매뉴얼을 확인하기를 권한다.

전보에는 5년마다 학교를 옮기는 정기 전보와 특수한 사유로 인해 중간에 5년을 채우지 않고 옮기는 비정기 전보가 있다.

---

[23] 서울시교육청 초등학교 교사 전보 원칙 2023.03.

정기 전보(5년 주기)

- 전보 배정은 교사 수급 상황, 본인 희망, 관내 계속 거주 기간, 거주지와의 거리, 보직교사 경력 등을 고려

- 거주 기간, 근무 기간, 경력 산정은 정교사 임용 이후 기간만 인정

비정기 전보(1년 이상 근무)

- 통근 거리 20km 이상인 교사

- 국가대표급 출신 체육특기교사

- 정원 조정이 불가피한 학교의 교사

- 징계 처분, 감사 결과 인사 조치, 직위해제 후 복직, 학습권 및 교권 보호 필요 시

비정기 전보(1년 미만 근무)

- 다자녀 교사 중 막내 자녀가 만 6세 미만이고, 근무하는 교육청 관외 지역에 거주하는 교사

- 만 6세 미만의 자녀를 둔 복직 교사 중 휴직 전 근무교와 복직교가 다르고, 통근 거리가 20km 이상인 교사

전보를 낼 경우 우선 교육지원청이 결정되고, 관내 학교가 결정된다.

교육청 배정

- 제5희망까지 교육지원청을 신청하며, 1희망은 거주지 소속, 2희망부터는 비경

합 교육지원청으로 신청

- 정기 전보 대상자는 비정기 전보 대상자보다 우선 배정(비정기 전보 시 남는 자리로 발령받을 확률이 높음)

관내 배정

- 최근 10년 이내 근무교에는 배정하지 않음

- 가족 관계 및 친인척 관계 등으로 동일교 근무를 비희망할 경우 반영

- 거주지, 도로망, 근무 학교, 보직교사 경력, 해당 시도 근무 경력, 연령 등 고려

- 근거리 학교 배정이 가능한 경우: 본인 및 가족의 장애 정도가 심할 때, 원로 교사, 다자녀 교사 중 막내 자녀가 만 12세 미만일 때

- 소규모 학교 근무 교사는 소규모 학교가 아닌 학교로 배정하되, 본인 희망 및 여건에 따라 배정 가능

전보 대상자가 되었다 하더라도 학교장이 요청하는 경우에는 전보를 유예할 수 있다.

전보 유예

- 학교 경영상 필요하여 학교장이 요청한 교사로서 전보 대상자의 10% 이내 3회 (3년)

- 교육지원청 영재교육원 협력 학교 영재교육 담당 교사 1명에 한하여 3회(3년)

- 운동부 육성 학교의 체육특기교사는 종목별로 1명, 교육지원청 발명교실 운영

학교의 발명 특기 교사는 1명에 한하여 6회(6년)

 - 정년퇴직 잔여 기간이 2년 이하인 교사는 정년까지 유예 가능

 - 소속 교사의 80% 이상이 동시에 전보될 때, 전보 대상자의 20% 이내 1회(1년)

 - 본인 및 가족의 장애 정도가 심할 때 근무교당 2회(2년)

 - 임신 28주 이상 또는 만 3세 미만 자녀 양육 교사 근무교당 1회(1년)

 - 소규모 학교 근무 교사는 전보 대상자 수 이내로 3회(3년)

 - 다문화 학생 재학 비율 10% 이상 학교는 전보 대상자 수 이내로 3회(3년)

　　　학교장이 요청할 경우 정기 전보 대상인 타 학교의 교사를 거주지에 상관없이 초빙하는 경우도 있다.

초빙 교사

 - 정기 전보 대상자 중 학교운영회의 심의를 거쳐 교사 정원의 10% 이내(교육복지우선지원 거점학교, 소규모 학교는 20% 이내)에서 교사 초빙 가능

 - 자율학교 초빙교사 비율은 정원의 50% 이내

 - 보통 교사를 초빙하는 이유는 학교의 중요한 업무를 맡기기 위해서이다. 즉, 타 교사들이 기피하는 업무나 보직을 맡게 될 확률이 크다. 대신 승진 등을 위해 해당 학년도에 보직 교사를 꼭 맡아야 하거나 기타 사유로 인해 초빙 교사가 된다. 내가 본 초빙 교사들은 대부분 학교 전체 업무를 총괄하는 교무부장을 맡으셨고, 능력이 출중한 분들이 대부분이었다.

4부

교실의 발견

강낭콩을 심었다

초등학교 4학년 과학 교과서에는 강낭콩을 심어 키우는 활동이 있다. 아이들은 꼬물거리는 작은 손가락으로 부드러운 흙 속에 폭 하고 구멍을 낸다. 그다음 물에 한나절 불린 강낭콩 두세 알을 심는다. 그리고 나면 한동안 아이들이 학교에 와서 가장 먼저 하는 일은 강낭콩을 관찰하는 것이다.

즐거움이 만연한 세상이다. 그래서 처음 아이들과 강낭콩을 심었을 때만 해도 고작 강낭콩에 관심을 가져 줄까 걱정했었다.

그런데 현실은 말 그대로 관. 심. 폭. 발.

아침 시간, 쉬는 시간, 그리고 점심시간. 틈이 날 때마다 학생들은 창문 앞에 다닥다닥 붙어 서서 자신과 친구들의 화분을 요리조리 살폈다. 바라보고 있다고 해서 떡잎이 불쑥하고 얼굴을 내미는 것도 아닌데 바라보고 애태우는 것을 멈추지 못했다. 기다리다 못한 아이들은 혹시 내 강낭콩이 죽은 건 아닐까 걱정도 했다. 잘 살아 있는지 확인한다는 이유로 흙을 슬쩍 파 보는 아이도 있었다. 어떤 학생들은 물을 많이 주면 더 빨리 자랄까 싶은지 아침에 준 물이 아직도 흙을 축축히 적시고 있는데도 점심도 먹기 전에 또 한

번 물을 뿌려 댔다.

일주일 뒤, 그렇게 아이들의 애간장을 태우던 강낭콩들이 드디어 싹을 틔웠다.

화분들마다 성장의 속도에는 차이가 있었다. 어떤 화분은 강낭콩이 두 쪽으로 갈라지면서 떡잎이 흙을 비집고 나왔고, 몇몇 강낭콩들은 여전히 흙 속에 숨어 나올 줄을 몰랐다. 신기한 것은 그 부끄럼 많은 강낭콩의 주인들은 우리 반에서 강낭콩 키우기에 가장 열성적인 아이들이었다는 것이다. 반면에 무관심하다며 친구들로부터 핀잔을 받았던 아이의 강낭콩은 벌써 떡잎 사이로 연둣빛 본잎을 펼치기 시작했다.

아무것도 없는 무심한 흙을 바라보던 아이들이 나에게 와서 시무룩한 얼굴로 물었다.

"왜 제 것만 싹이 안 날까요?"

난 할 말이 없었다.

기다려야 한다는 말 외에는.

그 말만으로 열한 살짜리 아이들을 설득하기에는 역부족이었다. 강아지도 자꾸 만지면 스트레스를 받는다는 등 갖은 예시와 설명을 곁들인 뒤에야 아이들은 알겠다는 듯 고개를 끄덕였다. 그 뒤로 화분을 만지작거리는 손길이 눈에 띄게 줄어들었고, 물도 흙이 마르지 않을 만큼만 주기 시작했다. 그렇게 기다림의 시간이 지나갔다.

강낭콩을 심은 지 보름쯤 되었을 때, 우리 반의 모든 화분들은 초록빛을 가득 품었다. 싹이 트지 않던 호기심 많은 아이들의 화분에서도 길쭉한

교실의 발견_1 강낭콩을 심었다

줄기가 올라왔다. 아이들은 죽었던 그린이와 강냉이(강낭콩들의 이름)가 살아났다며 박수를 치며 좋아했다.

보챈다고 해서, 애태운다고 해서 되는 일은 세상에 많지 않다. 심지어 강낭콩 한 알을 싹틔우는 간단한 일조차도 말이다. 아이들도 마찬가지인 것 같다. 걷지 못하는 아이에게 빨리 뛰어 보라고 아무리 등을 밀어도 그것은 부담과 상처만 남길 뿐 뛸 수 있는 능력을 가져다주지는 않는다. 설사 그렇게 해서 뛰게 된다고 해도, 아이는 뛸 때마다 자신을 밀어 댔던 손을, 독촉하던 목소리를 떠올릴 것이다. 그런 아이에게 뛴다는 행위는 더 이상 즐거움이 될 수 없고, 그 속에서 자발성을 찾는 것은 요원한 일이다. 오히려 적당한 관심과 충분한 기다림이야말로 아이의 성장을 위한 가장 큰 양분이고 거름이 된다.

철학자이자 교육학자였던 루소는 교육을 '사람을 피워 내는 일'로 생각했다. 그의 자연주의 교육 철학이 잘 드러난 책, '에밀'에서 교사는 정원사와 같은 역할을 한다.[24] 꽃이나 나무를 키울 때 물을 주고, 가지를 쳐 주듯 알맞은 교육 환경을 제공하지만 그 이상의 강제나 강요는 없다. 자신의 역할을 한 뒤에는 그저 지켜보고 기다릴 뿐이다.

기다림은 아이들에게 편안함을 준다. 그리고 상대방에게 신뢰받고 있다는 믿음은 자신감을 선물한다. 자존감이 높아지고, 해내야겠다는 의지가 생긴다. 설사 실수하더라도 다시 시도할 시간과 마음의 여유가 있기 때문에 도전이 두렵지 않게 된다.

반대로 재촉은 긴장감을 불러일으킨다. 상대방을 조력자가 아닌 감시자나 적으로 생각하게 한다. 빨리 과제를 해결하지 못하는 자신이 실망스럽고, 좌절감을 느끼게 된다. 그래서 해낼 수 없을 것 같은 문제를 만나게 되면 타인과 스스로를 실망시키기 싫어서 지레 포기하게 되는 것이다.

싹이 트는 속도는 조금씩 달라도, 결국은 줄기가 돋고, 잎을 펼치고, 열매를 맺을 것이다. 그래서 성격 급한 나는 조금 느린 아이들을 보며 조바심이 들 때마다 그 아이들이 언젠가 나름의 꽃을 피우고 열매를 맺는 모습을

[24] 장 자크 루소, 『에밀』, 이환, 돋을새김, 2015

상상한다. 그리고 오늘도 최선을 다해 기다리자고 다짐한다.

어떤 꽃이든 필 때가 되면,

피어난다고 믿으면,

결국은 피어나게 되니까.

이상하게도 난 순록들이 끄는 산타클로스 썰매보다 알래스카의 개 썰매가 멋져 보였다. 빛나는 것은 달과 흰 눈뿐인 설국 위에서 잿빛 털을 날리며 달리는 늑대개들. 극지의 추운 공기를 가르며 미끄러지듯 나아가는 썰매. 상상만 해도 마음이 두근거렸다. 그런데 얼마 전 다큐멘터리에서 본 개 썰매는 뭔가 이상했다. 썰매 밑, 날이 있어야 할 그 자리에는 둥그런 바퀴 네 개가 달려 있었다. 기후 변화로 눈이 사라진 알래스카에는 개 썰매가 개 수레가 되는 날이 오고야 말았다.

세상이 복잡다단해질수록 사회가 요구하는 교육 주제는 민주시민 교육, 다문화 교육, 인권 교육 등으로 다양해졌다. 이를 담아내기 위해 6차 교육과정 이래로 '범교과 학습 주제'라는 것이 생겼다. 6개에서 시작한 범교과 학습 주제는 2009교육과정에서 39개까지 늘어났다가 2015교육과정에서 10개로 줄어들었다. 정확히 말하면 줄어든 것이 아니라 기존의 주제들이 더 큰 개념의 범주 10개로 흡수되었다는 것이 맞을 것이다.

학교 업무와 행사들을 소화하며 교과 수업을 충실히 하는 것만으로도 쉽지 않은데 범교과 교육까지 담아내려니 팍팍한 것이 사실이다. 그럼에도 불구하고 교사의 가치관에 따라 한 가지쯤 집착하게 되는 범교과 학습 주제가 있다. 어떤 교사는 민주 시민 교육을 위해 학급 자치 활동이나 의사결정 과정에 신중을 기할 수도 있고, 경제 금융 교육을 강조하는 선생님이라면 학급 가계부 쓰기나 알뜰 시장 등을 통해 다양한 경제 지식과 경험을 제공하기도 한다. 내가 꽂혀 있는 주제는 환경 교육이다. 그 어떤 교육 주제보다 시급하고, 중대하며, 파급력이 크다고 생각하기 때문이다.

아이들이 배우는 자연은 보통 종이와 화면 위에 존재한다. 나무와 꽃, 들이나 바다, 잠자리나 다람쥐도 책과 모니터 속에 있을 뿐이다. 그 속에 있는 자연은 마냥 아름답거나, 지나치게 이질적이다. 나비는 아무런 위협이 없는 꽃밭 위를 나풀거리고, 북극곰은 다 녹아 버린 빙하 조각 위에 위태롭게 서 있다. 둘 다 대한민국 땅에 발붙이고 살고 있는 학생과 개인적 의미를 형성하지 못하고 금세 잊혀 버리고 만다.

모니터와 종이를 거치지 않고 직접 감각으로 경험하는 자연은 다르다. 잠깐이라 할지라도 유의미하게 다가온다. 현장체험학습에서 밟은 바스락거리는 낙엽이 그렇고, 놀이터에서 모래놀이를 하다 본 공벌레가 그렇다. 그럴 때면 호기심, 기다림, 정성, 변화, 성장, 좌절, 기쁨, 허전함 등 아이들 속에 잠재된 감정과 가치들이 수면 위로 떠오른다.

이준수 선생님의 '선생님의 보글보글'이라는 책에는 콩나물 실험 이야기가 나온다. 콩나물의 생장에 필요한 요인을 확인하기 위해 변인 통제를 하는 실험이다. 그러려면 한쪽은 물을 주지 않아야 하는데, 어느 날 시들어 가는 콩나물에 누군가 몰래 물을 주는 사건이 벌어진다. 스포일러가 되는 것 같아 자세한 내용은 비밀로 하겠다. 범인을 찾는 과정은 흥미진진하고, 결과를 알고 나서는 마음이 몽글 몽글 따뜻해진다. 하나 말하고 싶은 것은 직접 콩나물을 키워 보지 않았더라면 그 아이 속에 있던 생명을 아끼는 선한 마음이 드러날 기회가 또 있었을까? 누군가 죽어 가는 콩나물을 불쌍히 여겨 물을 주었다는 사건을 통해 콩나물을 밥상에 오르는 반찬이 아니라 하나의 생명체로 보는 경험을 다른 아이들도 하게 되었으니 실험은 실패했을지언정, 교육적으로는 성공이 아닐까 싶다.

학교 교육의 특성상 매일 밖에서 수업을 하거나, 모든 자연 환경을 실제로 경험시켜 줄 수는 없다. 종이와 모니터를 거치더라도 생각을 열어 주는 충분한 활동과 성찰의 과정을 제공한다면 자연과 유대감을 느낄 수 있는 경험을 제공할 수 있다.

- 매일·매주 정해진 시간에 학교 산책: 아침 열기라는 이름으로 1교시 전에 운영하는 학급도 많고, 점심을 먹은 뒤 체육 활동을 겸해서 운영하기도 한다. 대부분의 학교에는 텃밭이 있는데 학급 단위로 채소를 가꾸고 수확하는 경우도 있다.

- 스마트팜: 학급/학교 단위로 스마트팜 프로젝트를 신청하여 운영한다. 교실이나 복도에 빛과 수분 등 재배 환경을 자동으로 조절하는 스마트팜을 설치하여 상추 등의 식물을 키우며 관찰/수확한다.

- 교육과정 내의 식물/동물 키우기: 콩나물, 배추흰나비, 강낭콩 등 교과서에 등장하는 동식물을 키우며 관찰하고 일지에 기록하는 등의 활동을 한다.

[7] 이준수, 『선생님의 보글보글』, 산지니, 2021

설득하는 글쓰기를 배운 다음 날,
엘리베이터에 붙이겠다며 그려 온 1학년 아이의 불 끄기 캠페인 종이.
배운 것을 실제로 써먹으려는 아이를 볼 때 어느 때보다 더 큰 보람을 느낀다.

생태 교육의 또 다른 핵심 줄기 하나는 환경 교육이다. 환경을 보호하지 않으면서 생태계를 보전할 수는 없기 때문이다. 아쉽게도 자연을 되살리는 일은 한 개인의 힘으로 돌파하기에는 너무도 큰 과제다. 그리고 세상을 오염시키는 주범은 어른들이기에 초등학생으로서 할 수 있는 환경 보호 활동은 제한적이다. 그럼에도 불구하고 어린 시절 환경에 대한 올바른 인식과 가치관을 키울 수 있도록 하는 것은 장기적으로 매우 중요하다.

- 교실에서 일주일 동안 나오는 쓰레기 모아 보기 / 하루 동안 제로 웨이스트 도전하기

- 작은 쓰레기통 사용하기: 큰 쓰레기통에는 쓰레기를 함부로, 더 많이 버린다. 귀

찮을지언정 작은 쓰레기통을 쓰고 나니 교실 쓰레기의 절대적인 양이 줄어들었다.

- 폐지는 작은 바구니에 펼쳐서 모으기: 리빙 박스 크기 상자에 폐지를 모을 때가 있었다. 그러면 학생들은 종이 쓰레기를 더 많이, 구겨서 버린다. 심지어 폐지가 아닌 일반 쓰레기도 버린다. A4 종이 크기의 노란 바구니 하나가 우리 반 폐지함이다.

- 절약하는 모습 보여 주기: 아이들 앞에서 색연필을 새끼손가락 길이보다 짧아질 때까지 사용하고, 이면지를 연습장으로 다시 쓰는 모습을 보여 주었다. 그러던 어느 날 폐지 바구니에서 깨끗하지만 구겨진 색종이 하나를 찾아낸 아이가 너무 아깝다며 그것으로 만들기를 했다. 내가 하지 않으면서 아이들에게 강요하는 것만큼 일관성 없고 비합리적인 교육도 없다. 내가 할 수 있는 것, 나 또한 지키고 있는 것이어야 아이들에게도 함께하자고 말할 수 있다. 아이들은 내가 하기 싫은 일을 시키

는 대상이 아니다. 모든 것은 내가 먼저가 되어야 한다.

- 분실물함 사용하기: 교실 바닥에서는 연필도, 지우개도 자꾸만 자라난다. 내가 가위를 주워 '이번에는 누가 가위를 심었네'라고 말하면 아이들은 웃다가도 점차 물건 관리에 신경을 쓰기 시작한다. 물론 그럼에도 불구하고 분실물은 계속 생긴다. 대신 떨어진 물건을 분실물함에 모아서 주인을 찾고, 필요한 사람이 사용할 수 있도록 하는 규칙을 만들었다. 덕분에 우리 반 아이들은 1년 동안 새 연필은 한 자루도 사지 말자는 약속을 지켰다.

박스를 주셔서
감사합니다

1년 전 제자들이 스승의 날을 맞아 편지를 들고 찾아왔다. 연필도 겨우 잡던 아이들이 어엿한 2학년이 되어 당당히 교실에 온 것을 보니 기특함과 함께 '이제 다 컸네' 하고 마음이 놓였다.

서간문 쓰는 법을 아직 제대로 배우지 않은 아이들의 편지는 엉뚱함 그 자체였다. '선생님, 안녕하세요?'라고 겨우 인사만 던져 놓고 작년에 좋았던 점들을 다짜고짜 퍼부어 댔다. 무자비하지만 기분 좋은 칭찬 샤워랄까. 대부분은 전에도 들어 본 내용들이었다. 공부를 재미있게 가르쳐 주셔서 감사합니다. 친절하게 대해 주셔서 감사합니다. 또는 제 고민을 들어 주셔서 감사합니다. 그런데 교직 인생 처음 들어 본 감사의 이유가 있었다.

"박스를 주셔서 감사합니다."

전혀 기대도 하지 않은 칭찬을 받았다. 꽤 기분이 좋았고, 한편으로는 머리가 멍한 느낌이었다. 예상치 못한 선물을 받았을 때처럼.

그해에 맡았던 1학년 아이들은 유난히 택배 상자를 좋아했다. 고양이만 종이 상자를 좋아하는 줄 알았는데, 어떤 고양이도 우리 반 아이들을 이길 수는 없을 만큼 택배 상자에 대한 열정과 애착이 대단했다. 처음에는 택배 상자를 갖고 노는 것이 탐탁지 않았지만 면면에서 느껴지는 행복감과 조약돌처럼 교실을 굴러다니는 웃음소리가 좋아서 결국 두 손을 들었다. 소독제를 뿌려 닦고, 스테이플러 심이나 날카로운 부분이 없는지 확인하는 것으로 만족하기로 했다.

시작은 쉬는 시간에 아이 한 명이 학습 준비물이 담겨 있던 버려진 상자에 들어가면서부터였다. 1학년이다 보니 큰 교실보다 작고 아늑한 자신만의 공간을 찾고 싶었는지도 모르겠다. 상자 안에 들어간 아이는 다른 아이를 초대했고, 소꿉놀이를 했고, 이내 다양한 역할극으로 발전했다. 처음에는 상자를 옆으로 뉘여 놓았을 뿐이었는데 어느새 문이 생기고, '00이네 집'이라는 명패가 붙었다.

이를 궁금해하고, 부러워하는 아이들이 점차 늘어났다. 자연스럽게 우리 반에 도착하는 택배 상자를 두고 경쟁이 치열해졌다. 나는 원활한 수급을 위해 틈나는 대로 박스를 모았다. 복도를 지나가다가도 상태가 괜찮은 박스가 보이면 눈길이 가고, 탐이 날 지경이었다. 그도 그럴 것이 교실에는 마을이라고 불러도 될 만큼 상자 집들이 늘어났는데, 그 와중에 여전히 집 없는 설움을 토로하는 아이들이 있었기 때문이다. 마음 고운 우리 반 아이들은 '00이는 아직 집이 없어요. 선생님, 00이 집을 만들어 주고 싶어요.'라며 애처롭게 부탁했다.

교실의 발견_2 박스를 주셔서 감사합니다

각고의 노력 끝에 아이들이 각자의 집에 입주했다. 때에 따라 공동 주택도 있었다. 공간의 제약으로 설치에 애를 먹기는 했지만 모든 아이들의 내 집 마련의 꿈이 실현된 것이다. 바닥에 널려 있는 상자들 때문에 매주 두 번 청소를 하러 오시는 여사님께 죄송하기는 했지만, 아이들은 학년이 끝날 때까지 상자 속에서 행복하게 놀았다.

반면에 학년이 올라갈수록 아이들의 놀이는 단조롭다. 사춘기의 놀이는 폰에서 시작해서 폰으로 끝난다. 수련회를 가서도 휴대폰만 붙잡고 있다. 3학년만 되어도 놀이터에 데리고 나가면 금세 지루함을 느끼는 아이들이 많다. 단순한 놀이 기구만 있는 놀이터에서는 흥미를 찾지 못하고, 집라인 정도는 갖춘 키즈카페에 가야 놀 맛이 난다는 학생들도 있다. 심지어 키즈카페마저도 금방 싫증을 느껴 이곳저곳 순방을 다녀야 한다는 학부모의 푸념을 듣기도 했다.

버려진 종이 박스 하나에서도 세상의 모든 재미를 다 찾아낸 듯한 아이들. 그리고 재미있는 보드게임 앞에서도 머리 쓰는 게 귀찮다며 무기력한 아이들. 이 둘 사이의 간극은 어디서부터 생겨난 것일까. 그 시작은 알 수 없지만 적어도 그 둘의 차이는 명확하다.

스스로 노는 법을 알고 있는가.

나이를 먹으며 무언가를 배워 가는 것이 자연스러울 텐데, 이상하게도 학년이 올라갈수록 노는 법은 잊어 가는 것 같다. 나는 그 원인이 놀거리와 볼거리가 넘쳐 나는 시대를 살고 있기 때문이라고 생각한다.

각종 SNS 플랫폼에는 세상 사람들의 신기하고 멋진 모습들이 담겨 있고, OTT 서비스에는 마르지 않는 샘처럼 봐야 할 영상의 대기 목록이 만들어진다. 이들과 함께 시간은 잘도 흘러간다. 굳이 머리를 쓰지 않아도 이해하기 쉽도록 영상과 자막이 나오고, 자극적인 효과들이 지루함을 달래 준다. 본래 호기심 많던 인간은 그렇게 창의성의 영역을 잃어 간다. 그리고 쉬운 놀잇감에 더욱 의존한다. 결국, 이 굴레가 의미하는 것은 스스로 노는 법을 배울 환경의 부재이다.

백민석 작가의 '아바나의 시민들'에는 쿠바의 허름한 벽을 두고 아이들이 종일 뛰노는 장면이 나온다. 스마트폰도, 인터넷도 없는 그 골목에서 대체 무엇을 할까 궁금해하는 나에게 작가는 자조적인 목소리로 말한다.

> "당신은 볼거리가 많은 나라에서 왔다. 아바나에서 보내는 일상이 벌써부터 지루하게 느껴진다. 하지만 볼거리가 많다는 것은 당신이 소파에 앉아 줄곧 텔레비전과 휴대전화만 들여다본다는 뜻이기도 하다. 반면에 볼거리가 없다는 말은 당신이 스스로 볼거리를 찾아 나서고, 스스로 볼거리를 창출하고, 스스로 볼거리가 되기 위해 엉덩이를 떼고 바깥으로 나가야 한다는 의미이기도 하다."

백민석, 『아바나의 시민들』, 작가정신, 2017

무엇이든 의미 없는 반복은 지루해지기 마련이다. 아무리 화려한 키즈카페라 하더라도 그 안의 모든 기구들을 주어진 방법대로 놀고 나면 흥미가 사라진다. 그럴 때마다 다른 키즈카페를 가서 그 과정을 반복해야 한다. 하지만 같이 노는 친구, 놀이의 목적과 방법 등이 달라진다면, 미끄럼틀 하나를 타는 것도 끊임없이 색다른 일이 될 수 있다. 즉, 놀이의 중심은 공간이나 도구가 아니라 아이들 자체가 되어야 한다. 아이가 대상을 놀이의 일부로 재창조할 때, 무엇이든 최고의 장난감이 될 수 있고, 어디든 최고의 키즈카페가 될 수 있다.

친구들과 바닥에 둘러앉아 이번에는 무엇을 만들까, 어떤 역할극을 하고, 어떤 비밀들을 숨길까 고민하는 아이들의 표정을 보았다. 아이들 손에 있었던 것은 그저 버려진 박스였을 뿐인데 말이다. 크리에이터를 감상하는 대신 스스로 놀이 크리에이터가 되어 준 나의 아이들, 박스를 갖고 노는 법을 알려 주셔서 감사합니다.

몸이 펼쳐져야 마음도 펼쳐진다는 홍세화 작가의 말[26]은 적어도 초등학교 교실에서만큼은 진리다. 꼭 체육 시간이 아니어도 신체를 움직일 수 있는 활동이 더해지는 순간, 아이들의 눈빛은 살아나고 낯빛에는 생기가 돈다.

그런 아이들과 가장 빨리 친해지는 법은 의심할 여지 없이 같이 노는 것이다. 성적에 상관없이 학교생활의 즐거움을 느끼게 하는 것도, 개학 후 서먹함을 순식간에 사라지게 하는 것도 모두 '함께 놀기'의 장점이다. 내가 아는 놀이 대부분은 주변 선생님들의 은혜로운 나눔과 조언을 바탕으로 알게 되었다. 이 짧은 지면에서는 지금까지 했던 모든 놀이를 다 소개할 수 없어 시기와 상황별로 적합한 놀이 몇 가지와 유용했던 도구들을 간략히 공유하려고 한다. 게임과 도구명을 검색하면 자세한 설명과 활용법에 대한 풍부한 정보를 얻을 수 있고, 교실 놀이 및 체육 활동 콘텐츠를 공유해 주시는 선생님들을 통해 매일 새로운 놀이의 세계를 경험할 수 있다.

로제 카이와는 그의 책에서 놀이의 4요소를 경쟁, 운, 모방, 몰입으로 정의했다.[27] 처음부터 경쟁이 강조되는 게임을 하면 승패에 대한 집착 때문에 놀이 자체에 몰입하기가 힘들다. 따라서 초반에는 운과 모방에 초점을 맞춰 모두가 쉽고 재미있게 놀이에 참여하게 하고, 경쟁의 요소를 점점 더 추가하는 것이 즐거운 몰입을 가능하게 한다.

봄(학기 초)

- 처음 만나 어색함을 풀어야 하는 시기이며, 서로에 대해 알아 가야 하는 단계이다. 단순한 신체 활동을 곁들여 누구나 자신감을 갖고 참여하게 하고, 규칙을 지키며 노는 연습을 자연스럽게 할 수 있도록 한다.

- 자리교체형 게임(과일바구니, 사랑합니다): 의자를 둥그렇게 배치하여 앉고, 술래는 가운데에 선다. '과일바구니' 게임은 각자 서너 가지 과일 이름 중 하나를 정하고, 과일 이름이 불리면 해당되는 사람은 일어나 자리를 교체한다. '과일바구니'라고 외치면 모두가 일어나 자리를 바꾸고 앉지 못한 사람이 술래가 된다. '사랑합니다' 게임은 술래가 '사랑합니다'라고 외치고 다른 아이들이 '왜요?'라고 물으면 술래가 '바지를 입어서 사랑합니다'처럼 특징을 말한 뒤 해당되는 아이들끼리 자리를 바꾼다. 역시 앉지 못한 아이가 술래가 된다.

- 진진가: 각자 진실 2개와 거짓 1개의 문장을 만들고 맞춰 보는 활동으로 서로에 대해 알아보는 과정에서 유용하다. 개학 후 방학 중 경험을 공유할 때도 활용한다.

- 애플 바나나 오렌지: 한 줄로 선 뒤, 애플은 앞으로 한 발 모아 뛰고, 바나나는 뒤로 한 발 콩 뛰어 움직인다. 오렌지라고 외치면 뒤로 돈다. 느린 속도에서 빠르게,

---

[26] 임하영, 『학교는 하루도 다니지 않았지만』, 천년의 상상, 2021, p.4
[27] 로제 카이와, 『놀이와 인간』, 이상률, 문예출판사, 2018

점점 복잡한 문장으로 발전시킨다. 1열당 아이들의 숫자는 5~10명으로 하고, 원으로 둥그렇게 서서 활동할 수도 있다. 교사의 말에 귀 기울이고, 다른 친구와 함께 움직이는 연습이 된다.

여름

- 날씨가 더워 실내 놀이가 효과적이다. 대신 충분한 신체 활동을 확보하고, 다양한 특성을 가진 놀이를 통해 경험의 폭을 넓히는 시기다.

- 드라큘라 놀이: 마피아 게임의 변형된 형태로 아이들이 돌아다니며 악수를 하면서 마피아 대신 드라큘라를 잡아내는 게임이다. 드라큘라로 선정된 아이 2명은 낮에서 밤(교실 소등)이 될 때마다 악수할 때 손가락으로 상대방 손바닥을 몰래 긁어서 피를 빨 수(?) 있다. 비가 오는 어두운 날 하면 반응이 폭발적이다.

- 알까기 월드컵: 말 그대로 알까기를 하되, 나라를 선택하여 월드컵 형식으로 경기를 운영한다. 세계 여러 나라 조사하기 등 사회 및 다문화 교육과 연계하여 운영 가능하다. 진 학생들을 위한 패자부활전도 운영하되, 지나치면 패배한 아이들 성화에 못 이겨 나처럼 패패패자부활전까지 하게 될 수도 있다.

- 가가볼: 책상을 눕히고 벽을 만들어 둥그런 경기장이 되게 한다. 학생들이 경기장 안에서 공을 손으로 치거나 벽에 튕겨서 다른 사람을 맞추는 경기다. 공에 맞은 학생은 밖으로 나오고 최후의 승자가 나올 때까지 또는 정한 시간이 끝날 때까지 경기를 진행한다. 규칙이 쉽고, 끊임없이 움직일 수 있어 대부분의 학생들이 호불호 없이 좋아하는 경기이다. 경기장 안에 들어가는 학생 수는 10명 정도가 적절하며, 홀수나 짝수, 여자와 남자 등 다양한 기준에 따라 나누어서 경기를 진행하는 것

이 안전하다.

- 초능력 피구: 두 팀으로 나눠 피구를 하되, 각 학생은 '한 목숨 더', '죽은 친구 살려 내기' 등과 같은 초능력을 부여받는다. 각 초능력은 한 번씩 쓸 수 있고, 사용 전 죽으면 쓸 수 없다. 인디 스쿨 등 교육 자료 커뮤니티에 다양한 종류의 초능력 피구가 소개되어 있다.

가을(개학 후)

- 1학기에 했던 익숙한 게임으로 어색해진 몸과 마음을 풀어 준다. 날씨가 좋아 야외 활동을 하기 최적의 시기이며, 아이들이 경기 매너를 많이 익힌 상태이므로 팀 놀이를 더욱 활발하게 진행한다.

- 달팽이 게임: 본래 운동장에서 나선형 모양을 그리고 한 팀은 바깥에서, 다른 한 팀은 선의 안쪽 끝에서 출발하는 게임이다. 동시에 출발하여 서로 만나는 지점에서 가위 바위 보를 한다. 이기는 사람은 다시 달려가고, 진 사람은 자기 팀의 맨 끝으로 돌아간다. 동시에 진 팀의 다음 주자도 출발하는데, 그 전에 이긴 팀 주자가 상대편의 출발 지점까지 갔다면 승리하게 된다. 어린 아이들의 경우 줄을 따라 곡선으로 뛰는 것을 어려워하는 경우가 많다. 교실에서 책상으로 길을 만들거나, 강당에서 방석 등으로 직관적으로 알기 쉽게 길을 표시하여 게임을 하는 것이 효과적이다.

- 액션 빙고: 후프나 방석을 3X3 정사각형으로 배치하고, 두 팀의 주자들이 순서대로 달려가서 원하는 자리에 물건을 놓거나, 이미 놓인 자기 팀 물건을 이동시켜 빙고를 만드는 방식이다. 팀 조끼 등 부드러운 물체를 활용하는 것이 좋고, 실수하는 아이들을 이해할 수 있도록 분위기를 조성해야 한다. 처음에는 달리기와 본인

팀의 빙고 만들기에만 집중하던 아이들이 방어를 하고, 전략을 생각하는 모습을 보면 뿌듯하다.

겨울

- 날씨가 추워져 다시 실내 활동이 많아지는 시기이다. 움츠러들거나 다치기 쉬운 몸을 부드럽게 풀어 주는 놀이가 좋다. 더불어 놀이의 즐거움을 알게 된 아이들은 머리를 써야 하는 다양한 보드게임도 더욱 즐기게 된다.

- 물고기 사냥: 더하기 모양을 이루도록 의자를 엇갈린 방향으로 놓고, 술래 팀과 물고기 팀으로 나뉜다. 술래 1명을 제외한 술래 팀은 모두 의자에 앉고, 서 있는 술래가 등을 터치해야 일어나서 물고기를 잡을 수 있다. 물고기는 의자 사이로 이동 가능하지만, 술래는 구역을 벗어날 수 없다. 이 게임 규칙을 습득하는 데 어려움을 느끼는 아이들이 상대적으로 많았기에 다른 놀이를 충분히 경험한 뒤에 도입하며, 놀이 영상을 꼭 보여 주는 것을 추천한다.

- 보드게임: 재미있는 보드게임이 많지만 10~20분의 쉬는 시간 안에 할 수 있는 게임은 그리 많지 않다. 그리고 다양한 수준의 학생들이 함께 즐기려면 직관적이고 단순한 놀이가 좋다. 경험상 저학년에서는 욕심쟁이 다람쥐, 얼음 깨기, 의자 쌓기, 중학년 이상에서는 할리갈리, 도블, 프레즌트, 우노, 쿠키런 러브레터, 페이퍼 사파리, 타코 캣 고트 치즈 피자, 마라케시 등이 유용했다. 더불어 공기나 젠가, 카프라 등은 학생들이 다양한 놀이로 변형하기 쉬우므로 구비해 두는 편이다. 동아리 시간이나 학기 말 자유 시간, 방과 후 프로그램 등으로 활동 시간을 넉넉히 줄 수 있다면 스플렌더, 푸시 피시, 시퀀스, 자메이카, 크베들린 부르크의 돌팔이 약장수 등 더 많

은 보드게임을 해 보는 것도 좋다.

- 글래스 마커: 겨울날 글래스 마커 하나면 교실 유리창은 도화지가 되고, 아이들은 화가가 된다. 유리창에 콧수염이나 모자를 그려 놓고 뒤에 서서 놀기도 하고, 사진 틀을 그리고 글씨를 써서 포토 존으로 활용할 수도 있다. 뚜껑 닫기 교육만 잘 시킨다면 말이다.

유용한 놀이 도구

- 펀스틱: 스펀지로 되어 있어 다칠 위험이 적고, 다양한 놀이에 활용된다.
- 팀 조끼: 통으로 된 조끼는 덥고, 체구가 큰 학생들이 입고 벗기에 불편함이 있다. 띠 형태의 팀 조끼를 선호한다.
- 번호 쓰인 원마커: 동선이나 출발점과 도착점 표시 등 여러모로 활용도가 높다.
- 스펀지 피구공: 바람 빠질 일이 없고, 맞아도 아프지 않다.
- 책상 배구 네트: 교실에서 풍선 배구 등을 할 때 경기장을 쉽게 만들 수 있다.
- 인디스쿨이나 아이스크림몰에 가면 새롭고 다양한 아이디어 상품들을 접할 수 있다.

유의할 점

- 안전을 무엇보다 우선시하기: 준비 운동과 정리 운동을 반드시 하고, 사전 사후 안전 교육을 철저하게 한다. 부상 발생 시 게임을 즉시 중지하고 침착하게 대응한다.
- 즐거운 놀이가 되도록 하기: 승부욕을 조절해야 놀이가 즐겁고, 상대방을 비난

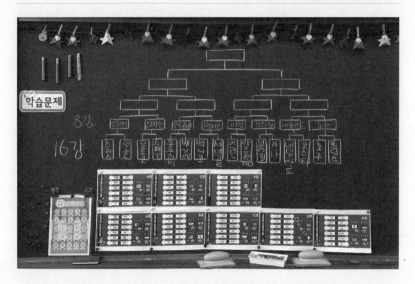

하기보다 응원하게 된다. 결과보다 과정에서 느끼는 재미에 초점을 두고 꾸준히 강조한다. 보상은 개인보다 학급을 대상으로 하는 편이다.

  - 미리 준비하고, 시행착오를 두려워하지 않기: 40분의 수업 시간 동안 원활하게 놀이를 진행하려면 준비가 필수다. 교사가 놀이를 완벽하게 이해하고 쉽게 설명할 수 있어야 하며, 놀이 영상을 찾아 보여 주는 것도 좋다. 준비물을 미리 구비하고, 경기장 배치 등을 세팅해 두면 아이들도 놀이에 더 정성스럽게 참여한다.

  잊지 말아야 할 점은 언제나 놀이의 중심에 아이들이 있어야 한다는 것이다. 학생이 선택하고, 변형해 나갈 수 있는 영역이 조금씩 있는 열린 놀이일 때 가장 반응이 좋았다. 우리 반에 맞게 규칙을 바꿔 나가는 것도 필요하다. 때로 아이들에

게 하고 싶은 놀이를 일기에 설명해 보도록 하고, 그중 몇 가지를 해 보면 설명문을
쓰는 연습도 되고 아이들의 참여 의지와 만족도도 높일 수 있다.

'빨간 머리 앤'이라는 드라마를 보면 교과서의 내용만 공부하기를 강요하
는 어른들에게 앤이 이렇게 말한다.

"Tell me and I forget. Teach me and I will remember.

Involve me and I'll learn."

"얘기해 주시면 잊습니다. 가르쳐 주시면 기억합니다.

참여하게 해 주시면 배웁니다."

스승의 날

스승의 날이라고 제자들이 작은 카네이션 바구니를 들고 나를 찾아왔다. 초등학교 6학년이었던 소녀들은 어느새 수능을 보는 고3 수험생으로 자라나 있었다. 몇 년이 지나도 나를 잊지 않고 찾아 준 고마운 그녀들 덕분에 나 또한 마음속에 모셔 둔 은사님의 추억이 떠올랐다.

초등학교에서 중학교, 고등학교, 대학교, 대학원에 이르기까지 다양한 교육 기관을 경험하는 동안 가장 최악이었던 시기를 고르라면 나는 불안과 외로움이 최고조였던 초등학교 시절을 망설임 없이 꼽는다. 그럼에도 불구하고 내가 지금 초등학교 선생님이 되어 그 시절을 소중히 추억하는 것은 한 선생님이 계셨기 때문이다. 스승의 날이면 내가 언제까지나 떠올릴 그분.

1학년 때 선생님은 기억이 없고, 2학년 때 선생님은 무서웠으며, 3학년 때 선생님은 신경질적이었다. 부끄럼이 많았던 나는 칠판 앞에 나가 문제 푸는 것을 가장 두려워했는데, 그럴 때면 앉아서는 풀리던 문제 앞에서도 머리가 깜깜해지는 것이었다. 3학년 때 담임선생님은 그런 나를 다그쳤고, 문제를 푸는 내내 옆에 서서 엉덩이를 때렸다.

낮은 자존감, 불안, 상처, 외로움 속에서 만났던 4학년 3반 호랑이 선생님. 우렁찬 목소리와 화통한 성격 탓에 호랑이라 불렸던 선생님은 수업이 일찍 끝날 때면 책을 덮고 재미있는 이야기를 조곤조곤 해 주셨다. 인터넷도, 핸드폰도 없던 그때에는 선생님이 해 주시는 이야기가 세상에서 제일 재미있었다. 주인공의 사랑과 복수, 모험 이야기를 듣다 보면 우리는 어느새 숨을 죽이고, 눈을 반짝이며 선생님을 바라보았다. (너무나도 재미있었던 그 이야기가 소설 '몽테크리스토 백작'이었다는 사실은 나중에 도서관에서 그 책을 읽고 나서야 알게 되었다.) 쉬는 시간을 알리는 종이 치고 선생님께서 '자, 다음 이야기는 나중에'라고 하시면 주말 드라마의 엔딩을 본 것처럼 아쉬워할 뿐이었다. 그렇게 나는 학교생활에서 '즐거움'이라는 것을 처음 느끼게 되었다.

선생님은 칭찬을 많이 해 주시는 분이었다. 초등학교 시절 '내가 기억하는' 첫 칭찬을 해 주신 분이기도 하다. 그 전에도 분명 칭찬을 받기는 했을 텐데 전혀 기억이 나질 않는 것을 보면 무작정 칭찬을 많이 하는 것이 능사는 아님을 깨닫는다. 수박 겉 핥기 식의 성의 없는 칭찬이 아니라 아이가 의미 있게 간직하고 받아들일 수 있는 칭찬이 필요한 것이다. 결국 칭찬도 양보다 질이다.

선생님의 칭찬 방식은 다양했는데 그중에서도 특별했던 것은 상으로 시(詩)를 써서 주시는 것이었다. 서예에 조예가 깊으셨던 선생님은 붓글씨로 한 자 한 자 곱게 적은 시를 아이들에게 선물해 주시고는 했다. 나도 시 한 편을 선물 받았다. 지금의 내가 양팔을 다 벌려도 부족할 만큼 긴 화선지에

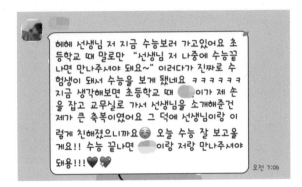

쓰인 시의 내용을 어린 나로서는 이해할 수 없었다. 하지만 종이를 잡고 쫙 펼친 어깨만큼 내 가슴은 '성취감'에 벅차올랐다.

선생님을 다시 뵙게 된 것은 초등학교 4학년 때 이후 15년쯤 지난 뒤였다. 내가 임용고사에 합격한 뒤 기간제를 하는 학교에서 회식이 있던 날이었다. 내 맞은편에 낯익은 오래된 얼굴 하나가 보였다. 나는 창피한 줄도 모르고 선생님의 손을 잡고 식당에서 펑펑 눈물을 쏟고 말았다. 그립고, 감사하고, 그러면서도 한 번도 찾아뵙지 않았다는 데 대한 죄송함의 눈물이었다. 어느새 초등학교 선생님이 된 나를 바라보는 선생님의 눈에 예전의 총기는 사라지고 없었고, 우리를 쥐락펴락하시던 목소리에도 힘이 빠져 있었다. 그 모습을 보며 나는 또 한 번 울지 않을 수 없었다.

스승의 날이 되면 어느 해에는 많은 아이들이 찾아오기도 하고, 그렇지 않기도 한다. 물론 옛 제자들에게 오는 연락은 반갑고, 고맙다. 하지만 나를 찾는 제자가 없다고 해서 속상하지는 않다. 애초에 나부터 은사님을 찾아

뵙기는커녕 연락 한 번 드리지 않았는데 서운해할 것이 무엇이겠는가. 배은 망덕한 제자로서 내가 느낀 것이 있다면 스승에게 느끼는 감사의 마음이 반드시 연락이나 방문 횟수와 비례하지는 않는다는 것이다.

15년 만에 갑자기 나타나 펑펑 우는 나를 보시던 은사님의 눈빛은 당황스러움이나 민망함이 아니었다. 그렇다고 소원했던 나를 탓하시거나, 차갑게 대하시지도 않았다. 그저 따스한 미소, 반가운 눈빛, 그뿐이었다.

얼마 전 최희숙 선생님의 책을 읽으며 졸업하거나 지나간 제자들을 생각하는 나의 마음이 그대로 적혀 있어서 놀랐다.

> "나는 진수에게 잊히는 게 전혀 섭섭하지 않다. 오히려 나는 잊히길 원한다. 진수에게 펼쳐진 앞날에는 지금보다 더 행복한 일만 가득했으면 좋겠고 나처럼 혹은 나보다 더 진수를 사랑해 주는 사람들이 많았으면 좋다. 너무나도 많아서 나는 기억이 안 날 정도로 말이다.
> 유아기의 기억은 무의식 저편에 남아 있다가 툭툭 튀어나오는 '암묵 기억'이 형성되는 시기라고 한다. 나는 그저 그렇게 진수의 무의식 속에서만 존재하고 싶다. 훗날 진수가 어른이 되어서 유치원 시절을 회상했을 때 '아, 그때 유치원 가는 게 즐겁고 행복했던 것 같은데.' 하고 생각할 수 있다면 그걸로 충분하다."

최희숙, 『우리는 함께 자란다』, 텍스트칼로리, 2021, p.257

때로 나는 얕은 생각과 글 몇 줄로 부끄럽고 감사하게도 좋은 선생님 소리를 듣기도 한다. 하지만 나는 아직도 여러 면에서 갈 길이 멀었다. 몇 년이 지나도 아이들의 마음속 깊은 곳을 좋은 기억으로 채울 수 있는, 나의 은사님 앞에서 부끄럽지 않은 내가 될 수 있기를 바랄 뿐이다. 그러다 오랜만에 찾아오는 옛 제자가 있다면 나의 은사님처럼 따스한 반가움을 담아 웃어 주고 싶다.

졸업식이 끝나고, 한 학생이 교실 앞을 서성인다. 수줍은 아이는 담임선생님인 나에게 백합과 작약, 장미가 뒤섞인 소담스러운 꽃다발을 건넸다. 코끝이 아찔할 만큼 향기로운 꽃다발이지만 김영란법이 떠올라 나도 모르게 손을 뒤로 뺐다.

졸업식 날 선생님께 드리는 꽃다발, 괜찮을까?

김영란법, 즉 '부정청탁 및 금품 등 수수의 금지에 관한 법률'[28]은 공직자의 금품 수수를 막기 위해 만들어진 법이다. 2016년 9월 시행된 이래로 수도 없이 사람들의 입에 오르내렸지만, 아직도 낯설고 혼란스러운 부분이 많다.

애초에 청렴한 공직문화 확립을 위해 제정된 법이기에 김영란법의 적용 대상은 다음과 같다.

국회·법원·헌법재판소·감사원·선관위·인권위 등 6곳

중앙행정기관 42곳

[28] 국가법령정보센터, 부정청탁 및 금품 등 수수의 금지에 관한 법률.(시행 2022.6.8.)

광역·기초 지방자치단체와 시·도교육청 260곳

이 외에도 공직유관단체 982곳과 공공기관 321곳도 포함이며, 국회의원도 당연히 적용 대상이다. 그렇다면 공공기관에 몸 담고 있는 사람들만 알아야 하는 법일까? 그렇지는 않다. 재학 중인 자녀를 둔 학부모들, 학교 및 공공기관과 손잡고 일하고 있는 업체 종사자 등 많은 사람들이 이 법과 관련이 있다.

1. 직무관련성·대가성 무관. 1회 100만 원(연 300만 원)을 초과하는 금품 수수 시 형사처벌

2. 직무관련자에게 1회 100만 원(연 300만 원) 이하 금품 수수 시 2~5배 과태료

3. 시간당 외부 강의 사례금은 장관급 이상 50만 원, 차관급 및 공직유관단체 기관장은 40만 원, 4급 이상 공무원과 공직유관단체 임원은 30만 원, 5급 이하 공직유관단체 직원은 20만 원. (사립학교 교직원, 학교법인 임직원, 언론사 임직원의 외부 강의 사례금은 시간당 100만 원.)

한마디로 돈을 많이 받으면 이유 불문 형사처벌이고, 적게 받았어도 벌금이고, 강의료 명목으로도 돈을 많이 받지 말라는 뜻이다.

물론 예외도 있다. 원활한 직무 수행, 사교·의례·부조 등의 목적으로 제공 가능한 금품의 상한액이 설정되어 있기도 하다.

3만원 직무 관련성 있는 사람에게 3만 원 초과 식사 대접 처벌

5만원 5만 원 초과 선물 및 경조사비 처벌

10만원 원료 및 재료의 50% 이상이 농축수산물인 선물은 10만 원까지 인정

2018년 1월, 김영란법이 개정되면서 원래 10만 원이었던 경조사비 상한선이 5만 원으로 낮아졌다. 직무 관련성이 있는 사람에게 축의금이나 조의금을 보낼 때 5만 원을 넘어서는 안 된다는 것이다. 단, 현금 없이 화환만 제공할 때에는 10만 원까지 인정된다.

그렇다면 선생님께 5,000원짜리 스타벅스 기프티콘을 보내거나, 2,000원 짜리 김밥 한 줄을 대접하는 것은 가능할까? 그렇지 않다. 원활한 직무 수행, 사교·의례·부조 등의 목적일 때에만 금품의 상한선이 정해져 있는 것이기 때문에 스타벅스 기프티콘이나 김밥 한 줄이 선생님의 직무 수행에 꼭 필요한 게 아니라면 금품 수수로 여겨진다. 그 외에 학부모 상담 시의 간식 및 선물, 소풍 날 선생님의 도시락이나 간식을 따로 싸서 보내는 것도 김영란법에 저촉된다. 설사 공짜 샘플, 직접 만든 쿠키, 재배한 농작물이라 할지라도 금품으로 간주된다.

단, 받을 수 있는 게 딱 하나 있다. 바로 편지! 마음을 담아 쓴 편지는 언제 받아도 가장 좋은 선물이다. 나는 교생 때부터 받은 편지 대부분을 가지고 있다. 무척 많을 것 같지만 사실 편지보다는 메시지로 마음을 전하는 학생들이 많아졌기 때문에 1년 동안 받는 손편지는 몇 통 되지 않는다. (물론 1학년은 예외다. 하루에도 몇 통씩 암호 해독이 필요한 편지를 놓고 간다.) 주의할 점은 금으로 된 종이에 편지를 쓴다든가, 편지 속에 상품권이나 현금을 넣는다든가, 꽃을 함께 선물하는 것은 단 한 송이일지라도 위험할 수 있다.

반대로 선생님인 나는 선물을 주어도 괜찮을까? 그것도 안 된다. 요즘은 학생들과 학부모들이 교사 평가에 참여하기 때문에 내가 주는 금품이 나를 잘 봐 달라는 의미로 받아들여질 수 있다. 그래서 요즘은 아이들에게 교사가 따로 간식이나 상품을 주지 않고, 학부모 상담일에도 물 한 잔만 두고 이야기를 나누는 것이 대부분의 학교에서 기본 원칙이다. (단, 학교에서 시행하는 캠프 상품 및 간식은 예외이다.) 어릴 적 무더운 여름에 '오늘은 내가 쏜다!'며 담임선생님께서 사 주시던 아이스크림이 그렇게 꿀맛 같았는데, 우리 아이들은 그 맛을 모를 테니 조금 아쉬운 면도 있다.

마지막으로 선생님들끼리 선물을 주고받는 건 어떨까? 이것도 역시 안 된다. 교사에 대한 평가는 학생 평가, 학부모 평가, 그리고 동료 평가로 이루어진다. 따라서 동료 교사들에게 선물을 하는 행위 역시 자신에 대한 평가를 긍정적으로 해 달라는 부탁으로 여겨질 수 있다. 특히 상사에게 하는 선물은 더욱 위험하다.

사실 가장 큰 변화를 느끼는 부분이 이것이다. 학생들에게야 원래 받지 않는 것을 원칙으로 살았으나 예전에는 해외여행 한 번 다녀오면 교장 및 교감선생님 선물을 챙기는 것이 암묵적인 관례였다.(지역 및 학교별로 차이가 있을 수 있다.) 설이나 추석 같은 명절에도 마찬가지였다. 승진을 마음에 두고 있지 않더라도 선물을 하지 않으면 예의가 없는 사람이라는 느낌을 지울 수 없었다. 그런데 요즘은 누구도 그런 것을 암암리에 요구하지도, 주지도, 받지도 않으니 마음이 참 편안하다. 한편, 졸업식 날 다른 학교로 전근 가는 동료 선생님께 받은 선물은 어떨까? 이미 동료 평가는 끝났고, 다른 학교로 전근 가시는 분이라 직무 연관성이 없는 분이므로 김영란법에 저촉되지 않는다.

결론적으로 졸업식날, 나는 제자에게 꽃다발을 받았다. 철컹철컹? 그렇지 않다. 졸업식과 동시에 아이들은 내 품을 떠났고, 나는 이미 성적과 모든 기록들을 마친 상태이므로 나와 아이들은 더 이상 직무 관련성이 없다. 따라서 3만 원 이하의 선물이나 꽃다발은 받아도 문제가 되지 않는다.[29] 다른 아이에게는 용돈을 모아서 샀다는 차도 한 상자 받았다. 편지를 준 친구도 있었다. 그중 더 고맙고, 덜 고마운 친구는 없다. 모두 다 고맙고 예쁜 마음이다.

그동안 조금은 독하게 김영란법을 마음에 담고 살았다. 수학여행과 운동회 날 학부모들이 무심코 건넨 커피와 음료수를 거절했고, 스승의 날 카네이션을 돌려

---

[29] 김우리, "졸업식에 선생님 꽃다발, 김영란법 괜찮을까?", 광주드림, 2017.02.07.

보냈다. 아이들 다과회 때도 멀찍이 물러앉아 보기만 했고, 빼빼로 데이에 아이들이 가져다주는 막대 과자도 한사코 마다했다. 어릴 적부터 내가 보고 듣고 겪어 오며 무의식중에 만들어 온 습관을 고치기 위해서였다. 조금 지나쳤던 부분도 있고, 아이들이 서운해할 때도 있었다.

헤어지며 아이들에게 말했다. 이제 찾아오면 떡볶이 한 접시, 짜장면 한 그릇 정도는 사 줄 수 있다고 말이다. 부디 건강하고 바르게 큰 모습으로 다시 만나 친구처럼 삶의 이야기를 나누길 기대한다.

공부의 목적

6교시 수업이 끝난 뒤, 실내화 가방을 챙기는 아이들로 복도가 북적였다. 동트기 전이 가장 어둡다고 했던가, 방과 후에 주어지는 평화를 위해 견뎌야 할 잠깐의 소란이다. 그런데 몇 분이 지나도 웅성거리는 소리가 잦아들지 않았다. 누군가 '이러지 말고 선생님께 가자!'라고 외치는 소리가 들렸다. 일이 터졌구나 싶은 순간 교실 앞문이 드르륵 열렸다.

신고인 1명에 사건 관계인은 2명이다. 평소 착한 오지랖쟁이로 불리는 신고인은 친구들의 싸움을 중재하다가 안 되겠는지 다투던 A와 B를 내 앞까지 끌어다 놓고 유유히 학원을 갔다. 남은 아이 둘을 보니 꼴이 엉망이었다. 서로 잡고 쥐어뜯었는지 삐죽빼죽한 머리와 손자국이 벌겋게 찍힌 뺨이 보였다.

상황은 그러했다. B가 신발을 갈아 신던 중 A에게 장난으로 '바보'라고 놀렸고, 그 말에 화가 난 A가 실내화 가방으로 B를 내리쳤다. 놀란 B는 다시 A를 때렸고, 폭력이 반복되며 싸움이 커진 것이었다. 학생들은 각자 자신의 잘못을 인정하고 서로 사과했다. 부모님들과도 전화 통화를 나누었다.

사건은 얼추 일단락되었지만 도저히 납득이 가지 않는 부분이 있어서 B를 먼저 보내고 A와 이야기를 나누기로 했다.

그도 그럴 것이 A는 평소 타인을 때리거나 괴롭히는 일이 전혀 없었다. 항상 고운 말을 쓰고, 친구들에게도 다정했다. 물론 '바보'가 불쾌한 단어인 것은 맞지만, A라면 충분히 대화로 해결할 수 있었을 텐데 왜 그렇게까지 화가 났던 걸까 궁금했다.

A가 어렵게 꺼낸 첫마디는 '그냥 바보라는 말이 너무 화가 났어요.'였다. A는 어렸을 때부터 아역 배우 및 모델 일을 해 오고 있었다. 촬영과 연습으로 인해 수업에 빠질 때가 많았다. 6학년이 되자 누적된 학습 결손도 늘어난 데다 교육과정 난이도까지 높아져 학업 성적이 곤두박질쳤다. A는 최근 들어 스스로 멍청하다는 생각이 들었고, 그런 와중에 '바보'라는 말을 듣자 갑자기 손이 나갔다고 했다.

문득 시험지를 돌려받던 A의 모습이 떠올랐다. 대개의 아이들은 시험지를 받자마자 자신이 몇 점을 받았는지부터 확인한다. 잘 봤을 경우 당당하게 자리로 돌아가 시험지를 책상 위에 펼쳐 놓고, 그렇지 못한 아이들은 교과서나 공책 등으로 점수와 틀린 문제들을 가리곤 한다. 그런데 A는 시험지를 받자마자 점수도 확인하지 않고 구기다시피 품속에 숨겨 버리곤 했다. 자리에 앉은 뒤에도 책상 위에 시험지를 두지 않고 서랍이나 가방 속에 바로 넣어 버렸다. 누구에게도 시험지가 보이지 않도록 말이다.

개인에게는 공부 외에도 무수한 재능이 있을 수 있고, 사람은 존재 그 자체만으로도 소중하다. 이 사실을 알고 있는 소수의 아이들은 설사 시험을 보지 못해도 결과를 숨기지 않는다. 시험 점수는 단순히 숫자일 뿐, 부끄러워할 일이 아니기 때문이다. 하지만 대부분의 아이들에게 학업 성취의 결과는 수치심의 영역까지 확장된다. 애초에 수치심은 도덕적으로 그릇된 행동을 했을 때 양심이 주는 벌이지만, 학생의 본분을 공부라고 여기는 대한민국에서는 공부를 못하는, 아니 심지어 잘하는 학생들도 매일 스스로 벌을 주며 학교를 다닌다.

모르는 문제가 가득한 시험지를 푸는 일만큼 좌절스러운 일이 또 있을까? 대답은 그렇다. 못 봤을 게 뻔한 시험지를 돌려받는 일이다. A는 시험지를 풀면서 자신이 시험을 못 볼 것이라는 것을 이미 알았을 것이다. 그런데 그 시험지가 빨간 색연필 소나기에 젖어 내 손으로 돌아오다니 정말로 반갑지 않은 일이다. 그동안 A가 느꼈을 수치심과 죄책감, 좌절감을 생각하니 가슴이 저릿했다. 한동안 생각하다가 이대로는 안 되겠다 싶어 입을 열었다.

"A야, 넌 노래도 연기도 잘하고, 네가 웃는 모습을 보면 나까지 기분이 좋아지는 것 같아. 네가 그런 재능이 있는 것처럼 사람마다 잘하는 것은 다르지. 모두가 공부를 잘할 수는 없어. 모두가 노래나 연기를 잘할 수는 없는 것처럼 말이야. 심지어 그럴 필요도 없어. 공부를 못해도 행복해지는 방법은 아주 많거든."

A는 이런 뻔한 말은 위로가 되지 않는다는 듯 조용히 고개를 숙였다. 난 솔직하게 물어보기로 했다.

"선생님이 지금 걱정되는 건 시험 점수가 아니라, 그 점수 때문에 쪼그라드는 네 마음이야. 시험 점수 때문에 자존심이 상하고 속상하니?"

A는 나를 바라보더니 그렇다고 대답했다.

"다시 말하지만 모두가 공부를 잘할 필요는 없어. 그렇지만 네가 공부를 잘하고 싶은데 혼자서 잘 안되는 거라면 선생님이 도와줄 수 있어. 공부를 잘하고 싶은 거니?"

A는 다시 한번 고개를 끄덕였다. 그렇게 우리만의 방과 후 보충 수업이 시작되었다. 뮤지컬 연습이나 촬영 일정이 없는 날이면 교실에 남아서 이 빠진 학습 계단을 차근차근 메워 나갔다. 6학년이지만 4학년 내용으로 돌아가기도 하고, 한두 문제를 설명하느라 1시간이 흘러가 버릴 때가 많았다. 교사인 나도 때로 지치고, 조급한 마음이 들기도 했다. 하지만 A는 끝까지 포기하지 않고 한 학기 동안 보충 수업과 숙제들을 해냈다.

첫 시험에서 A가 정한 목표는 60점이었고, 그다음은 70점, 최종 목표는 80점이었다. 무조건 100점만 생각하지 말고, 이 정도면 마음이 다치지 않을 것 같은 점수를 말해 보라고 하니 나온 숫자들이었다. A는 처음 60점을 넘었을 때는 심드렁한 얼굴이었는데, 다음 시험에서 70점을 넘자 '어라, 진짜 되네?'라는 귀여운 표정을 지었다. 중간에 슬럼프도 있었지만 마지막 수학 시험에서 A는 무려 90점을 받았다. 시험지를 돌려주며 내가 너무 뿌듯한 나머지 몇 분간 칭찬을 했고, A도 특유의 햇살 같은 미소를 지었다.

하지만 보충 수업을 시작하고 나서 무엇보다 기뻤던 것은 A가 더는 시험지를 숨기지 않게 되었다는 것이다. 학습된 좌절감에 시험지를 보지도 않고 구겨 넣어 버렸던 과거와 달리 A도 기대와 희망을 갖고 시험 점수를 확인하고, 60점이든 70점이든 책상 위에 올려 두는 모습. 그게 나는 기뻤다.

얼마 전 텔레비전 광고에서 문득 A의 얼굴을 보았다. 벌써 고등학교 입학을 앞둔 A는 키도 불쑥 크고 멋진 청소년이 되어 있었다. 어디에서 어떤 일을 하며 살든, 노력과 성공의 기억들이 그 아이의 자존감을 잘 지켜 주기를 기도한다. 그리고 잊지 않기를. 너는 시험지에 적힌 점수보다 훨씬 더 많은 걸 할 수 있는 사람이야.

본격적으로 학습 지도에 관한 이야기를 나누기 전에 초등학교의 교육 목표에 대해 생각해 볼 필요가 있다. 대한민국에는 다양한 단계의 교육 기관들이 있고, 기관별로 추구하는 교육의 목표는 제각각이다.

우리나라는 말도 안 되는 선행교육으로 인해 유치원에서 초등교육을 받고, 초등학교에서는 중등교육을 받는 일이 벌어지고 있다. 하지만 공립학교 교사의 입장에서 초등교육은 사회생활에 꼭 필요한 기초적이고 기본적인 지식과 태도를 함양하는 단계가 되어야 한다. 즉, 교육의 초점이 학업을 어려워하는 아이들을 끌어올려 모두가 일정 수준 이상에 이르는 것에 두어야지, 따라오지 못하는 아이들을 버려두고 잘하는 몇몇에만 집중해서는 안 된다는 것이다.

물론 특출난 재능을 가진 아이들을 위한 시스템도 당연히 보완되고 마련되어야 한다. 그 아이들의 꿈과 가능성 또한 똑같이 소중하기 때문이다. 그런 의미에서 주어진 수업 시간 안에 못하는 아이들은 잘하게 만들고, 잘하는 아이들은 더욱 잘하게 만들 수 있다면 더할 나위 없다. 한마디로 완벽한 수준별 학습이 이루어질 수 있다면 말이다. 하지만 실제로 그것은 불가능하다. 적어도 현재의 학급당 학생

수와 교사에게 주어진 교육과정의 양, 그 외의 행정 업무를 고려하면 그렇다. 슬프지만 선택이 필요한 순간이다.

나는 당연하게도 부족한 아이들을 끌어올리는 것을 택한다. 초등학교에서 배우는 지식들은 삶의 밑바탕이 되는 것들이다. 지금 배우지 않으면 이제 어디에서도 배울 기회가 없을지 모른다. 상식 없는 어른으로서 평생을 살아가게 될 수도 있다. 그로 인해 남에게 피해를 줄 수도 있고, 당연한 권리와 행복을 누리지 못할 수도 있다. 부족한 아이들을 끌어올리지 못했을 때 생겨나는 피해와 우수한 아이들을 챙기지 못했을 때의 단점을 비교하면 전자를 택할 수밖에 없다. 나에게 어디까지나 초등 교실의 제1 목표는 누구나 인간답게, 어엿한 사회인으로 살아갈 수 있는 기반 능력을 키워 내는 것이다.

초등학생들의 학습 지도를 하며 느낀 점은 세 가지다.

첫째, 동기 유발이 중요하다. 아이들에게는 놀라운 능력이 몇 가지 있는데, 그중 하나가 듣고 싶은 것만 듣는 선택적 청각 집중력이다. 쉬는 시간 종소리는 누구보다 잘 듣지만 수업 시작 종소리는 왜 듣지 못하는 것일까. 그런 아이들과 수업을 집중력 있게 시작하려면 학습 주제에 대한 관심을 탁 하고 켜 주는 특별한 스위치가 필요하다. 보통은 퀴즈나 경험을 묻는 질문, 영상이나 사진 등을 사용하는데, 5~7분 내에 할 수 있는 단순한 놀이를 활용하기도 한다.

둘째, 성공의 경험을 주어야 한다. 살다 보면 많은 일의 성패를 결정하는 것이 자존감이라는 것을 깨닫게 된다. 자존감이 높은 사람은 쉽게 포기하지 않고, 희망을 갖고 노력하며, 실패해도 긍정적으로 성찰하고 다시 도전한다. 이는 공부에

국한되는 것이 아니다. 인간관계부터 직장 업무, 취미 생활, 일상의 습관 형성에 이르기까지 넓게 적용된다. 반복된 실패로 무너진 아이들의 눈빛을 보는 것은 정말 슬픈 일이다. 반에 한두 명은 꼭 이런 아이들이 있는데 가장 중요한 것은 어떤 방식으로든 실패의 고리를 끊어 줘야 한다는 것이다. 공부가 아니라 청소, 놀이, 일상 습관 등에 있어서 성취감을 느낄 수 있도록 기회를 주고 칭찬한다. 그러면 신기하게 공부까지도 성공의 경험이 이어지곤 한다.

셋째, 재미는 학습의 핵심이다. 초등학생들의 집중력이 발휘되는 시간은 보통 짧게는 5분, 길게는 30분 남짓이다. 45~50분이 한 차시인 중등학교에 비해 초등학교의 수업 시간이 40분인 것도 이 같은 이유에서다. 느린 아이들은 내용이 어려워 금방 싫증을 내고, 선행학습을 한 아이들은 그 아이들대로 이미 배운 내용과 비슷한 학습 방식에 지루함을 느낀다. 다행히 학교 교육의 장점 중 하나는 같은 반 친구들과 함께 배울 수 있다는 것이다. 그런 면에서 친구들과 함께하는 놀이 및 활동을 통한 교육은 다양한 선행학습 경험과 성취 수준을 지닌 초등학생들에게 모두 효과적이다. 특히 세상을 직접 만지고 경험하며 배우는 구체적 조작기에 해당하는 초등학교 학습 단계에서는 다양한 수업 방식을 활용하고, 과목을 통합하여 수업을 운영하는 것이 필요하다. 고래밥 과자 속 동물들을 실제로 분류한 뒤 그래프를 그려 보기도 하고, 개화기 시대의 역사 수업 중에는 개화파와 척사파로 나눠 토론 수업을 진행하거나 대본을 직접 써서 역할극을 해 볼 수도 있다.

추가적인 팁이라면 진도표를 적극 활용하는 것이다. 나는 학년 교육과정의 진도표를 참고하되 우리 반의 행사와 속도를 고려하여 최소 한 달 치의 학급 진도

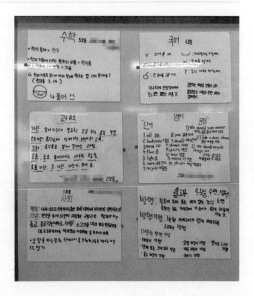

표를 미리 적어 보는 편이다. 중간에 수정되는 일이 다반사이지만 나처럼 숲을 잘 보지 못하는 경주마 같은 사람에게는 개략적인 수업 계획을 갖고 있는 것이 큰 도움이 된다. 더불어 이를 바탕으로 단원 지도 순서를 효과적으로 재배치하거나, 멀리 한두 달 뒤의 과학 실험 및 체육 수업 등을 계획하고 준비물을 미리 주문할 수도 있다.

그리고 형평성이 우려되어 1:1 보충 지도가 망설여진다면 학교 내에 있는 프로그램을 이용해서 당당하게 도움을 주는 것도 좋다. 서울시교육청의 경우 '키다리 샘'이나 '점프 업' 프로그램처럼 담임교사와 함께 보충 수업을 할 수도 있고, '징검다리' 프로그램처럼 담당 강사 선생님과 소수반을 꾸려 보충 활동을 할 수도 있다.

나 또한 앞글에서처럼 1:1 보충 지도를 장기적으로 하는 데 있어 다른 아이들과의 형평성 문제가 걱정되었다. 왜 내 아이는 보충을 해 주지 않느냐고, 반대로 왜 내 아이만 보충 활동에 참여해야 하느냐고 민원이 들어올 수도 있었다. 하지만 상담을 하고 나니 A가 느끼는 우울감과 자존감의 결여가 심각하게 우려될 수준이었다. 성적이 부진한 학생들은 보통 누적된 학습 결손이 있고, 학습 의욕이 낮거나 집중력이 짧다. 따라서 다대일 수업보다는 일대일 지도가 절실하다. 하지만 아역 배우였던 A는 일정하지 않은 방과 후 일정 때문에 학교에서 운영하는 보충 프로그램마저도 등록할 수가 없었다. 결국 학습 결손을 제일 잘 파악하고 있는 내가 수업 후 틈틈이 보충 수업을 하는 것이 최선이라고 여겨졌다. 여러 가지 요소들을 고려하되, 교육 전문가로서 교사는 주어진 상황에서 최선의 선택을 내리고, 그것이 정말 최선이었는지 고민하는 과정을 반복하게 된다.

우리 반 독립 출판사

1학년 학생들의 특징 중 하나는 시도 때도 없이 자기 이야기를 한다는 것이다. 3학년들이 쉬는 시간에 주로 하는 어제 저녁에 먹은 치킨 이야기나 주말에 갔던 캠핑 일화 정도는 발화 개연성이 충분한 축에 속한다. 1학년의 느닷없는 이야기는 그야말로 레벨이 다르다. 여름날 모빌을 만들어 열심히 천장에 달고 있는 나에게 한 아이가 다가와 갑자기 '갈비'라고 외쳤다. 몇 번이나 물어본 뒤 겨우 이해한 아이의 말은 바로 이것이었다.

"선생님, 저 갈비뼈가 보여요."

갑작스러운 신체적 발견이 놀라웠는지, 자랑하고 싶었는지, 아니면 그냥 공유하고 싶었는지는 모르겠지만, 애초에 2교시 후 쉬는 시간에 왜 본인의 갈비뼈를 보게 되었는지부터가 의문이다.

이렇게 어디로 튈지 모르는 말을 쏟아 내는 아이들은 그 속에 표출하고 싶은 이야기가 많이 담겨 있다. 그럴 때 쥐여 주면 좋은 것이 바로 A4 용지 한 장과 연필이다. 나는 1학년 1학기 초반에 너무 많은 이야기를 귀로 듣는 것이 힘들어서 종이를 접어서 책을 만드는 법을 알려 주었다. 그러면 적어도 귀가 아닌 눈으로 이야기를 볼 수 있겠구나 싶었다.

결과는 성공적이었다. 똘똘한 수다쟁이 아이들은 자리에 앉아 책 만들기에 열중했다. 덕분에 피 흘리기 직전의 내 귀는 잠시나마 쉴 수 있었다. 하지만 달콤한 휴식도 잠깐이었다. 나는 글이나 미술 작품 등 학생들의 산출물을 실물화상기를 통해 자주 공유하는 편이다. 더욱이 글씨도 겨우 쓰는 1학년이 책을 만들어 왔으니 이 얼마나 기특한 일인가! 대견한 마음에 열과 성을 다해 읽어 주었고, 이야기가 끝나자 우리 반 아이들은 우레와 같은 박수를 보냈다. 그때부터였다. 우리 반에 독립 출판의 바람이 분 것은.

독립 출판의 특징이 자유롭고, 다양성이 보장된 소량의 출판물이라면 우리 반 학생들은 의심할 여지 없이 독립 출판을 한 것이 맞다. 너 나 할 것 없이 이면지를 붙잡고 자신만의 이야기를 그려 넣는 데 여념이 없었기 때문이다. 일단 타고난 이야기꾼 기질을 지닌 아이는 5권, 6권으로 이어지는 시리즈물을 만들어 냈다. 손재주가 좋은 아이들은 테이프를 이용해 붙였다 떼었다 하며 청소 놀이나 옷 입히기 놀이를 할 수 있는 워크북을 만들었고, 상식과 숫자에 관심이 많은 아이들은 퀴즈 책을 만들었다. 심지어 글 잘 쓰는 작가와 그림 잘 그리는 작가 2명이 협업하여 한층 더 완성도 높은 책을 만들어 내기도 했다.

시간이 지나자 각 아이들이 만들어 낸 책은 점점 늘어났고, 수십 권에 이르는 자신의 책을 고무줄로 묶어 보따리처럼 갖고 다니는 아이들도 있었다. 자연스럽게 '독립 서점'이 생겨났다. 서로 책을 바꿔 보기도 하고, 빌려주거나 판매도 했다. 판매라고 해 봤자 수학익힘책 뒤의 남는 스티커를 주거

나, 재미있었다는 칭찬 리뷰 한 마디면 족할 때가 많았다. 아이들은 누군가

내가 만든 이야기를 좋아한다는 것만으로도 충분히 행복해했다. 그렇게 독

립 출판과 독립 서점의 열풍 속에서 한글을 잘 쓰지 못하고, 그림 그리기에

도 영 소질이 없던 아이들까지 우리 반 아이 모두가 최소 한 권에서 50권 이

상의 책을 만들어 냈다.

놀라웠던 것은 책 만들기가 유행할수록 학생들이 읽는 책의 양도 점

점 늘어났다는 것이다. 아이들은 서로가 만든 책만 빌려 읽는 것이 아니라

학급 문고나 도서관에 있는 책도 읽었다. 때로는 역사책을 읽고 역사 퀴즈

책을 만드는 등 본인의 책을 만드는 데 활용하기도 했다. 2학기 말에는 3학

년 수준의 문학 전집을 학급 문고에 새로 들였는데도 불티나게 책들이 사라

졌다.

대학교 시절 배운 바에 따르면 언어 학습은 듣기, 말하기, 읽기, 쓰기의 순서로 이루어진다고 한다. 일반적으로 수용보다 창조의 과정에서 더 많은 언어 기능과 사고 능력을 필요로 하고, 특히 쓰기는 말하기보다 문법과 맞춤법 등 고려해야 할 규칙이 더 엄격하다. 그럼에도 불구하고 어떻게 1학년 아이들이 책 만들기 활동을 1년 내내 즐기고, 더 많은 책을 읽게 되었던 걸까.

그 이유는 내 이야기가 세상에서 제일 재미있기 때문이다. 1학년 아이들은 자기중심성이 강하다. 세상을 1인칭의 관점에서 바라보고, 배경지식도 많지 않은 상태이기 때문에 자신의 생각과 경험이 가장 중요하게 느껴지는 시기이다. 잘 이해도 되지 않는 남의 이야기를 읽는 것보다 내 이야기를 풀어내는 게 훨씬 흥미롭게 느껴질 수 있다. 게다가 선생님과 친구들이 관심까지 가져 준다면 더욱 신이 날 수밖에.

눈높이에 딱 맞는다는 점도 한 몫을 했다. 아무리 어른이 아이의 입장에서 쓴다고 한들, 진짜 아이가 쓴 책과는 다를 수밖에 없다. 어른들은 생각도 못 할 사소하거나 창의적인 소재, 1학년 생활을 실제적으로 반영한 일화들은 학생들의 공감대를 이끌어 냈다. 내 눈에는 어설프지만 아이들에게는 빵빵 터지는 개그 코드까지 말이다.

제일 중요했던 것은 아이들이 이야기의 맛을 느꼈다는 점이다. 책을 읽는 가장 근본적인 목적은 즐거움이다. 즐거움 속에서 책을 좋아하는 마음이 생겨나고, 책을 읽는 습관이 자연스럽게 자리 잡는다. 많은 경우에 단계를 뛰어넘어 바로 책을 좋아하기를 기대하거나, 독서 습관이 형성되기를 기대하지만 내 경험상 즐겁지 않은 독서는 확장되거나 지속되지 않는다. 다행히 아이들 스스로 다양한 이야기들을 맛있게 요리해 준 덕분에 우리 반은 책 읽으라는 잔소리 없이 독서의 참맛을 함께 느낄 수 있었다. 고맙다, 나의 꼬마 작가들.

도구의 발명은 때로 사고방식을 바꿔 놓기도 한다. 우리가 흔히 쓰는 카메라는 19세기에 발명되었다. 이로 인해 당시 드가처럼 갓 발명된 사진을 보고 그림을 그리는 경우가 많아졌다고 한다. 그림과 사진은 변화하는 세계를 정지된 평면으로 옮겨 내는 비슷한 작업처럼 보이지만 그 속에 담긴 근원적 사고 원리는 엄연히 다른 것이었다. 보통 그림이 화면 안에 대상을 채워 넣는 덧셈의 원리에 따라 그려진다면, 반대로 사진은 외부의 세계를 정해진 규격에 맞게 잘라 내는 뺄셈의 원리에 따라 만들어지는 것이기 때문이다.[30] 즉, 사진의 등장과 함께 화가들은 프레임 안에 무엇을 담아낼 것인가에서 무엇을 뺄 것인지로 고민의 방향을 바꾸게 되었다.

카메라가 그리기 방식을 변화시켰듯이, 21세기에 이르러 스마트폰의 발명은 사람들의 읽기 방식을 바꿔 놓았다. 전통적인 읽기가 종이 위에 있는 줄글을 왼쪽 페이지에서 오른쪽 페이지로 수평적으로 읽어 가는 방식이었다면 현재의 아이들은 호흡이 짧은 글을 위에서 아래로 스크롤을 내리며 읽는 것에 익숙하다. 내용상으로는 사진 또는 영상 등 시청각 자극이 일체화된 형태의 텍스트를 받아들이는 방식으로 바뀌었다. 대부분 글의 양이 적기 때문에 오히려 시각 이미지가 주인공 자리를 꿰차게 된다. 즉, 문자의 시대는 가고, 이미지의 시대가 온 것이다.

이미지 중심의 메시지 전달은 빠르고, 쉽고, 재미있다. 이에 익숙한 현대인에게 독서는 고된 노동이다. 슥슥 넘기며 순식간에 수십 개씩 볼 수 있는 SNS의 피드와는 달리 책 읽기는 느리고, 어렵고, 지루하다. 책을 읽어야겠다고 마음먹지만 독서 근육이 퇴화될 대로 퇴화된 상태에서는 책의 마지막 페이지를 보는 것이 쉽지가 않다. 그리고 그건 선생님도 마찬가지다.

어느 날 밤, 고등학교 교사인 친구와 메시지로 책에 대한 이야기를 나누던 중이었다. 코로나에 걸린 그녀는 격리 기간 중 그간 못 읽었던 책 한 권을 완독하겠다고 말했다. 나 또한 '코스모스', '총, 균, 쇠' 같은 유명하고 두툼한 책들을 갖고는 있지만 끝까지 읽지는 못했음을 실토했다. 그래도 아픈 와중이니 휴식을 권했지만, 그녀의 다짐은 제법 굳세게 느껴졌다. 무엇보다 친구는 교사로서 책을 많이 읽어야 할 것 같은 의무감을 느낀다고 했다.

한동안 나도 다독이 지성인의 기본적인 덕목이라고 여겼었다. 그리고 다독은 당연히 완독을 전제로 한 것이었다. 그러다 보니 첫 장부터 마지막 장까지 정독해야 한다는 압박감과 읽은 책의 권수에 집착하는 마음에 짓눌려 독서를 멀리하던 시기도 있었다. 하지만 이제 나는 친구의 말에 '완독 좀 못 하면 어때' 하고 대답하게 되었다.

한국은 모든 것을 지나치게 열심히 한다. 세계 어디를 가도 우리나라 사람들처럼 밤늦게까지 일하고, 새벽같이 기도하고, 아침까지 노는 사람들은 없을 것이

[10] 최상운, 『파리 미술관 산책』, 북웨이, 2011

다. 그만큼 우리는 무엇이든 최선을 다하는 진인사대천명의 민족이다. 문제는 독서

라는 즐거운 행위마저도 한국 교육 특유의 성실함과 완벽함을 강요한다는 것이다.

새로운 음식을 먹을 때 우리는 맛만 보기도 하고, 맛있으면 한 그릇을 깨끗

이 비우기도 한다. 기억에 남은 음식은 몇 번이고 더 먹을 수도 있다. 그러다 보면

자신만의 취향이 생기고, 음식을 보는 눈도 생겨서 향을 맡거나 눈으로 보기만 해

도 어떤 맛일지 짐작하는 통찰력을 지니게 된다. 책도 마찬가지 아닐까. 이것저것

맛보고, 실망과 만족의 경험을 축적하다 보면 소울푸드에 버금가는 소울북이 생길

지 모른다.

일부러 책을 천천히 읽었던 적이 있다. 너무 재미있는 책이라 페이지를 넘

기는 게 아까웠다. 빨리 이야기를 끝내고 싶지 않아서 한 글자 한 글자 꼭꼭 씹어 읽

었던 기억이 난다. 그 시절의 나는 책을 펼치는 것이 상상과 즐거움의 세계로 풍덩 뛰어드는 행위로 느껴졌다. 반면에 마음 속 깊은 곳에 완결에 대한 부담이 있고, 그런 의무감으로 책을 읽을 때에는 내용보다 몇 페이지를 읽었는지에 더 집중하느라 도저히 몰입할 수가 없었다. 난 우리 반 아이들이 책 읽는 기계처럼 다독하기보다는 상상하고 음미하며 책 읽기를 즐길 수 있기를 바란다.

독서 편식을 걱정하는 학부모들이 많다. 하지만 글이라면 만화책도 거들떠보기 싫어하는 아이들이 많아서인지 어떤 종류의 책이든 호불호가 생기는 것조차 반가운 요즘이다. 그리고 편식도 시간에 따라 변화한다. 나는 어린 시절에는 고전문학만 읽었는데, 어느 순간 일본 현대 소설이 좋다가, 여행 서적과 에세이를 한창 읽더니, 최근에는 동화책이나 청소년 문학에 눈이 간다. 중요한 것은 책을 떠나지 않는 것이다.

그러기 위해서는 아이들의 변화된 읽기 방식을 고려해 주어야 한다. 현재 상황에서 아이들에게 무작정 전통적인 읽기 방법을 강요한다거나, 줄글 중심의 독서 지도로 돌아가야 한다고 주장하는 것은 어불성설이다. 라디오와 텔레비전, 종이책과 전자책, 계산기와 컴퓨터. 뉴미디어의 등장으로 앞선 매체의 입지는 분명 줄어들었지만 각자의 특성을 살려 명맥을 유지하고 있듯이 전통적 읽기와 현대의 읽기 방식의 장단점을 이해하고 균형을 맞출 필요가 있다. 이미지가 없는 자리를 상상력과 논리로 채우는 연습을 할 수 있도록 독서 근육을 단련함과 동시에, 아이들에게 익숙한 요즘의 읽기 방식을 이해하고 수업에 접목시키는 어른의 노력도 수반되어야 할 것이다. 결국 알을 깨고 나오기 위해서는 병아리와 닭이 안팎에서 함께 껍질을 쪼아 대며 노력해야 한다는 줄탁동시의 의미처럼 학생과 교사는 서로에게, 서로의 방식으로 다가가야 한다.

5부
슬기로운 학교 생활

소곤거리기의 미학

빈 교실에 앉아 칼칼해진 목을 쓰다듬었다. '크흠' 하고 살짝 힘을 주어 소리를 내 본다. 구멍 난 창호문에 바람이 새어 들듯 갈라진 숨소리가 흘러나왔다. 오늘도 꾀꼬리 같은 목소리로부터 6교시 수업만큼 멀어졌다.

지금쯤 되면 모든 게 수월해질 줄 알았는데, 눈빛만으로 아이들을 쥐락펴락하는 경지에 오르는 일은 여전히 요원하다. 어제도 밥 먹듯이 지각하는 아이들과 입씨름을 했고, 마구잡이로 날아오는 목소리들을 피해 수업을 마쳤다. 10년 뒤에는 조금은 나아지려나. 그럴 것 같지는 않다. 수술을 하는 의사가 피를 보지 않을 수 없고, 요리사가 손에 물을 묻히지 않을 수는 없듯이, 나의 목도 이 험난한 길을 피해 갈 수는 없을 것이다. 10여 년간 한 직장에서 일하고 난 지금, 최소한 이 직업을 갖고 사는 동안에 포기해야 할 것들이 무엇인지 정도는 알 것 같다.

그나마 다행이라면 내가 목을 덜 혹사시키기 위한 방법들을 터득해 가고 있다는 것이다. 그중 하나가 바로 소곤거리기 기술이다. 목소리가 권위의 방증이라도 된다는 듯 쩌렁쩌렁하게 말하곤 했던 과거의 내가 답답하다.

하등 쓸데없는 에너지 낭비이자 목을 망가뜨리는 일이었는데 말이다.

아이들의 관심을 주목시키려면 큰 목소리가 효과적이지 않겠느냐고 반문할 수도 있다. 실제로 큰 목소리에 대한 아이들의 반응은 훨씬 즉각적이다. 깊이 있는 관계 형성이 되지 않은 학기 초에도 온 교실의 눈을 나에게 단번에 향하게 할 수 있다. 문제는 그 눈빛이다. 큰 소리가 나는 순간, 나를 보는 눈에 담긴 놀람, 두려움, 또는 불편함은 빛보다 어둠에 가깝다. 그 속에서 기쁨이나 편안함, 반가움을 찾기란 사막에서 오아시스 찾기보다 어려운 일이다.

또 다른 문제는 자극에 대한 역치가 시간이 갈수록 높아진다는 것이다. 한번 크게 말하기 시작하면 계속 그 크기를 유지하거나 더 크게 말해야 비슷한 주의 집중 효과를 볼 수 있다. 그리고 큰 목소리는 순간적으로는 시선을 모으고 학생들을 제압했을지 모르나, 장기적인 관점에서 보면 아이들로 하여금 문제가 생겼을 때 목소리 큰 사람이 이긴다는 편견을 갖게 한다. 그러다 보면 교실은 온통 소리를 지르는 아이들과 그렇지 못한 주눅 든 아이들로 가득 차게 되는 것이다.

평화로운 교실에서 아이들과 소통하고 싶다는 마음, 그리고 건강한 목과 함께 퇴직하겠다는 소망으로 변화를 주기 시작했다. 가장 쉬운 방법은 학생들이 스스로 다음 단계의 학습을 준비할 수 있도록 수업 시작이나 과제 종료까지 남은 시간을 보여 주는 타이머를 띄워 두는 것이었다. 이는 나로 하여금 '수업 준비하자' 또는 '몇 분 남았다' 등의 불필요한 말을 하지 않게 도와주었을 뿐만 아니라, 바늘 시계 보기를 어려워하거나, 시간 길이에 대한 개념이 명확하지 않은 학생들에게 안정감을 주고 시간의 양감을 익히는 기회를 주었다. 대신 디지털시계에만 의존하지 않도록 꾸준한 시계 읽기 지도도 병행했다. 더불어 불안감을 느끼지 않도록 충분히 기다려 주고, 필요하면 추가 시간을 요청할 수 있다고 알려 주었다.

판서를 활용하는 것도 효과적이었다. 마음이 급할수록 말과 행동이 먼저 나가기 마련이지만 기본적인 활동 방법과 순서를 텔레비전 화면이나 칠판에 적어 두어야 반복되는 질문에 자동응답기처럼 대답하는 일을 줄일 수 있었다. 박수 구호나 노래, 교탁 종 등도 지나치지 않은 선에서 활용하니 필요한 순간에 활동을 멈추거나 전환하는 데 유용했다. 야외나 강당 등 크고 넓은 공간에서 활동을 진행할 때에는 전자 호루라기와 마이크 등 보조 도구들을 더욱 적극적으로 활용했다.

이런 꼼수 아닌 꼼수들을 쓰다 보니 어느 순간 소리를 지르지 않아도 학급 운영이 가능하다는 사실을 깨달았다. 그리고 크기를 높이는 대신 목소리에 에너지를 싣는 것에 집중하게 되었다. 내가 바른 자세로 아이들과 눈을 맞추고, 열의를 담아 뻗어 낸 소리는 곱절의 힘을 갖고 아이들에게 전달되었다. 아이들도 작은 소리로도 원하는 바를 전할 수 있음을, 누군가에게 귀를 기울이게 하는 힘은 큰 목소리가 아니라 그 안에 담긴 메시지와 태도라는 것을 은연중에 느끼는 것 같았다.

소곤거리기의 가치는 어린아이들에게 더욱 도드라진다. 저학년 아이들에게 교실은 낯설고, 불편한 환경이기 쉽다. 그럴 때 교사의 크고 당당한 목소리는 의도치 않게 위압감과 공격받는 기분을 주기도 한다. 그러면 나처럼 심약한 성정의 아이들은 금세 마음의 문을 걸어 잠그고 방어 태세를 갖춘다. 반대로 생각하면 작고 부드러운 목소리는 아이들로 하여금 조금 더 친밀하고, 편안한 느낌을 갖게 한다. 그리고 아이들은 가깝고 편안한 사람에게 더 많은 비밀을 드러내기 마련이다. 아이들의 마음에 비집고 들어갈 빈틈이 생기는 순간이다. 멀찍이 떨어져 있다가도 틈이 생기고, 문이 열리면, 먼저 대문을 노크하고 들어오는 아이들이 생겨난다.

사람은 누구나 가슴속에 각자의 집을 짓고 산다. 마음의 문이라는 관용적 표현은 그냥 만들어진 것이 아니다. 그런 의미에서 교사와 학생은 1년간 이웃사촌이 된 것이나 다름없다. 언제든 내가 원하는 곳으로 문을 열고 나갈 수 있을 때 그 공간은 집이 된다. 하지만 그렇지 못할 때 그곳은 집이 아닌 감옥이다. 처음에는 비슷하게 시작하지만 시간이 지나면 어떤 반은 마을이 될 수도, 어떤 교실은 감옥이 될 수도 있다. 오늘도 나는 속닥거림으로 아이들과 나 사이에 틈을 만들고 다리를 놓는다. 감옥이 아닌 교실 속 마을을 꿈꾸며.

작은 목소리의 가치를 예찬했지만, 그럼에도 불구하고 교실 안의 모든 학생들이 교사와 소통할 수 있을 만큼의 목소리 크기는 유지해야 한다. 그러기 위해 필요한 것이 바로 마이크다. 30년 가까이 교직에 계셨던 어머니께서는 발령을 기다리던 내게 엽서 크기의 스피커에 줄로 이어진 검은색 마이크를 선물해 주셨다. 그때는 마이크를 들고 이리저리 움직이려면 스피커를 허리춤에 달고 다녀야 했는데 지금은 스피커와 일체형인 무선 마이크를 구입해서 쓰고 있다. 마이크 배터리가 충분한지, 소리가 제대로 나는지 점검하는 일은 출근 후 하루를 시작하는 의식이다. 전장에 나가는 병사가 총을 챙기듯, 내가 신규로 돌아간다면 가장 먼저 준비할 도구들을 적어 보았다. 참고로 학생용 물품은 매년 초 배당되는 10만 원 내외의 학습 준비물비를 이용해 구입하면 된다.

스피커 일체형 마이크 목이 아프면 예민해지기 쉽다. 매일 나의 필수템이다.

컴퓨터 타이머와 판서 프로그램 티셀파에서 나온 무료 프로그램인 티백(Tbag)이나 아이스크림(i-scream) 사이트, 클래스123의 수업 도구 모음이 대중적이다.

자석 부착형 대형 액정 타이머 시계 볼 줄 모르는 1학년 아이들과 급식을 먹으면 몇 분 남았는지 30번 정도 답해 주어야 하지만 이 대형 타이머 하나면 문제 해결이다. 과학실이나 체육관 등 외부 교실에서 시간을 알려 주고 싶을 때에도 유용하다. 긴장감을 지나치게 조성하지 않는 선에서 활용하면 아이들의 활동이 늘어지지 않고 시간을 효과적으로 쓸 수 있다.

뽑기 도구 클래스123의 도구 모음을 사용 중이다. 자리 바꾸기 및 발표 등 1년 내내 뽑기 할 일이 은근히 많고, 무엇보다 '운'이라는 요소는 아이들에게 공평하게 느껴지면서도 신나는 선택 방식이다.

프레젠터 단순한 기능이면 충분하다. 교사의 수업 중 활동 영역을 넓혀 준다.

무선 키보드와 무선 마우스 수업도 수업이지만 업무의 질이 확연히 높아진다.

작품 거치대 집게가 달린 A4 크기의 작품 거치대를 사물함 위에 개인별로 두고 사용 중이다. 1주일 동안 배운 것을 정리하는 '함성(함께하는 성찰)' 결과물, 생각 글쓰기, 기타 작품들을 번갈아 게시한다.

게시판 홀더 메모 홀더에 이름을 쓰고 뒤에는 압정을 달아 게시판에 붙여 두면 작품을 교체할 때마다 압정을 빼고 꽂는 대신 홀더에서 바꿔 끼우기만 하면 된다.

학급 일지 학생 지도와 학급 운영뿐만 아니라 민원 상황 시 원활한 대처를 위해서라도 학급 일지는 쓰는 것이 좋다. 최근에는 태블릿 PC를 이용하는 교사들이 많아졌다. 몇 년째 굿노트 앱을 사용 중인데 태블릿 PC와 휴대폰 등이 서로 연동되고, 언제 어디서나 내용을 확인할 수 있어서 만족스럽다.

전자 호루라기 코로나19로 인해 대중화되었다. 배부 또는 대여해 주는 학교가 많다.

장구 자석 작품 게시뿐만 아니라 과제 완료 및 제출 후 '다 했어요' 판의 자기 번호에 붙이는 등 활용도가 높다.

장구 압정 손으로 잡기 쉽고, 투명한 장구 압정을 게시판에 자주 사용하게 된다.

후크 자석 보통 학교 천장에는 못이 박혀 있는데, 거기에 후크 자석을 붙이고 낚싯줄을 걸어 모빌 등을 전시하면 유용하다.

매년 쓸 게시판 제목, 시간표 및 환경 용품들 학기 초에는 교실 환경 구성 외에도 업무가 많고, 환경 보호적인 측면에서도 한 번 제대로 만들어서 매년 재활용하는 것이 좋다.

다색 분필 또는 물분필 분필 특유의 사각거림을 포기하지 못하는 나 같은 사람들이 있다. 발색력과 부드러움이 탁월한 하고로모 분필과 무독성에 다양한 컬러의 크레욜라 분필을 사용 중이다.

적층형 정리 바구니 과제 제출 상자로 쓰기도 하고, 평소에도 교사 물품과 교구들을 바구니에 정리한 채로 사물함과 서랍에 넣어 둔다. 해가 바뀌어 다른 교실로 이사할 때 바구니째로 꺼내 옮기면 자잘한 정리를 다시 할 필요가 없다.

육각 자석 보드과 소형 화이트보드 학생 개인이나 모둠별 의견을 정리하여 공유할 때 유용하다. 비슷한 의견끼리 모으기도 하고, 마인드맵 형태로 구조화시키기도 한다.

기본 활동 도구들 모둠 수만큼의 12색 매직, 색연필, 사인펜, 마커 세트, 10개 내외의 가위와 풀.

연필깎이와 물레방아 테이프 반에 하나 정도는 있는 것을 추천하며, 연필깎이는 많은 아이들이 자주 사용하므로 싸고 예쁜 제품보다는 비싸고 투박하더라도 내구

성이 좋은 제품이 좋다. 현재 연필깎이계의 스테디셀러인 샤파의 기차 모양 연필깎

이를 5년째 사용 중이다.

제본용 스테이플러 온책 읽기 활동지 등 종이 가운데를 집어 책처럼 묶어야 할 때

필요하다. 요즘 나온 제품은 일반 스테이플러로 사용하다가 헤드를 돌려서 제본용

으로도 쓸 수 있다.

라벨기 필수는 아니지만 있으면 요모조모 깔끔하게 이름표 붙일 곳이 많다.

투명 파일과 반투명 라벨지 3월 첫 주, 특히 시업식 날에는 많은 가정통신문이 배

부된다. 인쇄가 잘 지워지지 않는 반투명 라벨지에 번호와 이름을 인쇄하여 투명

파일에 붙여 나눠 주고 1년간 사용하게 한다. 반투명 라벨지는 부착력이 좋고, 떼어

낸 뒤에 자국이 남지 않아 책상이나 사물함, 의자 등 1년간 붙여 두고 써야 하는 곳

에 두루 사용한다. (양면테이프는 자국이 남으므로 사용하지 않는 것이 좋으며, 교

실이 바뀔 때 테이프 자국 클리너로 반드시 흔적을 없애 주는 것이 매너다.)

일머리 없는 사람이
살아남는 방법

머리가 좋은 사람.

일머리가 좋은 사람.

사회에 나와 사랑받는 쪽은 주로 전자가 아닌 후자다. 머리가 좋아도 일머리가 없으면 조직 내에서 답답한 고구마가 되기 쉽고, 머리가 비상하지 않아도 일머리가 뛰어나다면 조직에 대한 적응도, 성공적인 사회생활도 영위하기 쉬워진다.

'일머리가 좋다'의 기준은 주관적일 수 있다. 내가 생각하는 일머리가 좋은 사람은 쓸데없는 일을 하지 않는다. 겹치거나 생략해도 되는 업무는 과감하게 쳐 내고 그 시간과 에너지를 중요한 일에 집중한다. 두서없이 손에 잡히는 대로 일을 하는 것이 아니라 업무의 경중과 순서를 파악하고 체계적으로 일한다. 일에 매몰되는 것이 아니라 본인이 일을 컨트롤한다. 그런 사람들의 머릿속에는 '큰 그림'이 있다.

발령 첫해부터 3년 차까지 나는 무척이나 열심히 일했다. 이보다 더 열심히 일할 수 있을까 싶을 만큼 온 에너지와 시간을 쏟았다. 하지만 항상 시간이 부족했고, 힘이 들었다. 머릿속이 정리된 적이 없었다. 계속 일을 하는데 일이 줄지 않았고, 뭔가 빠뜨린 것 같은 불안감과 압박감에 숨이 막혔다. 절대적인 일의 양이 많기도 했지만 다른 이유 하나는 내 머릿속에 어떤 그림도 그려지지 않았다는 것이다. 그저 눈앞의 허들을 넘고, 숨 고를 틈도 없이 다음 허들을 향해 몸을 던지는 경주마처럼 달려갔다.

그렇다. 나는 일머리가 없는 편이다. 다행인 것은 반복된 경험과 훈련을 통해 일머리 지능도 어느 정도는 향상이 가능하다는 것이다. 초임 때에는 매년 교실 환경을 구성하느라 고민하고 자료를 만들며 밥 먹듯이 야근을 했다. 하지만 이제는 축적된 환경 미화 자료와 노하우로 뚝딱하고 새 학년 교실을 완성할 수 있게 되었다. 매년 변수는 있지만 유사한 경험을 반복하다 보면 예측 가능성과 루틴이 생긴다. 예측 가능성이 생기면 문제 상황에 대비할 수 있고, 루틴이 생기면 작은 노력으로도 같은 양의 일을 할 수 있다. 즉, 경험을 쌓아 자신만의 학급 운영 방식을 만드는 것이 부족한 일머리를 채우는 첫 번째 방법이다.

두 번째 방법은 기존 자료를 활용하는 것이다. 처음 학교에 왔을 때 나는 대부분의 수업 자료를 스스로 연구하고 제작했기 때문에 하루가 항상 모자랐다. 그 과정에서 얻은 것도 분명히 있었지만, 반면에 모든 것을 혼자서 창조해 내려는 욕심 때문에 어느 한 가지도 제대로 완성하지 못할 때도 많았다. '무'에서 '유'를 만들어 내는 것은 대단한 일이지만, '유'에서 나만의 새로운 '유'를 찾아내는 것도 의미 있는 일이다. 그러니 여러 선생님들과 전문가들의 자료를 학급 아이들에게 맞게 변형하고, 아이디어를 더해 완성시키는 것을 추천한다. 대표적인 초등교사 커뮤니티인 인디 스쿨이나 유튜브, 각종 블로그, 학습 사이트(아이스크림, 티셀파 등)에는 나 혼자서는 생각도 못 할 다양한 종류와 놀라운 수준의 수업 자료들이 가득하다.

　　세 번째 방법은 일 잘하는 선생님들을 열심히 보고 배우는 것이다. 어떻게 저렇게 일을 착착착 해낼까, 어디에서 저런 아이디어를 생각해 낼까 싶은 선생님들이 있다. 그런 선생님들과 동학년이 되는 것은 그야말로 축복이다. 바로 옆에서 그분들의 장점을 배울 수 있을 뿐만 아니라, 학년 업무가 원만하게 굴러가는 덕분에 나 또한 학급 운영에 더욱 집중할 수 있었다. 그리고 능력자 선생님들이 내는 아이디어 하나하나도 감탄할 만하지만, 무엇보다 좋았던 것은 열린 사고방식, 행동력, 호기심, 도전 정신 같은 삶의 태도와 가치관을 배울 수 있었다는 것이다. 더불어 최근에는 정부 지침에 의한 탑다운(Top-Down) 방식이 아닌 현장의 필요에 의해 자생적 연구와 실천을 하는 교사 모임이 늘어났다. 현장의 고민을 함께 공감하는 크고 작은 교사 연구 모임을 통해 위로와 성장, 두 마리 토끼를 잡을 수 있을 것이다.

　　더불어 신규 교사 시절 힘들었던 것 중 하나는 맡은 업무의 순서와 내용을 잘 알 수 없었다는 점이다. 학년 말에 업무 인수인계를 하게 되는데 전근 등의 이유로 원활하게 되지 않는 경우가 많고, 한 번에 이해되지 않기도 한다. 그럴 때는 K-에듀파인의 문서대장을 참고하면 유용하다. 문서대장에는 모든 공문과 기안문들이 기록되어 있다. 관련 업무 이름이나 전년도 담당자의 이름으로 문서대장을 검색하면 해당 업무가 어떤 순서로 진행되었는지 이해하는 데 큰 도움이 된다. 그리고 계획서와 보고서 등 첨부 파일의 많은 부분들을 참고할 수 있고, 기안문도 복사 붙여넣기가 가능하니 일이 훨씬 더 수월해진다.

첫 학교에서 고군분투하던 시절, 교사라는 이름표를 달고 학교에 돌아왔지만 나는 여전히 학생이었다. 수업 준비를 효과적으로 하는 법, 차질 없이 맡은 업무를 진행하는 법, 동학년 선생님들과 소통하고 함께 일하는 법을 배우는 학생. 그렇게 치면 지금도 나는 여전히 교사이자 학생이고, 앞으로도 그럴 것이다. 일머리는 없지만 배우려는 마음은 있다. 그렇게 조금씩 성장해 왔기에 나는 내가 부끄럽지 않다. 조금 느리고, 효율성이나 완벽함과는 거리가 있을지언정 자신의 속도대로 성장 중인 일머리 없는 모든 선생님들을 응원한다.

업무 포털과 급여명세서

교사라고 해서 수업만 하면 되는 줄 알았던 건 나의 큰 착각이었다. 학교에는 각종 기안과 품의, 계획과 보고 등 다양한 행정 업무가 기다리고 있었다. 그 행정적인 업무의 중심은 바로 나이스와 K-에듀파인이다. 본 글에서는 내가 속한 서울특별시교육청의 업무 포털 사이트를 기준으로 설명하겠다.

나이스는 교육 행정에 관한 통합 관리 시스템으로서 생활기록부 등 학생들에 대한 정보와 교사 본인에 대한 정보 기록이 핵심이다. 2023년에 4세대로 바뀌면

서 많은 오류가 있었고, 보완과 수정은 여전히 현재 진행형이다. 이 책이 출간될 때

쯤에는 또 많은 부분이 바뀌었을 수 있다. 따라서 대략적인 개념과 기능을 참고하

길 바란다.

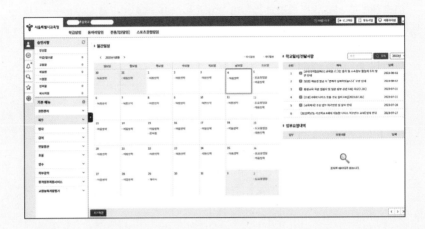

　　　　나이스 접속 시 좌측의 '기본 메뉴'에서는 교사 본인에 대한 인사 정보를 기

록하거나 수정할 수 있다. 주소지 및 가족 사항, 연수 실적을 기입하거나, 급여 및

연말 정산에 관한 정보도 확인 가능하다.

그중 가장 자주 쓰게 되는 기능은 '개인근무상황관리'이다. '기본메뉴-복무-개인근무상황관리'로 들어가면 일반적인 학교 출근을 제외한 조퇴, 병가, 출장 등의 근무 상황을 조회할 수 있다. 사진과 같이 방학 기간도 교육공무원법 제41조에 따른 연수로 신청하고, 교감과 교장의 결재를 받아야 한다. 복무를 올릴 때에는 '신청' 버튼을 누르고 해당되는 근무 상황을 선택한다.

연가, 지각, 조퇴, 외출 시에는 근무 상황을 '연가'로 지정하고 하위 탭에서 세부 항목을 선택한다. 그러면 위쪽에 1년간 쓸 수 있는 '가용연가일수', 이미 사용한 '연가사용일수', 남아 있는 연가를 보여 주는 '연가잔여일수'가 표시된다. 연가와 병가 모두 학년도를 따르지 않고 해가 바뀔 때 갱신된다. 만약 올해 연가를 다 썼다면 '연가당겨쓰기 가능일수'를 참고하여 다음 해의 연가를 미리 쓸 수 있다.

병가, 병지각, 병조퇴, 병외출을 쓸 때에는 근무 상황을 '병가'로 지정하고 오른쪽 세부 항목을 선택한다. 1년간 일반 병가 60일, 공무상 병가 180일이 부여되며, 위쪽에 표시되는 병가사용일수를 제외한 날짜가 남은 병가 일수다. 누적 병가가 6일을 초과하는 경우 진단서 제출이 필요하다. 연가와 병가는 강사 모집이나 보결 수업 일정을 위해 가능하면 사전에 교감선생님과 협의하고, 불가피한 경우에는 최대한 빨리 연락하는 것이 좋다.

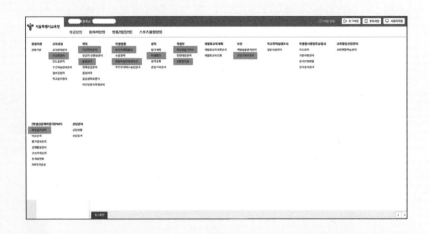

상단에는 학급 운영 및 학생 관리를 위한 다양한 메뉴가 있는데, 출결과 교육과정 탭을 주로 사용하게 된다. 교원 평가, 보건 메뉴 등은 시기에 맞춰 담당 선생님의 안내 메시지를 보고 1년에 한두 번 입력하면 되는 파트다. 평소에는 출결 내역과 성적을 기록하는 데 중점을 두고, 특정 학생에 대한 누가 기록이 있을 경우 창의적 체험 활동의 누가 기록 탭에 입력해 두도록 한다. 이는 학부모에게는 공개되지 않는 부분으로, 추후 문제 발생 시 담임교사의 책임 여부를 따지거나 사안 해결에 도움이 될 수 있다.

매년 나이스 담당 교사가 생활기록부 및 통지표 관련 연수를 시행한다. 처음에는 용어와 메뉴가 낯설겠지만 배부해 주는 연수 자료가 자세하기 때문에 차근차근 따라 하면 큰 무리 없이 나이스를 다룰 수 있다. '쫑알이'나 '행발'이라고도 불리는 '행동발달사항'은 통지표에 적혀 학부모와 학생에게 전달되는데, 민원의 소지가 있어 '장점을 위주로 쓰고 단점은 긍정적인 개선 가능성과 함께' 적도록 지침이 내려온다. 평소 아이들을 주의 깊게 관찰하고, 특성을 파악해 두므로 장점을 쓰는 것은 그리 어렵지 않다. 하지만 아이의 개선할 점을 듣기 좋게 포장해서 문장을 만들어 낼 때면 작가적 창의력이 폭발하는 기분이다. 그 외에 중간에 전출 및 전입 학생이 있을 경우에도 동학년 교사나 나이스 담당 교사에게 문의하면 도움을 받을 수 있다. 요즘에는 교무실무사분들이 관련 업무를 도와주시기도 한다.

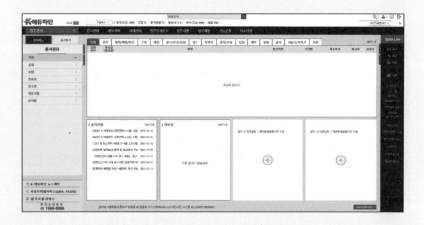

나이스가 교사와 학생의 정보를 기록하는 데 초점이 있다면, K-에듀파인은 공문 처리에 중점을 둔다. 2020년부터 시행 중인 K-에듀 파인은 기존의 에듀파인과 업무 관리 시스템, 자료 집계 시스템을 통합한 것이다. 학교에 도착한 모든 문서들은 그 종류에 따라 분류되어 담당자에게 전달되기도 하고, 홍보 및 안내를 위해 관련된 일부 또는 모든 교사에게 전달되기도 한다.

　　내가 담당자로서 처리해야 할 공문이 있을 경우 가장 상단의 '결재(긴급)'

메뉴 옆에 공문의 개수가 표시된다. 보통 마감 기한이 있으므로 이를 엄수해야 한

다. 결과 제출을 요구할 경우 공문에 안내된 방법과 제출 부서에 따라 '외부 기안'으

로 교육청 등에 제출하거나, 자료 집계 시스템에 올리면 된다. 만약 외부 공문에 대

한 보고가 아닌 운동회 운영 계획서 등 학교 교육과정에 따른 공문을 기안할 경우

에는 '내부 기안'을 올리면 된다. 기안문 양식은 외부 기안과 동일하되, 수신자를 지

정하지 않으면 자동으로 내부 기안 처리된다.

과거의 나에게_22 업무 포털과 급여명세서

기안문은 보통 4인 결재 양식을 활용하고, 결재자는 교사 본인, 담당 부장 교사(검토), 교감(검토), 교장(결재) 순서로 등록하는데, 필요에 따라 행정 주무관이나 실무사를 협조자로 넣어 기안하기도 한다. [개인설정-나의결재선관리-추가]-(결재선 입력)-[저장] 순서에 따라 '나의 결재선'을 저장해 두면 매번 결재자를 지정하지 않아도 되어 유용하다. 보통 학교 교육과정 책자에 결재선을 지정하는 방식이 나와 있으므로 이를 참고하는 것이 좋다.

기안 작성 방법은 신규 교사 연수 자료집이나 기안 작성 매뉴얼 등을 확인하는 것이 정확하지만, 가장 쉬운 방법은 문서 대장에서 내 업무를 담당했던 이전 교사의 기안문을 찾아보는 것이다. [업무포털 - K-에듀파인 - 업무관리 - 문서관리 - 문서함 - 문서등록대장] 순서로 들어가 기안자나 등록 일자를 설정하여 검색한다. 그 후 기안문을 복사한 뒤 붙여 넣고, 파일 이름 및 연도, 공문 번호 등만 바꿔 쓰면 되기 때문에 기안문 작성 과정이 훨씬 수월해진다.

공문 중에서 담당자가 홍보 및 안내 목적으로 나에게 전달한 문서는 '공람'

탭을 선택하여 확인할 수 있다. 대부분의 공문들은 읽어 본 뒤 삭제하게 되지만 중요한 공지 사항이 있는 경우는 꼼꼼히 확인해야 추후 곤란한 일이 없다. 더불어 해외 파견이나 흥미로운 연수 등 자신에게 필요한 정보가 있을 수 있으므로 수시로 확인하고 신청 시기 등을 놓치지 않도록 한다.

K-에듀파인에서는 강사비나 물건 구입 등을 위한 품의 작성도 이루어진다. [K 에듀파인-학교회계-사업관리-사업담당-품의/정산-품의등록] 순서로 접속하여 '신규' 탭을 선택하면 기안문 작성 화면이 나타난다. 이때 내용에는 집행 목적, 예산액, 세부 내역이 드러나게 적으면 되는데, 헷갈릴 때에는 다른 선생님들의 공문 양식을 참고하는 것이 좋다. 중요한 것은 예산 항목을 맞게 선택하는 것과, 행 추가를 눌러 품목 내역을 정확히 입력하는 것이다. 만약 품목 내역이 너무 많을 경우에는 별도 파일로 작성 후 첨부할 수도 있다. 그 후 저장을 누르고 결재를 선택하면 끝이다.

주의할 점은 온라인상에서는 물건 가격 및 재고 수량이 변동되는 경우가 많으므로 기안 직전까지 확인하고, 결재가 나면 신속하게 주문하는 것이 좋다. 더불어 품의 작성 시 예산이 조회되지 않는 경우에는 권한이 부여되어 있지 않을 확률이 높으므로 담당 교사 또는 행정실에 문의한다. 그 외에도 사업 성격 및 규모에 따라 예산의 항목별 사용 비율과 용도가 정해져 있는 경우가 있다. 예를 들면 간식비나 교사 협의회비가 10% 미만이어야 한다든지, 해당 예산은 특정한 목적으로만 사용해야 한다든지 하는 것이다. 마지막으로 학기 초에 안내되는 각종 쇼핑몰 사이트의 학교 아이디와 비밀번호는 잘 저장해 두고, 교육청 및 구청 등에서 배정받은 예산은 12월 전에 남기지 않고 모두 사용하는 것이 권장된다.

교원 봉급표 및 급여명세서

◎ [별표 11]
유치원·초등학교·중학교·고등학교 교원 등의 봉급표 (제5조 및 별표 1 관련)

(월지급액, 단위 : 원)

호봉	봉급	호봉	봉급
1	1,728,900	21	3,295,200
2	1,781,300	22	3,416,800
3	1,834,400	23	3,537,400
4	1,887,300	24	3,658,300
5	1,940,700	25	3,779,100
6	1,993,900	26	3,900,400
7	2,046,600	27	4,026,800
8	2,099,100	28	4,153,000
9	2,152,400	29	4,284,900
10	2,210,700	30	4,417,400
11	2,267,700	31	4,549,400
12	2,326,000	32	4,681,300
13	2,432,000	33	4,815,200
14	2,538,300	34	4,948,700
15	2,644,600	35	5,082,400
16	2,751,100	36	5,215,600
17	2,856,300	37	5,331,500
18	2,966,500	38	5,447,500
19	3,076,000	39	5,563,700
20	3,185,700	40	5,679,200

일반적으로 교사의 초봉은 9호봉부터 시작하며, 급여는 호봉에 따라 지급된다. 위의 호봉표에 나와 있는 봉급은 '본봉'을 의미한다. 본봉은 정근수당과 명절 휴가비의 기준이 되며, 매년 물가 인상률을 반영하여 조금씩 인상된다.

급여명세서는 '나이스-기본메뉴-급여'에서 확인할 수 있다. 서울의 경우 매월 14일 이후 익월 급여 조회가 가능하다. 매월 실수령액은 급여 총액에서 세금과 공제 내역을 제한 금액이다. 1월과 7월에는 정근수당이 지급되고, 설과 추석에는 명절휴가비, 3~5월 사이에 전년도 2개월 이상 근무한 교사들을 대상으로 약 400만 원 내외의 성과급이 지급된다. 2학기에는 추석 명절 휴가비만 지급되므로 1학기가 더 풍요로운 느낌이다.

급여명세서

급여지급년월   성명

[초등학교] [국공립교원/ /교사/ 호봉/ 년]   재직

공무원 구분	행정부국가공무원	급여관리 구분	호봉제	급여직종	국공립교원	최초 임용일	
기관명		급여관리 기관		직위	교사(초등)	현직급 임용일	
보직구분	담임교사	담당과목		교원구분	교사(초등학급 담임)	현직위 임용일	

[세부내역]

급여내역		세금내역		공제내역	
본봉		소득세		일반기여금	
정근수당		지방소득세		건강보험	
정근수당가산금				노인장기요양보험	
정액급식비				교직원공제회비	
교직수당				교원연합회비	
교직수당(가산금4)				식대	
가족수당(배우자)					
시간외근무수당(정액분)					
교원연구비(유.초등5년이상)					
급여총액		세금총액		공제총액	
실수령액					

급여명세서의 급여 내역을 살펴보자면, 정근수당은 1년 이상 근무한 교사들이 받을 수 있으며 1월과 7월에 지급된다. 1년 이상 2년 미만 근무 교사는 본봉의 5%를 받고, 매년 5%씩 늘어나 10년 이상부터는 본봉의 50%를 정근수당으로 받는다. 정근수당 가산금은 5년 차부터 5만 원씩 받기 시작하여 10년 이상 6만 원, 15년 이상 8만 원, 20년 이상 10만 원을 지급받는다.

급여내역
본봉
정근수당
정근수당가산금
정액급식비
교직수당
교직수당(가산금4)
가족수당(배우자)
시간외근무수당(정액분)
교원연구비(유.초등5년이상)
급여총액
실수령액

정액급식비는 말 그대로 점심 식사를 위해 지원되는 비용이며, 교직수당은 교육장, 전문직 및 각급학교에 근무하는 모든 교원이 동일하게 받는 수당이다. 교

직수당(가산금4)은 담임교사에게 지급되는 수당으로 부장교사는 추가로 보직수당을 받는다.

부양가족이 있을 경우 가족수당이 지급된다. 배우자는 월 4만 원, 부양가족은 4인까지 인당 월 2만 원을 받는다. 자녀는 수에 상관없이 첫째 2만 원, 둘째 6만 원, 셋째 이후부터는 10만 원이 지급된다.

시간외근무수당(정액분)은 전월 8시간 근무한 날이 15일 이상일 때 10시간의 초과근무수당을 지급하는 것이다. 조퇴, 병조퇴 등이 있는 날은 출근 일수로 인정되지 않으며(출장은 근무 시간으로 인정), 방학 중에는 15일을 채우지 못해 수당이 나오지 않기도 한다. 2023년 현재 시간외 근무 수당은 19호봉 이하는 11,514원, 20~29호봉은 12,790원, 30호봉 이상은 13,730원이다.

사진에는 없지만 시간외근무수당(초과분)은 초과근무를 상신하고 근무했을 때 받는 수당이다. 월 최대 57시간[*], 1일 최대 4시간까지 인정받을 수 있다. 단, 평일 초과근무는 퇴근 시간 이후 1시간을 제외하고 나서부터 인정된다. 즉, 평일 5시에 퇴근인데 8시까지 일했다면 2시간만 초과근무로 인정되며, 11시까지 일했다고 해도 최대치인 4시간만 인정받는다. 초과근무를 할 때에는 사전에 미리 신청하여 승인을 받고, 퇴근 시 지문을 찍어야 한다. 만약 지문 찍는 것을 잊었다면 교장에게 사후 승인을 받을 수도 있다.

마지막으로 교원연구비는 경력에 따라 차등 지급되는데 5년 차 미만의 교사들은 7만 5천 원, 5년 차 이상의 교원은 6만 원을 지급한다. 단, 도서 벽지에 근무하는 5년 차 미만 교원에게는 7만 8천 원을 지급한다.

교사의 월급이 유리 지갑이라고 불리는 이유는 세금이 월급에서 바로 원천

세금내역		공제내역	
소득세		일반기여금	
지방소득세		건강보험	
		노인장기요양보험	
		교직원공제회비	
		교원연합회비	
		식대	
세금총액		공제총액	

징수되기 때문이다. '소득세'와 소득세의 10%인 '지방 소득세'는 연봉에 따라 달라지며, 각각 정부와 지방에 내는 세금이라고 생각하면 된다.

그 밖에 공제 내역 중 일반 기여금은 연금을 위한 비용이다. 2023년 기준 세전 월급의 약 9%를 낸다. 교사는 지역가입자인 자영업자와 달리 직장가입자로서 건강보험료를 내는데, 급여의 6.67%가 산정된다. 노인장기요양보험료는 건강보험료의 10.25%로 계산된 금액이다. 교직원공제회비는 교직원공제회의 '장기저축급여'에 가입하여 신청한 금액만큼 빠져나간다. 장기저축급여는 복리로 운영되어 시중 은행보다 조건이 유리한 편이다. 월 최대 150만 원까지 저축할 수 있으며, 중도에 해지할 경우 손해를 볼 수 있으므로 신중하게 결정하는 것이 좋다. 마지막으로 식대는 매월 급식비 중 지원받은 정액급식비를 초과하는 금액이 청구된다.

---

[3] 시간외근무시간(초과근무시간)은 월 단위로 계산되며, 1시간 미만은 절사한다. 즉, 한 달 간의 총 초과근무시간이 2시간 35분이라면 2시간으로 계산된다.

내 동료가 돼라!

나는 혼자 일하기를 좋아한다. 사람들을 싫어하는 것은 아니지만, 타인에 대한 관심은 매우 선택적이다. 사람과 함께할 때 즐겁기도 하지만 기본적으로 에너지가 소모되는 기질을 타고났다. 더불어 인간관계에서 오는 스트레스를 겪으니 혼자 감당하는 쪽이 편하게 느껴지기도 한다. 무엇보다 대한민국 교실에서 집단지성의 힘 대신 무임승차의 폐해를 더 많이 목도해 온나는 함께 일하는 법을 배우지 못한 채 어른이 되었다.

큰 문제는 없었다. 첫 학교에서의 10년은 무난했다. 업무 폭탄을 받았던 해도, 전체가 고작 두 반뿐이었던 6학년의 담임을 맡아 수많은 학폭에 시달렸던 해도 어떻게든 지나갔다. 주어진 일들은 잘하든 못하든 마침표는 찍을 수 있었다. 남에게 아쉬운 소리를 들을 일도 없고, 반대로 내가 할 일도 없이 동학년 간에 최소한의 교류를 남기고 강산이 한 번 바뀌었다.

학교를 옮긴 첫 해, 다시 6학년을 맡았다. 교무부장에 6학년 부장까지 맡아 주신 학년 부장선생님과 5명의 담임선생님까지 총 6명의 동학년이 만났다. 20대부터 40대 후반까지 나이는 제각각이었지만 동학년 선생님들끼리 마음이 찰떡처럼 맞았다. 만나기만 하면 누군가 깔깔 버튼을 누른 것처럼 웃기 바쁜 시간이었다. 함께하는 시간이 너무도 즐거웠고, 모두가 놀랄 만큼 재능이 넘치는 사람들이었다. 재미있는 놀이와 수업 자료가 있으면 공유하고, 밖에서도 수시로 만나 친목을 다졌다.

이듬해, 맏언니였던 선생님 한 분과 부장선생님이 아쉽게도 전근을 가셨다. 그리고 나를 비롯한 나머지 4명은 운 좋게도 함께 4학년을 맡아 다시 한번 동학년이 되었다. 아래는 당시 예상치 못한 코로나19의 확산으로 첫 온라인 개학을 맞이하고 일주일째 되던 날의 일기다.

호기심으로 맞이했고, 부담감으로 준비했다. 무수한 시행착오를 겪었고, 주말이 되자 더는 뇌를 쓰고 싶지 않을 만큼 방전된 느낌을 받았다. 하지만 요즘 나는 매일이 즐겁다. 새로움이 있고, 그 새로운 도전을 함께하는 유쾌하고 똑똑한 동료들이 있다.

세상의 많은 일들이 그렇지만, 온라인 수업이야말로 혼자서는 하기 힘든 작업이다. 우선 학습 목표를 확인하고, 인터넷을 유영하는 수많은 자료를 탐색한다. 쓸 만한 자료들을 선별한 뒤에 학생들의 수준과 성향에 맞게 변화시킨다. 적절한 자료를 찾지 못했을 때에는 무에서 유를 창조해야 한다. 저작권 문제를 해결하지 못해 그림을 직접 그리기도 하고, 슬라이드를 만들어 녹음을 하거나 영상을 찍기도 했다. 기특하게도 어린아이가 혼자서 컴퓨터를 켜고 웹사이트에 로그인까지 했다면, 수업과 과제 활동을 하는 데 어려움이 없도록 효과적으로 안내도 해야 한다. 부모의 손길을 최소화하면서 혼란 없이 수업 활동에 참여할 수 있도록 친절한 설명이 필요한 것이다. 이러한 일련의 과정을 혼자 해낸다는 것은 상상만 해도 숨이 턱턱 막힌다.

이처럼 홀로 감당하기 어려운 일을 분담한다는 장점에 더하여 새롭게 느낀 협력의 가치는 '다름'이 만들어 내는 시너지다. 현재 우리 학년의 선생님들은 취향, 성격, 일을 하는 방식, 일 처리 속도가 모두 제각각이다. 그 다름이 온라인 수업을 하며 장애가 될 거라고 생각한 적은 없다. 하지만 반대로 이득이 될 거라고 예상하지도 못했다.

똑같이 일을 시작해도 누군가는 멀리까지 내다보고, 큰 그림을 그린다. 누군가는 기발한 아이디어를 내고 살을 붙인다. 그리고 나 같은 사람은 계속해서 돌아보며 부족한 것이 없는지를 확인한다. 마치 옷 한 벌을 만들더라도 그 옷을 디자인하고, 재단하고, 제작하고, 검수하여 포장하는 사람이 제각각이듯 우리는 각자의 속도에 맞게 서로 다른 일들을 동시에 하고 있다. 그리고 그 과정을 통해서 수업은 점점 더 다듬어지고, 완성되어 간다.

이러한 분담은 누가 정하거나, 시켜서 생겨난 것이 아니다. 겉다 보면 어느새 발걸음이 맞춰지듯 함께 일을 하는 동안 자연스럽게 빚어진 시스템이다. 그것이 신기하고, 즐겁다. 기름칠이 잘된 톱니바퀴처럼 우리의 수업 준비는 서로의 아귀에 맞물려 뚝딱뚝딱 돌아간다. 각자의 능력에 진심으로 감탄하고, 노력과 열정에 감사를 아끼지 않는다.

교직 사회에 들어온 뒤로 이렇게 매일 누군가에게 감사하다는 말을 자주 한 적이 있었던가. 이렇게 수업 연구에만 오롯이 하루를 쏟은 적이 있었던가. 아이들과 소통하는 시간은 그 무엇보다도 값지지만, 따지고 보면 학생들을 가르치는 시간은 연구하는 시간이 아니라 쏟아 내는 시간이다. 하교 후 교실을 정돈하고, 잡무를 처리하다 보면 수업 준비는 고작해야 한두 시간이다. 그런데 요즘은 출근해서부터 퇴근할 때까지 수업에 대한 생각을 하고, 수업에 대한 이야기를 나눈다. 적어도 아직까지는 그것이 새롭고, 즐겁고, 뿌듯하다.

아이들을 만나지 못해 아쉽고, 안타까운 해였다. 듣도 보도 못한 시스템과 업무로 정신이 없기도 했다. 하지만 분명 새로운 의미의 기쁨을 발견한 시기이기도 했다. 그 전에도 나는 내 직장에 만족감을 갖고 있다고 생각했지만, 손발도 맞고 마음까지 맞는 직장 동료를 얻는 만족감은 차원이 다른 것이었다. 어려울 때 힘이 되고, 즐거움은 배가 된다는 말이 진실로 다가왔다. 무엇보다 놀라웠던 것은 내가 그들로 인해 교사로서 더욱 성장할 수 있었다는 것이다.

혼자서 모든 것을 감당하며 근근히 참아 내는 동안 능숙한 교사인 척은 할 수 있었다. 잔소리를 들을 필요도, 부탁을 할 필요도 없었다. 즐거움은 학교 밖에서 찾았고, 직장은 아이들을 바라보며 버텨 내는 공간이었다. 하지만 동료가 생기자 학교에서의 나는 개구쟁이가 되었다. 실수도 하고, 사과도 하고, 도전도 했다. 그만큼 더 많이 웃었고, 더 많이 배울 수 있었다. 모인 사람의 수만큼 다양한 생각과 경험을 나누었다.

타고나기를 외골수로 태어난 나는 요즘도 수업이 끝나면 교실에 틀어박혀 오후를 보낼 때가 많다. 하지만 이제는 우리 반을 찾는 선생님의 노크 소리가 반갑고, 동학년 회의 시간이 또 다른 충전의 시간처럼 느껴진다. 옆 교실 문을 두드리기 전에 방해가 되는 것은 아닐까 고민하는 소심쟁이의 습관은 남아 있지만, 용기를 내어 이것저것 주고받는 넉살이 조금은 생겼다. 이 또한 내가 직장인으로서 조금 더 사회화되었다는 뜻인 것 같아 스스로 대견한 마음이 든다. 늦으면 좀 어떠한가. 나는 이제라도 함께 일하는 법을 배워 가고 있는 내가 기특하다.

교육 프로젝트,
교원학습 공동체, 교원단체

학교라는 공간은 자기 하기 나름인 곳이다. 내가 어떤 길을 택하느냐에 따라 철저하게 독립적인 생활을 할 수도 있고, 반대로 인생의 베프를 만나 온갖 수다를 떨며 직장 생활을 할 수도 있다. 어느 쪽이든 장단점이 있으니 개인의 성향에 맞게 선택하면 되겠으나, 나는 개인적으로 일터에 친구가 생기는 것만큼 직업 만족도를 높이는 것도 없다고 느꼈다.

물론 나는 돈을 받고 일하는 전문직 교사이므로 친구가 된 다른 선생님들과 함께 보다 교육적이고 생산적인 일을 해야 한다고 믿는다. 우선 동학년 선생님들과 친밀한 관계를 유지할 경우, 다양한 수업 및 평가 자료를 더욱 활발하게 공유할 수 있고, 학년별로 함께 운영해야 하는 행사 진행 시 의사소통이 원활하다. 게다가 그 한 걸음 한 걸음이 즐거우니 일석이조가 아닐 수 없다.

그 외에도 교육청에서 추진하는 교육 프로젝트에 참여하거나 교사들끼리 교원학습 공동체를 구성하는 것도 좋았다. 하나의 주제를 정하고 계획을 세워 교육 연구 및 실천을 한다는 점에서는 대체로 유사하지만, 신청 대상 및 운영 방식에 차이가 있다.

예를 들어 서울시교육청에서는 초등학교 1, 2학년 안정과 성장 맞춤 교육 과정을 기반으로 하는 '꿈잼 네트워크(꿈잼)'와 3~6학년을 대상으로 협력적 창의 지성·감성 교육과정을 운영하는 '우리가 꿈꾸는 교실(꿈실)' 참여 신청을 매년 초에 받는다. 예전에는 교사 1인이 신청할 수도 있었지만 지금은 동학년 전체가 함께 참여하는 것을 전제로 한다. 학기 초에 신청서를 제출하고 교부되는 예산을 계획서에 맞게 집행하면 된다. 이때 교사들의 예산 집행 자율성이 매우 높아 다양한 교구 및 활동 자료를 구입할 수 있다. 나는 3년 연속 꿈잼과 꿈실을 해 온 덕분에 매년 풍성한 체험 및 교육 활동을 할 수 있었다. 대신 활동사진 찍는 것을 잊지 않아야 마지막에 보고서 작성이 수월하다. 학교에서 주어지는 준비물 구입 예산이 빠듯하다고 느꼈던 교사라면 이런 추가적인 프로젝트를 활용하기를 권한다. 다만, 선생님들마다 생각과 상황이 달라 계획서와 보고서 작성, 예산 운용을 번거롭게 느낄 수도 있다. 그럴 경우 무리해서 프로젝트를 추진하면 오히려 불만과 갈등이 생길 수 있으므로 동학년 교사 전체의 동의를 바탕으로 추진되어야 한다.

한편, 교사라면 누구나 학년 초에 교원 학습 공동체를 개설할 수 있는데, 교육청에서 추진하는 프로젝트보다 교사의 자발성, 동료성, 책무성을 강조하는 수업 연구 및 실천 공동체의 성격을 띤다. 나는 '동화책을 활용한 감성 글쓰기 교육'이나 '학급 긍정 훈육법(PDC)에 기반한 학교폭력 예방'과 같은 주제로 교원 학습 공동체에 참여했었다. 이때에도 일정 예산을 교부받아 사용할 수 있다. 조직은 교내에서 이루어질 수도 있고, 서로 다른 학교에 근무하는 선생님들끼리도 가능하다. 친한 선생님들이 여러 학교에 뿔뿔이 흩어져 있을 때 교원 학습 공동체를 신청하여 주기적으로 만나 수업 연구를 진행하는 것도 유용해 보인다. 다만 이 경우에도 참여 교사들 사이에 균형 있는 업무 분담이 이루어지도록 서로 배려가 필요하다.

교직 생활에서 폭넓은 관계를 형성하고, 동료성을 느끼는 또 하나의 방법은 교원단체를 활용하는 것이다. 가장 대표적인 교원단체는 한국교원단체총연합회(교총)와 전국교직원노동조합(전교조)이지만 엄밀히 말하면 교원단체인 교총은 '교육 기본법'과 '교원의 지위 향상 및 교육 활동 보호를 위한 특별법'에 기반하는데 반해 전교조는 '교원의 노동조합 설립 및 운영 등에 관한 법률'에 따라 만든 노동조합이다. 따라서 전교조에는 교사만 가입이 가능하고, 교감이나 교장 또는 전문직으로 전직한 사람은 가입이 불가하다. 2000년대 이전만 해도 위의 두 단체가 교원단체의 주인공 자리를 두고 각축을 벌였지만, 이제는 교사의 전문성 함양과 교육적 실천을 공유하고자 다양한 색깔을 지닌 크고 작은 교원단체들이 생겨났다.

현존하는 교원단체를 성격에 따라 크게 두 갈래로 나눠 보자면, 하나는 교원의 지위와 권익 향상을 위해 정부와 협의하고 교섭하는 데 중점을 두는 단체들이다. 앞서 언급한 전교조나 교총, 서울교사노동조합이 해당된다. 다른 하나는 교육 전문성을 추구하는 교사 모임으로서의 교원단체들이다. 인디스쿨, 참쌤스쿨, 실천교육교사모임, 미래교실네트워크, 새로운학교네트워크 등 교육적 경험과 연구를 공유하고 자료를 개발하는 활동이 활발하게 일어나고 있다.

과거의 교원단체는 국가가 교육의 방향을 통제하기 위한 방편으로서 이용되기도 했고, 인맥을 쌓아 승진을 하기 위한 교두보로 여겨지기도 했다. 반대로 교육 민주화를 부르짖으며 각종 탄압 속에서 활동을 하는 경우도 있었다. 하지만 최근에는 교사의 권리를 보호하고 목소리를 내기 위해 교원단체에 참여하는 경우가 늘어났다. 실제로 교원단체들은 현장 교사들에게 법률적 자문 및 지원을 제공하고 있으며, 다양한 교육 문제에 대해 의견을 제시하고 있다. 교권이 지나치게 약화되고 교육의 가치가 위협받는 시대적 상황 속에서 교원단체 가입은 교사 자신과 교육의 질을 지키기 위한 선택 아닌 필수 조건이 되어 가고 있다.

할 수 있음에 대해 관대해지기

책을 쓰고 싶었던 것은 아주 오래전이다. 초등학교 시절 독서록에 작가 이름과 출판사를 끄적일 때마다 내 이름이 적힌 책이 있다면 어떤 기분일까 생각했었다. 어른이 된 후에도 서점 구석을 서성이며 오래된 꿈을 떠올리곤 했다.

막연히 꿈만 꿨던 것은 아니다. 꾸준히 블로그도 운영해 보고, 출판 관련 서적도 읽었다. 그럴 때면 마음에 불을 지핀 듯 의욕이 충천해서 내일이라도 책을 완성할 사람처럼 키보드를 두드렸다. 그런데도 불구하고 나의 책 쓰기는 완주를 한 적이 없었다. 그 이유의 대부분은 내 능력에 대한 불신 때문이었다.

글을 쓰는 것을 좋아한다. 일기장은 친구 사귀는 것에 서툰 나의 가장 오래된 벗이었다. 펜과 종이는 매사에 느린 내가 단어를 주워 담아 펼쳐 놓을 때까지 언제까지나 기다려 주었다. 하지만 책을 읽을 때마다 느꼈다. 아, 이렇게 글을 써야 작가가 되는구나. 어떤 작가의 책을 읽을 때에는 감동을 넘어 좌절감마저 들기도 했다. 너무나도 부족한 나의 필력에 실망하고,

피나는 노력을 거듭했을 작가들을 떠올리며 이 정도의 능력으로 책을 쓰려는 것이 부끄러워졌다. 그렇게 자기 비하를 반복하는 동안 내 글에는 시작만 있고 끝이 없었다.

그 후 미국에 머물며 공부할 기회가 생겼다. 평소에도 질문을 자주 던지던 교수님이었는데, 하루는 이런 물음으로 수업을 시작하셨다.

"Can you draw?"

순간 정적이 흘렀다. 우리 과에는 광고나 마케팅, 언론에 종사하는 대학원생들이 많아 듣는 귀보다 말하는 입이 많았고, 항상 시끌벅적했다. 그런데 매사에 'Fantastic!'을 외치며 나서던 적극적인 친구들이 그날따라 선뜻 손을 들지 않았다. 수십 명의 학생들 중 슬그머니 손을 올린 건 고작 두세 명뿐이었다.

"Can you dance? Can you sing?"

이어지는 교수님의 질문에 대해서도 반응은 비슷했다. 강의실 안에 망설임이 넘실거렸다. 교수님은 유치원에 가서 똑같은 질문을 하면 대부분의 아이들이 주저 없이 손을 든다고 말씀하셨다. 우리는 자라면서 노래와 춤, 그림에 대한 공부도 경험도 더 많이 하게 되는데, 왜 아무것도 모르던 어린아이일 때보다 할 수 있는 것이 오히려 줄어드는지 또 한 번 질문을 던지셨다.

정확히 말하면 어린아이일 때보다 할 수 있는 것이 줄어든 것은 아니다. 현재의 나는 유아기의 나보다 훨씬 많은 기능을 습득했다. 다만, 내가 할 수 있는 것이 늘어남과 동시에 머릿속의 제약도 함께 늘어났다. 실제로 할 수 있는 것은 많아졌지만, 나를 주저하게 만드는 벽까지 늘어나 버린 것이다. 그 벽은 마치 유리 같아서 평소에는 잘 보이지 않지만, 무언가에 도전을 해야 하는 때가 오면 여지없이 내 앞을 가로막는다. 마치 책을 쓰려는 나의 도전이 매번 무너져 내렸던 것처럼 말이다.

많은 어른들이 자신이 할 수 있는 것을 할 수 없다고 믿게 된 이유는 평가를 받는 것이 당연한 환경에서 살고 있기 때문이다. 일등과 꼴등이 있고, 그 사이에서도 다시 수백 수천 가지 스펙트럼으로 순위가 매겨진다. 그 중에서도 학교는 가장 철저하게 잘함과 못함을 구분 지어 주는 장소다. 학년이 올라갈수록 자신감과 의지는 떨어지고, 수업 시간에 손을 들 수 있는 용기는 점점 사라진다.

한국으로 돌아갈 날을 앞두고 나는 아이들에게 평가하는 교사가 되어야 할지, 자신감을 키워 주는 교사가 되어야 할지 고민했었다. 무엇을 잘하고 못하는지 피드백을 주는 것은 학생의 성장을 위한 교사의 중요한 의무이지만, 아이들의 가능성과 의지를 꺾고 싶지는 않았다. 복직 후 교사로서 평가자가 되는 숙명을 피할 수는 없었다. 하지만 관찰과 진심을 담은 칭찬과, 가능성을 담은 피드백이 함께하는 평가는 단순한 줄 세우기와는 확연히 다른 영향을 끼친다는 것을 되새겼다.

무엇보다 교사인 나부터 변하기로 했다. 즉, 나는 내가 '잘' 할 수 있는 것만을 '할 수 있는 것'으로 한정시키고, 잘함과 못함 중 후자로 평가받을

---

14 잭 D. 핫지, 『습관의 힘』, 김세중, 아이디북, 2004 ➡ 뒷페이지

만한 행동은 아예 '할 수 없음' 폴더로 분류하는 버릇을 고쳐 나가기로 한 것이다. 그렇게 그동안 해 보지 않았던 일들을 하기 시작했다. 영어 스터디를 나가고, 봉사활동을 시작하고, 다양한 운동과 경험에 도전했다. 그리고 다시 글을 쓰기 시작했다. 책을 쓸 이유는 충분했다. 누군가에게 큰 울림을 주지 못하더라도 쓸 수 있고, 쓰는 게 좋으니까.

'습관의 힘'[17]이라는 책에서 4분 장벽에 관한 이야기를 읽은 적이 있다. 과거에는 1마일을 4분 안에 달리는 것이 불가능하다고 믿었다고 한다. 그러던 중 막상 한 명이 4분의 기록을 깨자 고작 46일이 지나고 다른 사람들도 그 장벽을 깨뜨리기 시작했다. 이제는 대부분의 육상 선수가 4분 장벽을 깨고 있다. 이처럼 내가 무엇을 할 수 있다고 믿는지 여부가 가능과 불가능을 결정짓기도 한다.

나의 몇몇 불쌍한 능력들은 우수하지 못하다는 이유로 애초에 존재하지 않는 것처럼 거세당해 버렸다. 도전을 시작하며 잘할 수 있을지부터 생각하는 습관이야말로 성장과 즐거움을 가로막는 허들이다. 나는 내가 할 수 있음에 관대한 사람이 되었으면 좋겠다. 그리고 내가 만나는 아이들이 어른이 된 뒤에도 앞선 질문들에 마음껏 손을 들 수 있는, 뻔뻔하고 당당한 사람으로 자라나기를 소망한다.

직장 권태기에는 크게 세 종류가 있다고 한다. 업무 과부하에 의해 방전된 것 같은 상태인 번아웃(Burn-out), 지루하고 단조로운 업무로 인해 의욕 상실을 느끼는 상태인 보어아웃(Bore-out), 그리고 연차가 쌓이며 열정이 사라지는 브라운아웃(Brown-out)이다.[33]

신규 교사와 권태기는 전혀 관련이 없을 것 같지만 실제로 그렇지 않다. 일이 많으면 많아서 번아웃이 오고, 일이 쉬우면 지루해서 보어아웃이 온다. 시간이 지나 10년 넘게 교직에 있다 보면 내 안의 불꽃이 사그라들며 브라운아웃이 오는 것도 자연스러운 현상이다.

나 또한 첫 학교에서 업무와 행사에 시달리며 번아웃을 느꼈다. 매일매일이 피곤하고, 일을 계속 해도 끝나지 않는 느낌에 막막하고 지쳐 갔다. 내 자신의 능력이 의심스러웠고, 언제까지 이 생활을 지속해야 할까 두려웠다. 다행히 때맞춰 휴직을 하며 첫 번째 권태기는 자연스럽게 극복되었다.

---

[33] 이시영, "문화산책 마음도 건강이 필요하다", 영남일보, 2022.12.08.

복직 후 시간이 지나자 보어아웃이 찾아왔다. 수업을 하고 아이들을 대하는 요령이 적당히 생겼을 때라 큰 문제 없이 하루하루가 굴러갔다. 딱히 학교 생활이 힘들지는 않았지만 재미도 느낄 수 없었다. 비슷한 시간표, 비슷한 아이들, 비슷한 공간에 매일 나를 집어넣는 것이 숨이 막혔다. 그 시기의 나는 달력에 가위표를 치며 방학만을 손꼽아 기다렸고, 최대한 늦게 출근해서 빨리 퇴근하는 것을 목표로 삼았다.

이직을 해 본 사람보다 해 보지 않은 사람을 찾아보기가 더 어려운 요즘, 한 직장에서 일한 지 15년이 되어 간다. 아직 브라운아웃까지 경험하지는 못했지만 종류와 정도의 차이가 있을 뿐 권태기는 나를 몇 번이고 찾아왔다. 그럴 때마다 직장 권태기를 극복하는 나름의 방법은 바로 삶의 분산투자였다. 학교 생활에 올인할수록 그 삶이 지루해졌을 때 오는 무력감은 클 수밖에 없다. 무엇이든 시간이 지나면 익숙해지고, 익숙함은 지루함으로 이어지기 마련이다. 따라서 삶에서 새로움과 긴장감을 느낄 수 있는 부분을 마련해 두어야 한다. 즉, 내 가슴을 뛰게 할 무언가를 만드는 것이다.

그런 의미에서 겸직은 매력적이다. 교사로서 평생 학교 붙박이가 아닌 다른 분야의 직업을 가질 수 있다는 것이 왠지 설레지 않은가. 국가공무원 복무규정에 따르면 교사는 기본적으로 겸직이 금지되어 있지만, 일부 업종에 있어서는 겸직이 가능하다.

- 교원 인터넷 개인 미디어 활동: 유튜브, 블로그, 개인 방송 등
- 강의 및 연구 활동: EBS 강의, 교사 연수 강의, 대학 출강, 연구원 활동

- 각종 법령에 의한 위원회 활동: 시험 출제 위원, 신문 편집 위원 등

- 교육 자료 집필·검토 활동: 검정 교과서, 교육청 주관 자료, EBS 교재 등

- 각종 연주회, 공연, 전시 활동

- 창작 활동: 작곡, 작사, 출판, 그림, 사진, 이모티콘 출시 등

- 부동산 임대업

　　일의 종류와 형태가 다양한 데 비해 나라에서 정한 법률적 기준은 상당히

포괄적이다. 따라서 겸직 신고를 할지 여부는 모호할 때가 많다. 이때 염두에 두어

야 할 것은 '지속성'과 '수익성'이다. '수익'이 발생하는 활동을 '꾸준히' 하고 있다면

일단 관리자와 협의하여 겸직 신청을 하는 것이 안전하다. 그리고 그 일이 직무에

방해가 되거나, 교원의 의무를 침해하거나, 명예를 실추시켜서는 안 된다. 예를 들

어 블로그 활동 중 금전이나 제품을 협찬받는 일은 '국가공무원 복무·징계 관련 예규'에 따라 금지된다.

또 하나 중요한 점은 사전에 학교장의 허가를 받아야 한다는 것이다. 나는 얼마 전까지 한 지역의 어린이 신문 편집 위원으로 활동했었다. 평소 미디어 리터러시에 관심이 있었기에 신문의 디자인과 폰트 등을 교정하고, 글을 살피고, 더 나은 아이디어를 주고받는 회의 시간이 색다르면서도 뿌듯하게 느껴졌다. 물론 이때도 해당 지역 구청에서 공문을 받아 교감에게 외부 활동 신청서를 제출하고 교장에게 최종 허가를 받는 과정이 선행되었다.

한편, 본격적인 겸직이 아니더라도 일상에서 가슴 뛰는 도전은 얼마든지 할 수 있다. 바로 취미 생활이다. 취미를 찾는 것은 나를 발견하는 과정이다. 무엇을 좋아하고, 무엇이 나를 행복하게 하는지 하나씩 찾아 나가는 것이다. 무엇을 원하는지 모른 채 우는 아이를 달래는 것만큼이나 내가 뭘 좋아하는지 모르면서 스스로를 행복하게 만드는 것도 어려운 일이다. 즉, 나에 대해 알게 될수록, 나를 행복하게 만드는 것도 쉬워진다.

전에는 뭘 좋아하는지 물어도 '아무거나'라고 답하거나 우물쭈물하다가 '생각해 본 적 없어'라고 말하기도 했다. 스스로에 대한 충분한 탐색을 할 여유가 없었고 필요성도 깨닫지 못했던 시기였다. 완전한 '자기 탐색'이란 삶이 끝날 때까지 마치지 못할 과업이겠지만, 10대보다 20대의 내가, 10년 전보다 지금의 내가 나를 더 깊이 이해하고 있다는 것만은 확실하다.

취미를 갖는 방법은 다양하다. 일단 가장 좋은 방법은 사람을 만나는 것이다. 나와 다른 타인을 만나는 것만으로도 우리는 새로운 경험에 노출된다. 다양한 취미를 가진 사람들을 만나는 것은 일상에 자극을 준다. 생각해 보지도 않았던 일에 도전하고 싶어지고, 그러다 보면 인생 취미를 찾게 될지도 모르는 일이다. 더불어 여러 가지 취미를 가진 사람들의 추천과 도움을 받을 수 있다는 점, 새로운 친구를 사귀며 인간관계가 넓어지는 것은 덤이다.

직장 동료 외에 다른 분야의 사람들을 만나는 방법으로는 최근 등장한 여러 가지 소셜 플랫폼을 활용할 수 있다. '소모임'처럼 제 분야의 모임이 개설되어 있는 앱이나, 사람을 만나는 것에 초점을 둔 우트, 친구 사이, 크리에이터 클럽-열정에 기름붓기 등의 소셜 모임이 있다. 그리고 탈잉, 클래스101, 웬지, 솜씨당 등 다양한 원데이클래스 및 강좌를 제공하는 앱이나 플랫폼을 통해 배움과 인간관계를 동시에 키워 갈 수도 있다.

어떤 취미를 가져 볼지부터가 고민이라면 본인이 잘하거나 익숙한 것을 살펴보는 것이 좋다. 사람은 잘하는 것을 할 때 즐겁기 때문이다. 내가 취미를 탐색하던 시기는 미국 유학 생활을 마치고 돌아온 후 복직을 했을 때였다. 원어민 수준은 아니지만 영어에 대한 두려움이 어느 정도 허물어져 있던 상태라 영어 회화 소모임을 선택했다. 덕분에 빠르고 즐겁게 적응할 수 있었고, 곧 운영진으로 활동하며 사람들과 시사, 문학, 일상의 다양한 주제를 갖고 대화를 나누는 유익한 경험을 할 수 있었다.

만약 잘하는 것이 떠오르지 않는다면 경험해 본 것부터 확장해 보는 것도 좋다. 이미 해 본 일이라면 도전에 대한 진입 장벽을 낮출 수 있는 힘이 된다. 나는 대학교 시절 몇 년간 장애인 학교에서 봉사활동을 했었고, 그 경험을 떠올리며 큰 부담 없이 봉사 동호회에 들어갈 수 있었다.

마지막으로 예전부터 하고 싶었던 것에 도전해 보는 것은 어떨까? 어릴 때의 꿈, 어른이 되면 하고 싶었던 것, 언젠가 죽기 전에 꼭 한 번은 해 보고 싶은 것을 떠올려 보자. 나에게는 그 일이 책을 쓰는 것이었고, 출판 동호회에 들어갔다. 글의 종류나 모임 방식 등이 나와는 잘 맞지 않았기에 얼마 안 가 그만두었지만 글쓰기를 좋아하는 사람들이 세상에 이렇게 많다는 것을 느끼고 더욱 글을 쓰고 싶은 마음을 갖는 계기가 되었다.

현직 국어 교사이자 작가인 이형준 선생님은 그의 책에서 그저 알고 있는 옛 지식을 끊임없이 그대로 써먹는, 하급 기술자로 전락해 버리는 것이야말로 교사에게 가장 무서운 일이라고 말한다.[34] 나 또한 그렇다. 누군가에게는 그것이 교사라는 직업의 장점일 수도 있겠으나, 그렇게 하급 기술자로서의 삶을 사는 것은 한 번뿐인 내 삶에 미안한 일이다. 교사는 그 자체로 하나의 교육과정이다. 교사가 얼마나 폭넓은 경험을 지녔는가 하는 것은 교실에서 이루어지는 교육의 질로 직결된다. 따라서 경험과 성장을 위한 취미 탐색을 지속하는 일은 내 안의 교육과정을 업그레이드하는 일이기도 하다.

그래서 지금 내가 얼마나 '많은' 취미를 갖고 있는지, 어떤 '가시적인' 성과를 이뤄 냈는지 묻는다면 글쎄. 울트라 마라톤을 완주하거나 100여 가지가 넘는 자격증을 취득했다고는 말할 수 없다. 나의 목표는 애초부터 취미를 수집하는 것이 아닌 많은 것을 경험하는 것 자체였다. 그것이 꼭 물질적이거나 공식적인 결과로서 보여지지 않더라도 그 과정은 이미 유의미하다.

한국 사람들은 타이틀에 집착한다. 실제로 그것이 힘이 있기도 하다. 그래서 약력에 넣을 만한 몇 글자를 따내기 위해 애쓰다가 정작 그 과정을 놓치곤 한다.

하지만 우리의 삶은 마침표에 존재하는 것이 아니다. 문장의 시작과 끝, 그 사이에 우리의 삶이 놓여 있다. 죽음을 마주하고 눈을 감는 순간의 상태가 나를 완성하는 것일까? 세상에 태어나 마지막 숨을 내쉴 때까지의 매 순간순간이 의미를 만들어 낸다. 삶의 길 위에서 내 안에 새겨진 모든 것들이 바로 나의 타이틀이다.

[34] 이형준, 신규교사를 위한 자기 성장 매뉴얼, 하늘아래, 2018, p.17-18

가성비 나쁜 직업

교사들이 학교를 떠나고 있다. 2022년 3월부터 이듬해 4월 말까지 퇴직한 전국 국공립 초중고 교사의 수는 6년 전에 비해 43%나 증가했다. 저연차 교사의 조기 퇴직률도 그 어느 때보다 높다. 1년간 근속 연수 5년 미만의 교사 589명이 퇴직했으며, 이는 전년에 비해 2배 가까이 늘어난 것으로, 2017년 이래 가장 높은 수치다.[35] '평생직장'이 교직의 최대 장점이었던 시기가 있었고, 지금도 교사의 정년은 62세까지 보장되어 있다. 하지만 많은 교사들의 소망은 그 전에 학교로부터 탈출하는 것이다.

워라밸이 강조되면서 적게 일하고 많이 버는 직장을 찾는 사람들이 늘어났다. 이제 가성비는 물건을 살 때뿐만이 아니라 직업을 고를 때도 단골로 등장하는 단어다. 그리고 교사는 가성비가 좋지 않은 직업 중 하나가 되어 버렸다. 차분히 내신 점수를 쌓아 교육대학교나 사범대학교, 또는 교육대학원을 졸업하고, 임용고사를 합격하기까지 교사가 되기 위해 들여야 하는 노력과 시간, 비용은 만만치 않다. 요즘은 교직의 인기가 사그라들면서 과거에 비해 임용고사 경쟁률도 낮아졌다고는 하지만 왜 그 노력으로 선생님이 되었느냐는 질문을 종종 듣곤 한다.

초임 교사의 급여표는 그 생각에 더욱 힘을 실어 준다. 대부분의 초등교사들은 9호봉으로 교직 생활을 시작하는데, 첫 해에 일반적인 월 실수령액은 200만 원을 겨우 넘는다. 성과급은 전년도의 근무 평가를 기반으로 지급되므로 임용 후 다음 해가 되어야 받을 수 있다. 1월과 7월에 나오는 정근수당, 설과 추석에 나오는 명절 휴가비도 본봉에 대한 %로 결정되기 때문에 본봉 자체가 낮은 임용 첫 해에는 얼마 되지 않는다. 그런데 신규 교사라서 일은 힘들고, 안타깝게도 업무 폭탄까지 떠맡았다면 매월 17일에 쥐꼬리만 한 월급을 바라보며 교직에 발을 들인 것을 후회할 확률이 높다.

업무의 강도 측면에서 보더라도 가성비는 탐탁지 않다. 학생들과 우아하게 소통하는 교사를 꿈꿨지만, 하루하루가 치열하고 구차하다. 쓰레기 좀 줍자고 하면 내가 버린 게 아니라는 대답이 돌아오고, 목청을 높여 두 번 세 번 설명을 해도 정작 들어야 할 아이는 딴짓을 한다. 1학년을 맡으면 가끔 아이들의 대소변과 토사물도 치워야 하고, 6학년을 만나면 지독한 사춘기와 학교폭력에 시달려야 한다. 작은 것 하나도 아이들에게는 꼭 필요한 생활 습관이자 상식이 될 것이라 생각하며 나를 달래 보지만, '우유 안 먹은 사람 누구니?'라고 재차 묻고 있는 내 처지가 답답하게 느껴질 때가 있다. 실제로 대한민국 교사의 70.7%가 업무가 과중하다고 여기며, 업무 가동률은 95.2%에 이르는 것으로 조사되었다.[36] 즉, 8시간을 근무하는 동안 약 7.62시간을 실

---

[35] 함우석, "교단을 떠나는 교사들", 충북일보, 2023.06.12.
[36] 정영수 외, 교원 업무 경감을 위한 교원 행정 업무 처리 모형 개발 연구, 한국지방교육센터, 2010

제 업무를 하는 데 쓴다는 뜻이다. 남들은 퇴근을 일찍 한다고 생각하지만, 점심시간도 근무 시간에 포함되기에 미어캣처럼 두리번거리며 소란 속에서 밥을 넘긴다. 출근부터 퇴근까지 쉴 틈이 없다.

교직에 들어오기 전까지는 예상치 못했던 수업 외의 업무도 만만치 않다. 아침부터 내리 수업을 하고 겨우 하교 시간을 맞이하면 처리해야 할 행정 업무가 기다리고 있다. 교사가 수업만 하면 될 거라는 착각을 안고 졸업한 나는 '대학교 때 나이스나 에듀파인 사용법, 기안 작성법을 배웠더라면' 하고 몇 번이고 바랐었다. 그렇게 수업과 행정 업무로 인해 근무 시간을 보내고 나면 수업 준비는 퇴근 후로 넘어가기 일쑤다. 게다가 문예체부장이라도 맡게 되면 운동회와 학예회, 과학정보부장은 과학의 날 행사와 영재반, 교무부장이나 연구부장은 학기 중에 엄청난 업무량을 소화해야 함은 물론 방학까지 반납한 것이나 다름없다.

최근 교사가 인기 직종에서 기피 직업으로 탈바꿈하는 데 큰 몫을 한 것은 학부모와의 관계 문제도 있다. 학생 사이의 다툼이나 자녀의 부상, 성적 하락 등 모든 문제의 원인을 근거 없이 교사에게서 찾는 경우가 늘어났다. 시도 때도 없이 연락해서 개인적인 스트레스를 토해 내며 교사를 감정 쓰레기통으로 대하는 보호자를 만나면 1년이 고달프다. 심한 경우에는 심리적·신체적 피해를 입기도 하고, 법정 다툼으로까지 번지기도 한다.

교권 및 학교 교육 전반에 대한 존중이 심하게 약화되었다는 것도 문제다. 어느 날은 수업 중에 학부모로부터 전화가 걸려 왔다. 종종 가정에 급한 일이 있어 조퇴를 요청하는 상황이 있기에 부득이하게 전화를 받았다. 수업을 중단하면서까지 조심스레 받은 전화의 용건은 자녀의 휴대폰을 구입하러 왔는데 어떤 것을 사야 할지 물어봐야 하니 아이를 바꿔 달라는 것이었다. 그때 느꼈던 기막힘과 허무함이란. 그에 더하여 이 아이가 가정에서 배우지 못했을 '학교와 수업을 소중히 여기는 마음'을 내가 앞으로 어떻게 가르쳐야 할지 고민했었다. 그 외에도 일정이 불가피하다고 해서 야간 상담을 잡았는데 술을 마시고 오거나 말도 없이 오지 않는 경우, 알림장에 다음 날 시간표를 적어 주지 않았다고 아침에 전화해서 소리를 지르는 학부모, 육교 위에서 달리는 차에 돌을 던진 자녀를 나무라자 아이는 그럴 수도 있지 않느냐며 오히려 성을 내는 상황……. 아직 20년도 채 되지 않은 나의 교직 인생은 이미 상식으로 이해하기 힘든 학부모들을 접한 기억으로 화려하게 점철되었다.

연금이 줄었다는 사실도, 월급이 많지 않다는 것도, 학부모나 학생과의 관계가 옛날 같지 않다는 것도 어느 정도는 각오한 채 교사가 되었다. 하지만 예상하는 것과 경험하는 것의 차이는 컸고, 막상 현장에 들어와 보고 느끼는 현실의 벽은 훨씬 더 높았다. 이에 지금까지의 사회적 분위기는 교사가 된 것은 본인의 선택이니 알아서 감당하라는 식이었다. 그렇게 교사들은 떠나가고, 교사가 되고자 하는 사람도 줄어들면, 대한민국 교육의 질은 바닥으로 치닫게 될 것이 자명하다. 그럼에도 불구하고 학교의 문제를 교사 개인의 선택과 책임으로만 돌리는 것은 근본적으로 많은 이들이 교육, 특히 초등교육의 가치를 간과하기 때문이다.

대체하기 어려운 기술이 수반되거나 인간의 생존과 긴밀하게 연관될 경우 그 직업은 사회적으로 우위를 점하게 된다. 예를 들어 의사는 대중이 일반적인 생활 상식으로 습득할 수 없는 의료 지식과 기술을 갖고 있다. 그리고 사람의 생명과 건강을 직접적으로 다루기 때문에 상대적으로 높은 보수와 사회적 명예를 지니는 것이다. 그런 맥락에서 초등교사라는 직업은 모호한 위치에 있다.

우선, 초등학교는 학교급 중에서 가장 기초적인 단계에 해당하여 교육 내용 자체의 난이도는 상당히 낮은 편이다. 즉, 일반적인 대학 교육을 마친 어른이라면 초등교사의 자리를 쉽게 대체할 수 있다고 여겨질 수 있다. 더불어 초등교육을 잠깐 멈춘다고 해서 오늘 당장 학생들의 생존에 문제가 생기지는 않는다. 이런 이유로 초등교육을 가볍게 여기는 사람들에게 초등교사는 누가 해도 그만인 역할이다. 심지어 일부 초등교사들조차 스스로를 쉽디쉬운 지식을 전수하고, 사물함 정리나 시키는 하급 노동자로 일컫기도 한다. 그런 사람들을 볼 때마다 나는 안타깝고, 때로는 화가 난다. 본인이 하고 있는 업의 가치를 모른 채 일하는 사람은 행복할 수 없고, 그런 사람의 수업과 태도는 소명 의식을 지니고 교단에 서는 교사의 그것과는 분명 다를 것이기 때문이다.

사제는 배움을 주고받는 성장 공동체이지만, 기본적으로 학생은 학습의 주체이고 교사는 교육의 주체이다. 교육 단계마다 각각의 어려움은 존재하나, 초등교사의 특별한 전문성은 학습자의 학습 난이도와 교사의 교육 난이도를 동시에 고려할 때 드러난다.

우선, 학습 난이도는 학생이 가진 기존 지식과 공부할 내용의 수준 차이에 따라 달라진다. 예를 들어 처음 곱셈을 배우는 초등학교 2학년이 겪는 어려움은 삼각함수를 배우는 고등학생의 고통보다 결코 작지 않다는 것이다.

반면에 교육 난이도는 수업 내용의 깊이에 더하여 학생과 교사의 지식수준 및 소통 방식의 차이에 따라 결정된다. 초등학교의 수업 내용 자체는 기초적인 수준이 맞다. 하지만 학습자와 교사 사이의 간극은 지식, 경험, 소통 방식 등 모든 면에서 어느 학교급보다 지대하다.

결과적으로 초등교사의 책무는 초등학생에게는 삼각함수만큼이나 어려운 곱셈의 원리를 어린이의 발달 수준에 맞게 그들의 언어로 변환하여 이해시키는 것이다. 그것이 바로 초등교사의 전문성이다.

단지 수업 내용이 기초적이라는 이유로 적합한 전문성을 갖춘 초등교사가 교육을 하지 않을 경우 지금 당장 나라의 GDP나 평균 수명 등에는 변화가 없을지 모른다. 하지만 장기적으로 보면 그 영향은 사회의 기본 질서부터 미래의 가능성까지 조금씩 좀먹어 갈 것이다. 규칙을 지키며 다른 사람과 노는 법을 배우지 못한 아이, 스스로 자신의 서랍과 사물함을 정리하는 습관을 익히지 못한 아이는 자라서 어떤 어른이 될까. 입시의 부담감이 예체능 수업 시간을 앗아 가기 전, 땀을 뻘뻘 흘리며 피구를 하고 소리 높여 노래를 불렀던 기억. 글을 언어영역 점수를 높이기 위한 훈련의 도구로 읽기 전, 친구들과 함께 숨죽이며 동화책을 읽던 순간. 그것들이 빠진 채 나이를 먹어 버린 인간은 얼마나 삭막한가. 초등교육을 제대로 받지 못한 아이는 사회의 기초 기본 지식을 얻지 못한 채 자라나 어른이 되고, 윤택하고 조화로운 삶을 누리는 방법을 모른 채 살게 될 것이다.

　　이처럼 초등교사로서 스스로 얼마나 어렵고 가치 있는 일을 하고 있
는지를 아는 것은 하루가 다르게 변화하는 교단에서 의미 있는 교직 생활을
할 수 있는 원동력이 된다. 나는 내가 소중히 여기는 아이들과 함께 자랑스
러운 일을 하며 매일을 살고 있다. 그런 의미에서 초등교사는 가성비는 좋지
않을지언정 내게는 가심비 최고의 직업이다.

그래도
학교를 떠나지 않는 이유

학교에 들어오는 건 임용고사 성적순이지만, 떠나는 건 지능순이라는 말이 있다. 그만큼 요즘 같은 상황에서는 하루 빨리 교직을 그만두는 것이 현명하다는 뜻이다. 앞서 적은 대한민국 교사의 높은 업무 가동률이나 교권 침해 문제, 불안한 연금 등을 생각하면 이 책을 마치는 마지막 문장은 '교사? 빨리 도망쳐!'가 되어야 하지 않나 싶다. 하지만 그럼에도 불구하고 나는 아직 교실을 탈출할 계획이 없기에 학교를 떠나지 않는 현실적인 이유를 솔직하게 적어 보려 한다.

처음 교대에 가기로 마음먹었던 이유는 안정성 때문이었다. 사춘기 시기에 IMF를 겪으며 많은 친구들이 말없이 전학을 가고, 꿈을 포기하고, 가족이 해체되는 모습을 보았다. 나는 부모님 모두 교직에 계셨기 때문에 경제적 혼란을 느낄 일이 없었던 만큼, 공무원이 갖는 안정성의 힘을 체감한 계기가 되기도 했다. 반복되는 일상은 싫어하지만, 불안한 것은 참기 힘든 나에게 안정적인 직장은 안심하고 새로운 도전을 할 수 있는 버팀목이 된다.

안정성과는 별개로, 나 또한 발령 초기에는 월급이 탐탁지 않게 느껴졌다. 그만큼의 시간과 노력을 들여서 이 정도의 급여를 받는 게 비효율적이라고 생각했기 때문이다. 이번에 교사들을 인터뷰하면서도 특히 5년 차 내외의 교사들이 주변 친구들과 연봉을 비교하며 허무함을 느꼈고, 다른 직업을 생각해 봤다는 응답을 했다. 다만 중요한 점은 교사 급여가 단일 호봉제를 따른다는 것이다. 호봉이 쌓이면 본봉이 올라가고, 수당은 본봉에 비례한다. 따라서 10호봉과 20호봉의 연봉 차이는 1,000만 원을 웃돌고, 40호봉 교사 연봉은 10호봉 교사 연봉의 3배 정도가 된다. 대단한 연봉을 받지는 못해도 영원히 박봉은 아니라는 뜻이다. 2021년도 기준 성과급을 제외한 20호봉 교사의 월평균 소득은 420만 원 가량으로, 여기에서 세금을 제하더라도 같은 해 근로자 평균 소득인 333만 원, 중위소득 250만 원보다 높다.[37] 물론 대기업 및 고소득 직종과 비교하면 턱없이 부족한 수준이다. 하지만 사람마다 만족의 기준은 제각각이다. 나는 뒤에 적을 교직의 다른 장점이 급여의 부족한 부분을 채워 준다고 생각했다. 더불어 여성으로서 육아나 자기 계발을 위한 휴직을 병행하며 60세에 이르기까지 꾸준히 경제적 수익을 발생시킬 수 있다는 점은 한국 사회에서 여전히 큰 장점이다.[38]

　　2009년과 2015년, 연금법이 개정되면서 많은 수의 교사들이 명예퇴직을 선택했다. 연금 액수는 '공무원 연금 공단' 홈페이지에서 조회할 수 있다. 10여 년 전에 명예퇴직을 하신 어머니가 받으시는 연금 액수를 알고 있는 터라 내 연금을 조회한 후 큰 충격을 받았다. 그 이후로 나는 노후 대비를 위해 다양한 방법을 모색했고, 주식과 부동산, 개인연금, 겸직 등에 관심을 갖게 되었다. 안정적인 노후를 위해 추가적인 경제적 준비가 필요한 것은 사실이지만, 연금이 있다는 것은 여전히 마음에 작은 위안을 준다.

　　초등교사의 또 다른 장점은 바로 시간적 여유가 있다는 점이다. 학교 안에서는 눈코 뜰 새 없이 바쁘지만 반대로 근무 시간 내에 업무를 모두 끝낼 경우 굵고 짧게 일을 마치고 5시부터 저녁이 있는 삶을 살 수 있다.[39] 다양한 업무로 인해 쉬운 일은 아니다. 하지만 애초에 이른 퇴근이 제한된 직장도 많고, 보충 수업이 있는 중등교육의 상황만 보아도 5시 이전 퇴근은 장점이다. 게다가 학교에는 방학이라는 시스템이 존재한다. 초등학교의 법정 연간 수업일수는 190일로 재난 상황 등을 대비해 191~192일의 수업 일수를 책정한다. 즉, 나머지 170여 일은 등교하지 않으며, 그중 80일 정도는 공휴일을 포함한 방학 기간이다. 높은 업무 강도와 감정 소모로 소진되기 쉬운 교사에게 저녁 시간과 방학은 필수적인 충전과 치유의 시간이자 자기 연찬을 위한 기회가 된다. 내가 참여했던 연수와 스터디 모임, 경험했던 전시와 운동, 접했던 책과 음악들, 심지어 이 글만 하더라도 그 시간들이 없었다면 시도하기 어려웠을 것들이다.

그 외에도 교사로서 갖는 자율성, 활력과 동기를 부여해 주는 동료들에 더하여 내가 학교를 떠나지 않는 가장 큰 이유는 바로 행복하기 때문이다. 인간은 다양한 욕구를 갖고 있으며, 이를 충족시킬 때 행복을 느낀다. 매슬로우(Abraham H. Maslow)는 인간의 욕구를 가장 기초적인 생리적 욕구부터 안전 욕구, 사랑과 소속 욕구, 존경 욕구, 그리고 자아실현 욕구까지 단계적으로 구분했다. 학교라는 조직에 속해 교실이라는 공간에서 아이들과 함께하는 초등교사라는 역할은 내가 위의 다섯 가지 욕구를 크게 또는 작게 충족할 수 있도록 일조한다. 때때로 예외적인 상황이 발생하기도 하지만, 여전히 나는 학교라는 조직 안에서 나만의 영역을 지니

---

[37] 유선일, "작고 귀여운 내 월급 중간은 될까? 직장인 월소득 평균 333만 원", 머니투데이, 2023.02.28.
[38] 3년의 육아휴직, 임신 기간 중 2시간 단축 근무하는 '모성 보호 시간', 자녀가 다섯 살이 될 때까지 2년간 2시간 단축 근무하는 '육아 시간' 등 출산 관련 정책들이 그나마 보편적으로 활용되는 환경이다.
[39] 보통 8:30 또는 8:40까지 등교하여 16:30 또는 16:40이 퇴근 시간이다.

며, 나를 따르고 사랑하는 다수의 아이들과 함께 배우고 성장한다.

학교 대신 언스쿨링[10]이라는 낯설고 독특한 방법을 통해 삶을 개척해 온 임하영 작가는 책에서 삶의 가장 큰 행운으로 선생님을 꼽는다.[11] 비록 공교육 제도권 안에서 만난 '선생님'은 아니지만 그의 인생에서 마주친 선생님들은 인생의 이정표가 되어 주었다고 했다. 즉, 결정적인 순간에 결정적인 사람들이 옆에 있었던 것, 그 것이 그가 말하는 성공 요인이었다. 나는 누군가의 인생에서 결정적인 사람이 될 수 있다는 것이야말로 교사의 참된 매력이라고 생각한다.

아이들은 변화의 결정체다. 어린아이들은 비 온 뒤의 들풀처럼 하루가 다르게 쑥쑥 자라난다. 여름방학이 끝나고 난 뒤 맞이한 학생들은 1학기의 꼬물거리던 느낌을 벗어던지고, 어엿하게 다음 학년을 맞이할 준비가 되어 있다. 그런 변화를 매년 맞이하다 보면 내가 얼마나 큰 영향을 줄 수 있는지 놀랍다. 당연히 그만큼의 책임감도 따르고, 준비도 필요하다. 하지만 살면서 누군가의 삶에 이정표가 될 수 있다는 것은 얼마나 고귀하고, 의미 있는 일인가. 나 또한 싫었던 선생님, 좋았던 선생님, 재미있거나 지루하거나, 독특하거나 평범한 선생님들을 만났다. 그중 멘토라 부를 만한 선생님은 손에 꼽지만 그 몇몇 선생님들이 계시지 않았다면 지금 내 삶의 방향과 시야는 달라졌을 것이다.

이런 관점에서 보자면 교사는 매슬로우가 죽기 전에 추가한 자아실현 욕구를 넘어서는 가장 높은 수준의 욕구, 자기초월욕구(Self-Transcendence Needs)까지도 실현할 수 있는 의미 있는 자리다. 자아실현이 본인의 가능성을 확인하는 수준이라면 자기 초월은 자아실현을 뛰어넘어 타인의 자아실현과 가능성을 돕는 차원이다.[42] 즉, 초등교사인 나는 학생의 성장을 도움으로써 나의 행복을 만들어 내고 있다.

사람들은 내가 하는 일이 나를 말해 준다고 생각한다. 그래서 어느 자리든 직업은 자기소개에서 빠지지 않는 항목이다. 하지만 정말 행복하기 위해서는 '내가 나일 수 있는 일'을 해야 한다. 사람마다 나로서 살기 위한 일은 다를 것이다. 지금까지 탐색하고 발견한 '나'라는 사람은 가르치고 배울 때 행복한 사람이다. 안정과 성장을 동시에 원하며, 타인의 긍정적인 변화를 도울 때 그 어느 때보다 만족감을 느낀다. 초등교사는 이런 내가 나로 살 수 있는 직업이고, 그래서 나는 오늘도 초등교사인 것이 행복하다.

[40] 재택학습(홈스쿨링과 비슷하나 학교 교육이 중심이 아니라 학생이 원하는 것을 원하는 때에 학습하도록 하는 학습자 중심의 교육 방식)
[41] 임하영, 『학교는 하루도 다니지 않았지만』, 천년의 상상, 2021
[42] 송은주, 『나는 87년생 초등교사입니다』, 김영사, 2020

과거의 나에게_25 그래도 학교를 떠나지 않는 이유

경력별 교사들에게
질문하다

경력에 따라 학교에 대한 생각과 고충은 제각각이다. 일반화할 수는 없지만 다양한 경력을 가진 교사들의 인터뷰를 담아 보았다.

초등교사 A

Q. 교사가 된 지 몇 년 정도 되셨나요?

A. 2년 6개월쯤 되었네요.

Q. 교사가 되고 나서 교대 교육과정에 추가되었으면 좋겠다고 생각한 부분은 무엇인가요?

A. 엑셀 등 컴퓨터 활용과 관련된 수업, 학생 간 갈등이 생길 때나 학생이 의심될 때, 하지만 아니라고 할 때 어떻게 대처해야 하는지와 같은 구체적 상황에서의 상담 방법을 배웠으면 좋았겠다고 생각합니다.

Q. 신규 교사로서 가장 힘든 점이나 교사를 그만두고 싶었던 순간이 있나요?

A. 내가 생각했던 것보다 아이들을 사랑하지 않는다는 생각이 들었을 때. 특히 학기가 지나갈수록 아이들을 보며 무표정이 되어 가는 자신을 발견했을 때

이 일을 지속하는 것이 맞는지 고민하게 됩니다. 그리고 공문 및 나이스 등을 처음 접하고 수업 외의 업무를 할 때 무엇을 어떻게 시작해야 하는지 모르고 막막해서 힘들었습니다. 마지막으로 교사 월급을 미리 알고 있기는 했지만 친구들과 월급이 비교가 될 때 다른 공부할 길이 있나 찾아본 적이 있습니다.

Q. 초등교사라는 직업의 장점이나 보람을 느끼는 순간은 언제인가요?

A. 41조 연수(방학)를 쓸 때, 학생이 긍정적으로 변한 모습을 발견했을 때, 가끔 아이들이랑 티키타카가 잘되는 수업을 하며 재미있을 때, 아이들이 활동이 재밌다고 해 줄 때 보람을 느낍니다. 그리고 퇴근 시간이 빠르다는 점과 직장 사람들이 친절하고 모두 인격적으로 대해 준다는 것이 장점이라고 생각합니다.

Q. 임용고사 합격 요령이나 공부 팁을 이야기해 주세요.

A. 지도서 내용에서 학습 이론과 교육과정 내용을 찾으면서 공부하는 것과 계속해서 반복하는 것이 필요합니다. 그리고 내가 부족해서 점수가 안 나오는 게 아니라 이 시험이 교묘하게 문제를 만드는 거라고 멘털을 관리할 필요가 있습니다.

Q. 교직 생활을 지속하며 자신만의 스트레스 해소법은 무엇인가요?

A. 일찍 저녁을 먹고 유튜브를 보거나 게임을 합니다. 그리고 학교에서 있던 일을 집에서 떠올리지 않으려고 하고, 계속 생각이 나는 일이 있다면 속상한 일을 누군가와 이야기하며 해소하는 편입니다.

Q. 앞으로 10년 뒤와 20년 뒤의 내 모습을 상상한다면?

A. 만약 갑자기 큰돈이 생기게 된다면 시간 선택제 교사로 이 일을 하거나 혹

은 백수가 되고 싶습니다. 실제로는 계속 이 일을 하고 있을 것 같은데 조금 더 적응해서 일을 빠르고 수월하게 했으면 좋겠습니다.

Q. 신규 초등교사 발령을 앞둔 과거의 나에게 해 주고 싶은 말이 있나요?

A. 이 직업을 소명처럼 생각하는 것도 좋지만 직업이라는 것을 먼저 생각해. 실망하지 않기 위해서! 그리고 봄과 가을에 해외여행을 최대한 많이 다녀오기를 추천해. 지금은 성수기인 여름과 겨울에 학교에 신고하고 여행을 가야 하거든. 누구의 허락도 필요하지 않고 날짜 제한도 없을 때, 그리고 사람도 없을 때 여행을 많이 다니길!

2. 초등교사 B

Q. 교사가 된 지 몇 년 정도 되셨나요?

A. 6년 차입니다.

Q. 교사가 되고 나서 교대 교육과정에 추가되었으면 좋겠다고 생각한 부분은 무엇인가요?

A. 가르치는 내용 및 기술에 대한 강의는 어느 정도 배웠다고 생각했으나 업무적인 측면에서는 부족한 면이 많다고 느꼈습니다. 그래서 에듀파인, 나이스 등의 행정 시스템 사용 방법에 대한 강의가 있었으면 좋겠습니다.

Q. 중견 교사로서 가장 힘든 점이나 교사를 그만두고 싶었던 순간이 있나요?

A. 저는 고비가 3년 차, 5년 차에 한 번씩 왔었습니다. 아이들이 한 번씩 너무 힘들게 하거나 학부모님께서 말도 안 되는 사항으로 민원을 넣을 때, 밀린 업무에 퇴근 시간을 훌쩍 넘겨 늦은 저녁 퇴근할 때 등의 이유였습니다.

Q. 교직 생활 중 파견교사·반일제 근무 및 기타 특별한 경험에 대해 알려 주세요.

A. 교직 3년 차에 대학원 재학으로 인해 파견교사를 신청하여 경기도 성남시로 파견근무를 갔습니다. 성남에는 큰 학교들만 있고 학군도 좋을 줄 알았으나 제가 간 학교는 한 학년에 1반씩 6학급짜리 학교였고 교육 환경도 열악했습니다. 학교의 모든 업무를 10명도 안 되는 교사들끼리 나눠서 하다 보니 업무 분장할 때 교사들끼리 서로 날카로워지고 예민해집니다. 또한 아이들이 1학년 때부터 쭉 같은 반이기 때문에 1학년 때 해결하지 못했던 친구 사이의 갈등이 이어지고 그것이 지속적으로 학교폭력 사안이 되기도 했습니다.

Q. 초등교사라는 직업의 장점이나 보람을 느끼는 순간은 언제인가요?

A. 한 해 동안 정말 예뻤던 학생들이 마지막에 편지 써 줄 때, 졸업하고도 이후에 찾아와서 인사하고 갈 때입니다.

Q. 교직 생활을 지속하며 자신만의 스트레스 해소법은 무엇인가요?

A. 원래 운동을 하다가 요새는 정적인 방법으로 스트레스를 풀고 있습니다. 교실이 시끄럽다 보니 활동적인 방법도 가끔씩 지치고 힘들 때가 있더라구요. 가만히 앉아서 뜨개질하는 것도 힐링이 됩니다.

Q. 앞으로 10년 뒤와 20년 뒤의 내 모습을 상상한다면?

A. 10년 뒤쯤에는 지금보다는 좀 더 노하우가 있는 교사가 되었으면 좋겠습니다. 20년 뒤에는 장학사나 행정 업무를 많이 하는 직종에 종사하고 싶습니다. 20년 뒤까지 아이들을 계속 가르칠 자신이 없습니다.

Q. 신규 초등교사 발령을 앞둔 과거의 나에게 해 주고 싶은 말이 있나요?

A. 그땐 뭣도 모르고 굉장히 긴장하고 나 혼자 잘하면 학급이 잘 운영될 수 있을 거라고 생각했어. 하지만 학급 운영은 아이들과 같이 만들어 나가는 것이기 때문에 너무 무서워하지 말고 침착하게 행동했으면 해. 그리고 발성 학원에 가서 목이 쉬지 않는 발성법을 꼭 배워 둬. 마지막으로 교직 말고도 다른 직업에 도전할 기회가 있다면 주저 없이 도전해 봐!

3. 초등교사 C

Q. 교사가 된 지 몇 년 정도 되셨나요?

A. 15년 차입니다.

Q. 교사가 되고 나서 교대 교육과정에 추가되었으면 좋겠다고 생각한 부분은 무엇인가요?

A. 교대 교육과정이 너무 이론적인 부분에만 치중되어 있는 것 같습니다. 현장에서 바로 쓸 수 있는 수업 및 상담 방법과 기안문 쓰는 법 등 실제적인 내용들이 필요합니다. 그런 부분에서는 현장 교사들의 강의가 늘어나면 좋겠습니다.

Q. 중견 교사로서 가장 힘든 점이나 교사를 그만두고 싶었던 순간이 있나요?

A. 경력이 쌓여도 학교폭력 상황이 벌어질 때 여전히 가장 힘듭니다. 특히 사이버 폭력과 결합된 집요하고 교묘한 따돌림은 확실한 예방법이나 명확한 해결책이 없습니다. 교사로서 아무 도움도 주지 못할 때 받는 스트레스와 좌절감이 정말 큽니다. 거기에 ADHD 등 정서적인 어려움을 갖고 있는 학생들이 늘

어 가는 점도 문제입니다. 전문가의 치료가 필요한 학생들까지도 교사의 지도에만 맡기려는 학부모와 사회적 시스템이 오히려 정상적인 학교 교육을 어렵게 합니다.

Q. 교직 생활 중 휴직 및 유학 등 기타 특별한 경험에 대해 알려 주세요.

A. 동반휴직을 하고 미국에서 석사 학위를 받았습니다. 해외 생활 및 유학을 준비하며 해외에 머무는 여러 선생님들을 알게 되었습니다. 우즈베키스탄에 파견을 나가 한국어를 가르치는 분도 있었고, 처음에는 석사만 하려다가 박사까지 마치고 아예 미국 대학 교수가 된 분도 있었습니다. 교직 생활 중 해외 생활을 결심하는 것은 경제적으로나 심리적으로 용기가 필요한 일입니다. 하지만 그만큼 새로운 경험과 생각을 가져다줍니다. 각자의 상황에 맞게 방법을 찾는다면 인생에서 잊지 못할 성장의 시간이 될 것입니다.

Q. 초등교사라는 직업의 장점이나 보람을 느끼는 순간은 언제인가요?

A. 학습이나 교우 관계 등에서 자신감이 없던 학생이 점차 성장하는 모습을 볼 때 뿌듯합니다. 4학년인데도 글을 잘 읽지 못하는 아이가 있었는데 중간 놀이 시간마다 그림 동화책을 소리 내어 읽어 주었습니다. 시간이 지나 아이가 스스로 음독을 하고, 느리지만 묵독까지 할 수 있게 되었을 때 정말 행복했습니다.

Q. 교직 생활을 지속하며 자신만의 스트레스 해소법은 무엇인가요?

A. 취미 생활을 하면서 다양한 직종을 가진 사람들을 만나려고 합니다. 그러면서 느끼는 설렘과 각 직업마다 고충이 있음을 아는 것이 교직 생활의 스트레스에 매몰되지 않도록 도와줍니다. 더불어 가족이나 친구들과 정서적인 관계

를 끈끈히 하는 것이 멘털 관리에 큰 도움이 되는 것 같습니다.

Q. 앞으로 10년 뒤와 20년 뒤의 내 모습을 상상한다면?

A. 10년 뒤에도 지금처럼 아이들과 투닥거리며 수업을 하고 있을 것 같습니다. 다만 연륜이 쌓인 만큼 여유가 생길 것 같은데, 지금은 엄두를 내지 못하는 수업 활동을 해 보고 싶습니다. 동시에 강의나 그림, 운동, 사진, 출간 등 취미와 겸직 활동도 풍성하게 하고 있었으면 합니다.

Q. 신규 초등교사 발령을 앞둔 과거의 나에게 해 주고 싶은 말이 있나요?

A. 일단 교직 생활에 대한 책을 몇 권 읽어 보길 바라. 그때는 그런 책이 있다는 것도 잘 몰랐는데, 선생님들의 에세이나 교육법과 교육 문제를 담은 도서 등을 통해 마음의 준비를 할 수 있을 거야. 그리고 발령 후에는 무조건 물어보고, 솔직하게 힘들다고 말하고, 도움을 요청하는 걸 부끄러워하지마. 넌 충분히 잘하고 있어!

4. 초등교사 D

Q. 교사가 된 지 몇 년 정도 되셨나요?

A. 26년이 되었습니다.

Q. 교사가 되고 나서 교대 교육과정에 추가되었으면 좋겠다고 생각한 부분은 무엇인가요?

A. 졸업한 지 오래되어 현재 교육과정에 대해 잘 모르겠지만 그 당시 기준으로 학생 생활 지도 및 상담 기법, 수업에 활용할 수 있는 다양한 컴퓨터 활용 능력 등이 보완되면 좋겠습니다.

Q. 중견 교사로서 가장 힘든 점이나 교사를 그만두고 싶었던 순간이 있나요?

A. 통제 불가능한 학생의 지도 권한은 없으면서 모든 책임을 교사에게 떠넘기는 사회적 분위기, 안하무인인 학부모 민원 등을 혼자 감당해야 할 때 그만두고 싶어집니다.

Q. 교직 생활 중 파견교사 / 반일제 근무 및 기타 특별한 경험에 대해 알려 주세요.

A. 대학원 파견으로 보낸 2년 동안은 대학교 시절 느끼지 못했던 배움에 대한 기쁨과 설렘을 느꼈고, 관심 분야에 대한 전문 교육으로 교사로서 자신감 및 자부심을 느끼게 된 시기였습니다. 한편 일주일에 20시간만 근무하는 시간제 교사를 신청했었습니다. 오랜 감정 노동으로 불안과 수면 장애 등 심신이 매우 지쳐 있을 때였는데 재충전이 되는 꼭 필요한 시간이었습니다.

Q. 초등교사라는 직업의 장점이나 보람을 느끼는 순간은 언제인가요?

A. 아이들이 교사의 의도대로 조금씩 성장하는 모습을 보일 때, 어른들에게서는 볼 수 없는 아이들만의 순수한 모습을 볼 때, 워라밸을 지킬 수 있고 방학이라는 재충전의 시간을 가질 때 보람을 느낍니다.

Q. 교직 생활을 지속하며 자신만의 스트레스 해소법은 무엇인가요?

A. 방학 때마다 여행을 가며 스트레스를 해소하고, 같은 직업의 친구나 동료들과 대화를 하며 서로의 힘든 점을 공유하고 위로합니다.

Q. 앞으로 10년 뒤와 20년 뒤의 내 모습을 상상한다면?

A. 앞으로 10년 후면 은퇴 후 조용한 지방 도시에서 한 달 살기 등을 하면서 조용히 개인적인 시간을 많이 가지고 싶습니다.

Q. 신규 초등교사 발령을 앞둔 과거의 나에게 해 주고 싶은 말이 있나요?

A. 교사라는 직업은 사람들이 흔히 생각하는 것처럼 쉽고 편안한 길은 아니야. 그럼에도 이 길을 가겠다면 먼저 사람에게 너무 큰 기대를 하면서 상처받지 않기를 바라. 모든 일을 순리대로 해 나간다면 어려움이 있어도 잘 해결해 나갈 수 있을 거야.

에필로그

"누구나 다 계획이 있다. 얻어터지기 전까지는."

마이클 타이슨이 나를 알고 이 말을 한 건 아니었겠지만 내 신규 교사 시절을 이보다 더 적나라하게 담아낸 문장도 없을 것이다. 난 분명 계획이 있었다. 멋지고 완벽한 선생님이 되겠다는 계획. 아이들을 사랑으로 대하면서도 빈틈없이 업무를 처리하고, 동료 선생님들과도 원만하게 지내며 학부모와의 소통도 척척 해내는 교사가 되겠다는 포부 말이다.

발령과 함께 얻어터지기 시작한 지도 어언 10여 년. 챔피언 타이틀을 거머쥐지는 못할망정 맷집이나마 길러졌을 만한 시간이다. 하지만 나의 교실에는 아프고 힘든 순간들이 여전히 존재한다.

2023년 여름, 무관심 속에 가려져 있던 교권의 실태가 조금씩 드러났다. 배움이 있어야 할 자리에 폭력과 죽음, 갑질과 무력감이 자리했다. 처음에는 둑의 틈새로 잠깐 흘러나오는 물줄기가 될 줄 알았는데, 몇 달이 지난 그 자리에는 어느새 큰 구멍이 생겨나 선생님들의 고백과 외침이 폭포처럼 쏟아져 나온다. 이제 공교육이라는 댐은 언제라도 무너져 내릴 것처럼 위태롭다.

서두에서 적었듯이 독립성은 내가 사랑하는 교직의 특성 중 하나다. 하지만 지나친 독립성은 고립성으로 변질되기도 한다. 서로 다르지 않은 고민을 짊어지고 있으면서도 모든 것을 홀로 감내하게 되는 것이다. 세상이 정도라고 일컫는 길을 걸어온, 한마디로 모범생의 삶을 살았던 대부분의 교사들은 고난을 묵묵히 참고 견디는 것에 익숙하다. 이에 더하여 문제를 제기해 봤자 그 어느 것도 해결되지 않는 현재의 교육 시스템은 교사들을 더욱 좌절하게 한다. 결국 스스로 생을 마감한 교사들의 공통점은 그 모든 상황을 철저하게 혼자서 버텨 내고 있었다는 것이다.

국민들뿐만 아니라 나를 비롯한 많은 교사들조차 놀랐다. 이렇게 곳곳에서 교실이 무너지고 있었다는 사실을, 그 속에 나와 비슷한 처지의 선생님들이 가득하다는 사실을 목도했기 때문이다. '말하지 않으면 모른다'라는 당연한 명제를 요즘 나는 온 마음으로 깨닫고 있다. 또한 대한민국 교육에 산재한 문제들을 외면한 채, 어떻게 하면 우리 반 아이들과 하루를, 한 학기를, 1년을 잘 지내 볼까에만 집중했던 소시민으로서의 나를 반성한다. 동시에 스스로를 행복하기만 한 교사로 규정짓고 내 안의 슬픔과 고통을 마주하지 않았던 무심한 나 자신을 성찰한다.

올해 여름, 학교폭력 사안이 발생했을 때였다. 학부모의 문자에 답장을 보내는 나를 보면서 남편이 왜 그렇게 눈치를 보냐고 물었다. 방과 후에 학교 외의 장소에서 발생한 사건이었고, 피해자였던 우리 반 아이의 학부모는 침착하고 상식적인 태도로 대응하고 있었다. 누구도 나를 탓하지도, 몰아붙이지도 않았다. 그럼에도 불구하고 나는 단지 학부모의 문자에 답장을 하는 것만으로도 한껏 예민해져 있었다. 단어 하나를 고르고 골라 문자를 보내고 가슴 졸이며 다음 연락을 기다리는 모습이 교사가 아닌 그의 눈에는 이해되지 않았을 것이다. 하지만 내 안에 누적된 민원의 경험과 학습된 공포심은 나를 알아서 주눅 들게 했다.

애초에 이 책을 쓰기 시작했던 이유는 사랑하는 학교의 이야기를 공유하고 싶어서였다. 하지만 페이지가 넘어갈수록 혼자서 고군분투했던 내가 보여 속이 쓰렸다. 그때 많이 힘들었겠구나 싶어 과거의 나를 어루만져 주고 싶은 순간도 있었다. 결과적으로 이 책을 통해 가장 많은 위로를 얻은 건 내가 될 것이라는 생각이 든다.

여전히 나는 학교를, 아이들을 떠나고 싶지 않다. 나와 가까운 이들이라면 누구나 알 것이다. 내가 얼마나 교실을 좋아하는지. 나도 모르게 오늘 아이들과 있었던 이야기를 하고, 무엇을 보든 수업에 쓸 만한 게 없을까 연결 짓게 된다. 아동학대법을 기분상해법으로 해석하고 갑질의 도구로 악용하는 이들도 있지만, 나는 그렇지 않은 학부모와 학생들이 훨씬 더 많다는 것을 안다. 실제로 내가 만나 온 아이들 대부분은 나를 진심으로 따르고 사랑해 주었다. 대다수의 학부모들 또한 나를 교사로서 존중하고 신뢰해 주었다. 관리자도 마찬가지다. 자신의 안위만을 생각하며 교사에게 책임을 떠넘기는 교장과 교감도 있지만, 교사들을 지원하며 학교를 개선하기 위해 발로 뛰는 관리자들도 만나 보았다. 그런 이유로 세상에는 나처럼 교단을 지키고

자 하는 선생님들이 많이 있을 것이다.

　다만 그러기 위해서는 그 무엇보다도 관심이 필요하다. 나는 오늘날 학교 현장의 많은 문제들이 무관심 속에서 야기되었다고 생각한다. 그렇기에 이 책을 읽고 있는 모든 이들에게 감사하다. 그리 대단할 것도 없는 교실 이야기가 담긴 이 책을 펼쳤다는 건 분명 괜찮은 교사가 되고 싶은 열정이 있거나, 교직에 관심이 있거나, 최소한 학교에 대한 애정이 있는 사람일 것이다. 어떤 각도와 방향에서의 관심이든 그 마음이 모여 학교를 조금 더 나은 곳으로 만들 수 있을 것이라고 믿는다.

　연못에 큰 돌을 하나 던지면 풍덩 하고 그만이다. 하지만 작은 돌을 던지고, 물결이 잦아들 때 또 던지고, 그렇게 계속 던지다 보면 파동은 점점 성장하여 넓게 퍼져 나간다. 사람들은 지금 이곳저곳에서 들려오는 작은 목소리들이 무슨 힘이 있겠냐고 회의적으로 말하기도 한다. 하지만 대한민국 교실에 대한 관심과 목소리는 연속되는 작은 돌처럼 끝없는 물결을 만들어 낼 것이다. 그리고 작은 물결은 또 다른 물결에 더해지며 큰 울림으로 교실까지 다다를 것이다.

내가 꿈꾸는 교실을 한 문장으로 표현한 문장, '참 좋은 나, 더 좋은 우리'.
매년 '참나더우'라는 이름을 걸고 학생들에게 나를 참나쌤이라고 소개한다.
내가 만나 온, 앞으로 만나게 될 모든 참나 학생들이
건강한 자존감과 더불어 사는 기쁨을 함께 배워 갔으면 좋겠다.

초등
선생님이라는
세계

초판 1쇄 펴낸 날 | 2023년 11월 24일

지은이 | 송보혜
펴낸이 | 홍정우
펴낸곳 | 브레인스토어

책임편집 | 김다니엘
편집진행 | 홍주미, 박혜림
디자인 | 이예슬
마케팅 | 방경희
표지 일러스트 | 흰열무

주소 | (04035) 서울특별시 마포구 양화로 7안길 31(서교동, 1층)
전화 | (02)3275-2915~7
팩스 | (02)3275-2918
이메일 | brainstore@chol.com
블로그 | https://blog.naver.com/brain_store
페이스북 | http://www.facebook.com/brainstorebooks
인스타그램 | https://instagram.com/brainstore_publishing

등록 | 2007년 11월 30일(제313-2007-000238호)